ハヤカワ文庫SF
〈SF2070〉

死の迷路

フィリップ・K・ディック
山形浩生訳

早川書房
7772

A MAZE OF DEATH

by

Philip K. Dick

Translated by
Hiroo Yamagata
Published 2016 in Japan by
HAYAKAWA PUBLISHING, INC.
This book is published in Japan by
arrangement with
THE WYLIE AGENCY (UK) LTD.
through THE SAKAI AGENCY.

The official website of Philip K. Dick: www.philipkdick.com

ぼくの二人の娘、ローラとアイザに

著者まえがき

この本に出てくる神学は、既存の宗教に似せたものではない。ウィリアム・サリルとぼくは、神が実在するという無根拠な仮定に基づいた、抽象的かつ論理的な宗教思想を開発しようとしていた。そこで生まれたのがこの神学だ。ぼくとの議論で、検討用に豊富な神学上の話題を提供してくれたのが故ジェームズ・A・パイク司教だったことも記しておく。どれも、ぼくがそれまで知らなかったことばかりだった。

文中、マギー・ウォルシュの死後体験は、ぼく自身のLSD体験に基づいている。ごくごく細かいところまで。

この小説のアプローチはとても主観的だ。主観的というのは、現実がいつも直接にではなく間接的に、つまり登場人物の誰かの意識を通して見られている、という意味だ。この視点となる意識はセクションごとにちがうけれど、ほとんどの出来事はセス・モーリーの心理を通して見られている。

ヴォータンと神の死についての話は、もとの神話体系よりは、リヒャルト・ヴァーグナー版『ニーベルングの指環』に基づいている。

テンチへの質問に対する答えは、支那の変化の書『易経』から採った。

「テケル・ウパルシン」はアラム語で「かれは計り、かれらが分かつ」を意味する。アラム語はキリストがしゃべった言葉だった。ああいう人がもっといればいいのに。

目次

死の迷路

1

仕事はいつもながらつまらなかった。だから先週、船の送信機にでかけて、脳の松果腺《しょうか》からのびている固定電極にコンジットをつないだ。コンジットは祈りを送信機に送り、そこから祈りは最寄りのリレー・ネットワークにのった。以来この数日、祈りは銀河をかけめぐり、いずれ――願わくば――神の世界のどれかにたどりつく。

簡単な祈りだった。「こんなしょうもない在庫管理はつまらないんです。ルーチン・ワークだし――船は大きすぎるし、人員過剰だし。しょせん役たたずの待機用歯車だ。なにかもっと創造的で面白いことはないでしょうか」この祈りは、筋から言って、仲裁神に送った。これがかなえられなかったら、すぐにでも送り先を変えて、今度は導製神に送っただろう。

でも祈りはかなえられた。

「トールチーフくん、異動だ。いやはや」と上司が作業区画にやってきて言った。

「お礼の祈りを送信します」と言ったベンは、内心いい気分だった。祈りがききとどけられるのは、いつだっていいものだ。「何時《いつ》づけでしょうか。すぐ？」仕事への不満を上司に隠したことはなかった。こうなった以上、なおさら隠す理由がない。

「ベン・トールチーフ。お祈り屋が手をする足をする、か」

「あんたは祈らないんですか」びっくりしてベンはきいた。

「ほかに選択肢がないときだけだよ。外に頼らず、自分の問題は自分で解決するやつのほうが好きでね。とにかく、異動は異動だ」と上司はベンの机の上に書類を落とした。「デルマク・Oっていう惑星の小入植地。どんなところか何も知らんが、それはどうせ行けば全部わかることだ」上司はベンを感慨深げに見つめた。「本船のノーザーを一隻使ってよろしい。代金三ドル玉」

「了解」とベンは立ち上がり、書類をつかんだ。


急行エレベータで船の送信室まで上がると、そこは船の業務通信でフルに稼働していた。

「今日はまだ空き時間、残ってますか」と主任通信士にきいてみた。「またお祈りがあるんですけど、そっちで使うんなら機械をひとり占めするのもなんだし」

「ずっと使ってるよ。なあ、あんた——お祈りなら先週一つ送ってやっただろ。まだ足りないの?」

まあ、やるだけはやってみたんだ、と思いながら、ベン・トールチーフは送信機や忙しい職員を後に、自分の部屋に戻った。いつか感謝の祈りをしなかったことが問題になっても、やるだけはやったって言える。やってはみたけれど、回線がいつものように、公用の通信でふさがっていたんだ。

期待がふくらむのが感じられた。創造的な仕事か。ようやく、それも一番切実なときに。あと数週間もここにおかれたら、前に落ちこんだときみたいに酒におぼれてしまったろう。そうか、それで異動が認められたのか、と気がついた。おれが限界にきているのがわかってたんだ。あげくに船の監禁室にぶちこまれるのがおちだったろうな。えーと、あそこには今、何人くらい入ってるんだっけ――まあ、そいつらといっしょにだな。十人ってところだろうか。こんな大きな船にしては少ないな。こんな規則の厳しい船にしては。

洋服だんすの一番上の引き出しから、まだ封を切っていない1/5ガロン入りピーター・ドーソン・スコッチのボトルを取り出して、封を切り、栓をあけた。御神酒《おみき》を少し、とひとりごちながら、スコッチを紙コップに注いだ。それと祝い酒だ。神々は儀式を喜ぶ。スコッチを飲み干すと、小さなコップをまた満たした。

儀式にもったいでもつけようかと、気分はちょっと乗らなかったけれど、「例の本」を取り出してきた。A・J・スペクトフスキー著『キミにもできる、オレの死からの片手間よみがえり術』。ソフトカバーの廉価版だが、いままで手にした唯一の版だ。だから、センチメンタルな扱いをするようになっていた。いい加減に本を開いて（非常によい読み方とされている）、二十一世紀の偉大な共産主義神学者版『わが生涯の弁』の読みなれた数節を読みかえした。

「神は超自然ではない。神の存在は、実体化した最初で最も自然な存在のありようだった」

その通り、とベン・トールチーフはひとりごちた。後の神学調査が証明した通りだ。スペクトフスキーは、論理学者であると同時に予言者でもあった。予言されたことは、遅かれ早かれ起きた。もちろん、未知のこともたくさん残っている……たとえば、導製神が存在するようになった理由など（ただし、スペクトフスキーのように、導製神のような段階の存在は自らを創造するものであり、時間の外に存在し、したがって因果律からも自由であるとする説を信じるなら別だ）。でも、基本的には、この幾度も版を重ねた書物のページにはあらゆることが書かれていた。

「力の輪が大きくなるにつれて、神の善と叡知《えいち》は弱まるので、最大の輪の外では善も弱く、叡知も弱々しい。そのため、神は形相破壊者を監視することができない。形相破壊者は、神の形相創造行為とともに誕生したが、その起源ははっきりしない。たとえば、一、形相破壊者はそもそも神とは別の存在であり、神に創られたのではなくて、神のように自らを創造するものなのか、あるいは、二、神の創造物でないものはあり得ない以上、形相破壊者といえども神の相貌の一つであるのか、断言することは不可能……」

読むのをやめて、スコッチをちびちび飲《や》り、ちょっと疲れたように額をなでながら座っていた。もう四十二歳だったし、例の本は何度も読んだ。長い人生、総じて大したことはなかった。少なくとも今までのところは。いろいろな仕事に就いて、雇い主のためにそこそこの仕事をしたが、はっきり頭角を現したことはまるで全然ない。そのオレも頭角を現せるかもしれん。今度の異動で。こいつはすごいチャンスかも。

四十二歳。ここ何年も、自分の歳には驚かされっぱなしだ。そして毎度、驚いてすわりこみ、あの二十代の若いスリムな男はどうなってしまったのかと首をひねるたびに、追加の年月がどさっとやってきては記録に加えられるはめになる。そうやって絶えず増え続ける年月の合計は、自分自身のイメージとは折り合いがつかなかった。心の目には、まだ若々しい自分の姿が見えるので、写真に映った自分を目にするとがっかりするのが常だ。たとえば、ひげは今では電気カミソリで剃っていた。洗面所の鏡に映る自分を見たくないからだ。誰かがオレの真の肉体存在をとりあげて、こんな代物《しろもの》ととっかえやがった、と常々思ってきた。やれやれ、そういうものだ。ため息。

いままでの数多い貧相な仕事のうち、楽しめたのはたった一つ。いまでもよく反芻《はんすう》する。二一〇五年、デネブ星系のどれだかに向かう巨大な植民船で、ＢＧＭのオペレータをやったことがあったのだ。テープ倉庫で、「カルメン」やドリーブの弦楽版にたまたま混じっていたベートーベンの交響曲全曲を見つけて、船内のいたるところにのびて作業区画や作業区域すべてに取りつけられたスピーカーシステムに、一番好きな第五を何千回となく流した。不思議なことに、誰も文句を言わなかったので、そのまま続け、ようやく第七に心を移し、とうとう船旅の最後の数ヵ月間は興奮状態の発作を起こし、第九に操《みさお》をたて、以後、それを守りとおした。

本当に必要なのは眠りかもしれん、とつぶやく。人生のたそがれとでも言おうか、背景に聞こえるのはベートーベンだけで。あとはすべて霞《かすみ》のなか。

ちがう、と決断。オレは生きたいんだ！　行動して、何かを達成したい。毎年その切実さは増してゆく。毎年、そのくせ、それはどんどん遠ざかってゆく。導製神で肝心なのは、なんでも新しくできることだ、と思い出した。衰退してゆくものを、新しい、形相の完全なものと取り替えて、衰退プロセスを停止させることができるのだ。すると、その新しいものが衰退を始める。形相破壊者につかまってしまう。そして、導製神が、やがてまたそれを取り替える。老いた蜂がつぎつぎに羽をすり減らし、死んで新しい蜂に取ってかわられるように。でも、オレはそうはいかない。オレは腐って、形相破壊者に捕まってしまった。悪くなる一方だ。

神さま、助けてください。

でも、オレを取り替えるのはいやです。宇宙的な見地からすればいいことでしょうが、存在しなくなるのは御免です。祈りをききとどけてくれたんだから、たぶんそのくらいのことはおわかりでしょう。

スコッチのせいで眠くなった。悔《くや》しいことに、気がつくとウトウトしている。もう一度、完全に目をさますこと、これが必要。ぱっと立ち上がり、ポータブルステレオへ大股に向かうと、ヴィジレコードを適当に選んでターンテーブルにのせた。すぐに部屋の向こうがわの壁が明るくなり、光る形がからみ合いはじめた。動きと生命感はあったが、不自然に平べったい。反射的に奥行調整を合わせる。像が三次元になってきた。ボリュームもあげる。

「……レゴラスの言うとおり。挑まれもせず、闇討ち同然に老人を射たりしてはならん。どんな恐れや疑いがあろうともな。様子を見よう！」

この古い叙事詩の張りつめたことばで、知覚がよみがえった。机に戻ってすわり直し、上司がくれた書類を取り出した。暗号化された情報を、顔をしかめながら調べ、解読しようとした。数字やパンチホール、文字などで、この文書は新しい人生を、来たるべき世界をつづっているのだ。

「……その口ぶりからしてファンゴルンをよく知っているようだな。どうだ？」ヴィジレコードは流れ続けたが、もはや耳には入らなかった。暗号化されたメッセージの要点が見えてきたのだ。

「前の集会で言い残したことでもあるのか？」と鋭く力強い声が言った。見上げると、灰色をまとったガンダルフの姿がこちらを見据えていた。まるでガンダルフが、この自分、ベン・トールチーフに話しかけているようだった。説明しろとでも言うように。

「それとも何か取り消したいのか？」

ベンは立ち上がり、歩みよってステレオを止めた。今、あんたに答えている余裕はないんだ、ガンダルフ、とつぶやく。やらなきゃならんことがあるんだ、現実に。どうせ実在したこともないような神話上の人物と、謎めいた非現実的な会話に耽《ふけ》っているわけにはいかないよ。古い価値観は、オレにとってはいきなり消え失《う》せてしまった。オレはこのクソったれなパンチホールや文字や数字が何を意味しているのか解読しなきゃならん。

大筋はつかめてきた。注意してスコッチのボトルに栓をはめて、きつくしめた。ノーザーを使って一人で行く。入植地で、さまざまな前任地から集められた一ダースほどの仲間に加わる。技能レンジ5。C級任務。K4号俸給。最長任期二年。住居、医療は到着時より完全支給。現在受けているあらゆる職務命令に優先する。つまり、すぐ出発できる。出発前にここでの仕事を終えてゆく必要はない。

それにノーザー用の三ドル玉もあるな。そういうことだ。他に何も心配することはない。ただ……

仕事がどんな内容なのかはわからなかった。文字や数字やパンチホールは、この一片の情報——ほしくてたまらない情報——には触れていなかった、というか、その情報を抽出するだけの解読が自分にはできなかった、というほうが正しかろう。

それでも、悪い話には見えなかった。気に入った。いただこう。ガンダルフ、取り消すことは何もない。祈りはそうそうかなえられるものじゃないんだ。だからこいつは受ける。そして口を開いた。「ガンダルフ、お前はもはや、人の頭の中にしかいない。そしてオレがここに持っているものは、唯一、真の生ける神、とことん現実の存在から来たものなんだ。これ以上のものは望めまい、え?」部屋の静けさが前に立ちはだかった。もうガンダルフは見えなかった。レコードを止めたからだ。「もしかしていつか、これを取り消すかもしれん。でも、まだ取り消さない。今のところは。わかったか」トールチーフは待った。静けさを感じながら。ステレオのスイッチに触れるだけで、それを始めることもできるし、終わらせることもできる、と知りながら。

2

セス・モーリーは、目の前のグリュイエール・チーズを、柄がプラスチックのナイフできれいに切りわけると、「ここを出るよ」と言った。大きなチーズをV字に切りとって、ナイフごと口に運んだ。「明晩に。テケル・ウパルシン・キブツも見おさめだ」とニヤリとしたが、入植地の主任技師フレッド・ゴッシムは祝辞をかえしてよこさなかった。かわりにますます不服そうな顔をした。かれの不服が事務所中に満ちていた。

メアリー・モーリーが静かに言った。「主人がこの異動願いを出したのは八年前なの。もとからここに居残る気はなかったのよ。知ってたでしょ」

「それで我々もいっしょに行くんだ」マイケル・ニーマンドは興奮してどもった。「一線級の海洋生物学者をつれてきといて、クソいまいましい採石場の石材運びなんかさせるから、こういうことになる。いい加減うんざりだよ」と、小柄な妻のクレアを小突いた。

「なあ」

「この惑星には水域がない以上、海洋生物学者に肩書きどおりの職に就いていただくのは難しくてね」ゴッシムは不愉快な言い方をした。

「だって広告を出したでしょ、八年前に、海洋生物学者求むって」メアリー・モーリーが指摘した。それでゴッシムは、さらにひどく顔をしかめた。「そっちのミスじゃないの」

「そりゃそうだが、ここはきみたちの故郷だろう。きみたちみんな――」とゴッシムは事務所の入口に群がったキブツの役人集団を指した。「我々みんなして、ここを造ったんじゃないか」

「それとチーズね」とセス・モーリー。「ここのは最悪。チーズと、あのクワキップっていう形相破壊者の一年前の下着みたいにクサい、やぎみたいな生き物まがい――この二つも見おさめであることを切に祈るね。クワキップもチーズも、両方だ」高価な輸入もののグリュイエール・チーズをもう一切れ切る。ニーマンドに向かって言う。「きみたちは来られないよ。指示によると、ノーザーで行くことになってる。A：ノーザーは二人しか乗れない。この場合、私と妻だ。B：きみと奥さんは、それに加えてさらに二人だ。故に、きみたちは入りきらない。よって、きみたちは来られない」

「自分たちのノーザーで行くよ」

「きみはデルマク・Oへの異動の辞令も、許可も出てないだろ」セス・モーリーは頬ばったチーズの奥から言った。

「我々がいなくていいのか」とニーマンド。

「誰がきみたちなんかいるかい」ゴッシムはぶつぶつ言った。「ぼくに言わせりゃ、きみなんかいないほうが好都合だ。心配なのはモーリー夫妻のほうでね。この二人がコケるのは見てられない」

かれをにらみながら、セス・モーリーはきつい口調で言った。「つまり、今度の任務は、始まる前から『コケる』のが確実だとでも?」

「なんか実験的な仕事らしいよ」とゴッシム。「ぼくにわかる限りではね。しかも小規模。人数は十三とか十四とか。きみにしてみれば、テケル・ウパルシン草創期へ時計の針を戻すようなものだろう。そこからずっと建て直してきたいわけ? 我々でさえ、有能でやる気のあるメンバーを集めるのにこんなにかかったんだぜ。さっき形相破壊者って言ったな。きみは自分でテケル・ウパルシンの形相を退行させるように動いてるんじゃないの?」

「私自身の形相もだよ」モーリーは半ば自分に向かって言った。もう容赦しないぞ、という気分だった。ゴッシムには頭にきた。エンジニアには珍しく、いつも弁の立つ男だ。長年、みんなを自分の仕事に就かせてきたのは、ゴッシムの冴えた弁舌だった。だが、モーリー夫妻に関する限り、その弁舌は色褪《いろあ》せてきた。昔のような効力はもうなかった。それでも、過去の栄光の残滓《ざんし》がまだあった。この図体のでかい黒目の技術士を、どうしても無視できないのだ。

でも、私たちは行っちまうんだ。ゲーテの『ファウスト』にもあるように「はじめに行為ありき」。言葉じゃなくて、行為だぞ。二十世紀の実存主義者たちに先立ってゲーテがそう指摘している。

「いずれ帰ってきたくなるよ」ゴッシムが述べた。

「ほほう」

「そしたらぼくはこう答えてやるね」ゴッシムは声高に言った。「きみら二人から――どっちからでも――テケル・ウパルシン・キブツに戻りたいって希望を受け取ったら、こう言ってやる。『海洋生物学者の需要なんかありませんよ。海だってないのに。それに、ここで働く口実にされたくないから、水たまり程度のものだって造る気はありません』ってね」

「誰が水たまりを欲しいと言った」とモーリー。

「言っちゃいないが欲しかろうに」

「ああ、どんな水域でもいいさ。それが肝心だよ。だから私たちは行くんだ。だから帰ってこないんだ」

「デルマク・Oに水域があるのは確かかい？」ゴッシムがつっこんだ。

「たぶん――」とモーリーは口を開いたが、ゴッシムにさえぎられた。

「テケル・ウパルシンのときも『たぶん』だったわけだ。それが諸悪の根源だ、と」

「たぶん、あんたらが海洋生物学者の広告を出したから、それで――」どっと疲れてため息をついた。ゴッシムに意見してみてもはじまらない。このエンジニア――当キブツの主任官吏――の精神は閉鎖的だった。「いいからチーズを喰わしてくれ」とモーリーはもう一切れとろうとした。だが、この味にも飽きてきた。食べすぎたのだ。「チッ、もういいや」とナイフを投げ出した。いらいらしてきたし、ゴッシムは好きじゃない。もう会話を続けたいとも思わなかった。大事なのは、ゴッシムがどう思おうと、かれにはこの異動を取り消せない、ということだ。何といっても最優先命令。要するにそういうこと……引用はウィリアム・S・ギルバートより。

「いい根性してるよ」とゴッシム。

「あんたこそ」

「にらみ合いの引き分けだな」ニーマンドが言った。「ゴッシムさん、結局我々を残らせるわけにはいかないんだ。いくら怒鳴っても」

モーリーとニーマンドに向かって無躾《ぶしつけ》な仕草をしてみせると、ゴッシムは大股に去り、そこに集まった群衆をかきわけて、どこか向こうのほうに消えた。事務所はすぐに静かになった。セス・モーリーもすぐに気分がよくなった。

「議論すると疲れるみたいね」と妻が言う。

「うん。それとゴッシムは疲れるやつだ。今のやりとりだけでくたくただよ。今日に先立つ丸八年間を勘定にいれなくても。ちょっとノーザーを選んでくる」

セス・モーリーは立ち上がり、事務所を後に、日中の陽射しの中に出ていった。

ノーザーってのも変な乗りものだ。停泊所の端に立って、動かぬ飛行艇の列を検分しながらそうつぶやいた。まず、異様に安い。四ドル玉以下で所有者となれる。次に、行くだけで帰ってこられない。ノーザーはひたすら片道用の船なのだ。理由はもちろん簡単、帰りの燃料が積めるほど大きくないから。大型船か、惑星表面から飛びたって、目的地を目指し、着いたらそこで静かに朽《く》ちてゆくだけ。でも――それなりの役にはたった。人間や、その他の知覚を備えた生物が、このタコツボみたいな船に乗って銀河系一帯に群れなして動いている。

さよならテケル・ウパルシン、とモーリーはつぶやいた。ノーザー停泊所の向こうに並んだオレンジの茂みにちょっと黙礼した。

どの船にしようか？　どれも似たようなものだ。錆《さ》びて、放ったらかしで。地球《テラ》の中古車置場さながら。最初に見つけたサ行の名前のやつにしよう、と決めて、船の名前を読みはじめた。

『辛気《しんき》なニワトリ』号。こいつか。深遠な名前ではないが、ふさわしくはある。メアリーを含め、みんないつだって私が辛気くさいって言うし。本当は、辛辣《しんらつ》なウィットがあると言うべきなんだ。みんな言葉が似てるんでまちがえる。

腕時計を見ると、かんきつ類製品工場の梱包部に寄るぐらいの暇がある。そこで、そっちにでかけた。

「AA級マーマレードの半リットルびんを十個」と配送係に言った。今もらっておかないと、二度と手に入らない。

「あと十個も割り当てがあるの、おたく」前にもモーリーと一もめあったので、配送係は疑わしそうににらんだ。

「ジョー・パーサーに私のマーマレード支給量を確かめたらいい。ほら、電話してきいてみれば」

「それほど暇じゃなし」と配送係は、キブツ主産物半リットルびんを十個数え出して、段ボールのカートンではなくて袋に入れてよこした。

「カートンないの？」とモーリー。

「うるせえ」と係。

モーリーはびんを一つ取り出して、ほんとにAA級か確かめた。AA級だ。ラベルにはこうある。「テケル・ウパルシン・キブツのマーマレード！　純正セビリア・オレンジ（変異種3B群）使用。スペインの陽射しをあなたの台所や調理区画にどうぞ！」

「結構。どうも」とモーリー。かさばる紙袋を抱えて、建物から日中のまぶしい太陽の中へ、再び出ていった。

ノーザー停泊所に戻ると、『辛気なニワトリ』号にマーマレードのびんをしまいはじめた。このキブツで作っている唯一のまともな品だな、と貯蔵区画の磁力保持場にびんを一つ一つ置きながらつぶやく。おそらくは、あとで懐かしく思う唯一の品だろう。

首につけた無線でメアリーを呼び出した。「ノーザーを選んだから停泊所まで来いよ。見せてやる」

「ホントに大丈夫なんでしょうねえ」

セス・モーリーは、むっとして言った。「知ってるだろう、私のメカ能力なら大丈夫だって。ロケット・エンジン、配線、操船系統、生命維持システム、全部、なにもかも、徹底的に調べた」そしてマーマレードの最後のびんを貯蔵区画に押し込むと、ドアをしっかり閉めた。

数分後に到着したメアリーは、カーキ色のシャツとショーツにサンダル姿で、日焼けしてほっそりしていた。「ふん」と『辛気なニワトリ』号を調べながら言った。「おんボロにしか見えないけど。あなたがいいって言うんなら大丈夫なんでしょうね、たぶん」

「荷も積みはじめてる」

「荷って、何を？」

貯蔵区画のドアをあけて、マーマレードのびん十個を見せてやった。

長い沈黙のあと、メアリーは言った。「まったく」

「どうかした?」

「あなた、配線やエンジンをチェックしてたんじゃなかったのね。しょうもないマーマレードを、ありったけちょろまかしに出歩いてたんだ」と、女は貯蔵区画のドアを悪意に満ちた憤怒をこめて叩きつけた。「ほんとに、どうかしてんじゃないの? 時々そう思うわ。このノーザーが動いてくれるかどうかであたしたちの生死が決まるってのに。どうすんのよ、酸素供給システムがいかれるとか、中枢回路がいかれるとか、筐体《きょうたい》に微妙な空気もれがあるとかしたら。それとか——」

「じゃあお前の兄さんに見てもらうといい」モーリーは口をはさんだ。「私よりずっと信頼が厚いようだし」

「兄さんは忙しいのよ。知ってるでしょ」

「そうでなきゃ来てくれたのにな。どのノーザーを使えって選んでくれてな。私なんかのかわりに」

こちらをきっとにらみつけて、妻はそのやせた体を挑戦的に身がまえた。それから、一気に体の力をぬいた。半ば面白がってはいるようだったが、どうやらあきらめたらしい。

「妙な話だけど、あんた運だけはいいのよね——いいとは言っても、他の才能にくらべればの話だけど。これだってたぶん、本当にここで最高のノーザーなんでしょうよ。あなたにゃちがいなんかわかりゃしないけど、気狂いみたいについてる人だから」

「ツキじゃない、判断力だ」

「ばーか」メアリーはかぶりをふる。「判断力が聞いてあきれる。あんたにはそんなものないのよ――少なくとも普通の意味ではね。えい、知ったことか。このノーザーを使って、あんたのツキがいつもどおり続いているのを期待するわ。でも、よくこんな生き方ができるわね、セス」と悲しげにこちらの顔を見た。「あたしがたまんないわ」

「今までなんとかやってきただろうが」

「糞《ふん》づまりになってただけじゃない、この――キブツで。それも八年間も」

「でも今度出られる」

「どうせもっとひどいとこへでしょうよ。新しい任務の何がわかってるの？　何もわかってないじゃない。ゴッシムの知ってること以外は――あの人が知ってるのは、仕事でみんなの通信を読むからだわね。あなたの最初の祈りも読んだのよ……あなたには言いたくなかったわ、だって言ったらあなた、カンカンに――」

「あん畜生」身中に、巨大な怒りが真っ赤に湧きあがるのが感じられたが、無力感がそれを阻《はば》む。「他人の祈りを読むなんて、道義に反する」

「あの人の担当だもん。何でも自分の仕事だと思ってる人だし。どのみちそれともお別れよ。ありがたい。なによ、落ち着きなさいって。どうしようもないでしょ。読んだのは何年も前のことじゃない」

「いい祈りだとか何とか言ってたか？」

「そうだとしてもフレッド・ゴッシムはそんなこと口にしないわ。よかったんじゃないの？　よかったに決まってるわ、だって異動になったじゃない」

「私もそう思う。何しろ神さまは、ユダヤ人の祈りはあんまりかなえてくれないからな、あの仲裁神以前の、形相破壊者の力がとても強くて、我々と彼――じゃなくて神さまとの関係がとことんこじれていた頃の聖約のおかげで」

「あなたがあの時代に生きてたら、導製神のやることなすこと、いちいちぶつぶつ文句たれてたでしょうよ、目に浮かぶわ」

「偉大な詩人になっていただろうな、ダビデのように」

「セコい仕事に就いてるわよ、今と同じに」これを最後にメアリーは歩み去り、モーリーは片手をマーマレードびんの列においたまま、ノーザーの出入口にとり残された。無力感が湧きあがり、気管がつまった。「ここに残れ！」と妻の背中に叫んだ。「お前なんか置いていってやる」

メアリーは暑い陽射しの中を歩き続けた。ふりかえりも、返事もせずに。

その日一日、セス・モーリーは所有物を『辛気なニワトリ』号に積みこむことで費やした。メアリーは姿を現さなかった。夕食頃になって、全部自分一人でやっているのに気がついた。あいつはどこだ。こんなのずるいじゃないか。

憂鬱が頭をもたげた。飯どきにはいつものことだったが。こんなことをしていてもしょうがないんじゃなかろうか。次から次へとろくでもない仕事を転々として。負け犬だ。メアリーの言うとおり。ノーザー一つ選ぶにしてもそうだ。ガラくたを積みこむにしてもそうだ。ノーザーの中を見渡すと、目に入るのは服や本、レコード、台所用品、タイプライター、医薬品、写真、擦りきれないソファーカバー、チェスセット、資料テープ、通信機器、クズ、クズ、クズの山。だいたいこの八年間ここで働いて、私たちのためこんだものときたら。価値のあるものが何一つない。おまけに全部はノーザーに積みきれない。だいぶ捨てるか、置いていって誰かに使ってもらうかすることになる。壊《こわ》してしまえ、と陰気に考えた。他人が自分の所有物を使用するという案は、断固排除されねばならない。一つ残らず燃やしてやる。メアリーがカケスまがいに集めてきた、ダサい服も全部だ。どぎつい派手なものばかりあさりやがって。

あいつのものは外に積んどいてやろう。自分のものだけ全部積むんだ。自業自得。あいつも手伝うのが筋なんだから。それをわざわざ、あいつのキップルまで積んでやることはない。仕事でもないのに。

腕いっぱいに服を抱えて立っていると、たそがれの薄闇の中を人影が近づいてくるのが見えた。誰だろう、と不思議に思って目をこらした。

メアリーではない。男だ、というより男めいたものだ。ゆったりしたローブ、長い髪が影をつくって広い肩から流れおちている。セス・モーリーは畏《おそ》れを感じた。地を歩む者だ。私を止めに来たんだ。震えながら、腕いっぱいの服を下におろしはじめた。胸の中では良心が激しくさいなまれていた。これまでやった悪事すべての重みが、今になって全部のしかかってくる。何カ月だろうか、何年になるだろうか——長いこと地を歩む者には会っていなかったので、その重みは耐えがたかった。悪事は必ず心にしこりを残し、それが積もってくる。仲裁神が取り除いてくれるまで決して消えはしない。

その人影が目の前で止まった。「モーリーくん」

「はい」と言いながら、頭皮に汗がにじむのが感じられた。顔にも汗が滴《したた》り、それを手の甲でぬぐおうとした。「疲れてるんです。何時間もこのノーザーに荷物を運んでいたもので。大仕事です」

地を歩む者はこう言った。「君のノーザー『辛気なニワトリ』号では、君や君のささやかな家族をデルマク・Oまで運べないんだ。介入せずにはいられなかった。大事な友だちだからね。わかってくれるね」

「もちろんです」罪の意識にあえぎながら答えた。

「別のを選ぶといい」

「はい」と気狂いのようにうなずく。「そうします。それと、ありがとうございます。本当にどうも。なんといっても、命を助けていただいたんですから」地を歩む者のおぼろな顔を盗み見て、自分を責めている表情か確かめようとした。でもわからなかった。残光も夕靄《ゆうもや》のなかに消えかけていたから。

「悪かったね、延々と無駄手間をかけさせて」

「いえ、そんな――」

「積み替えを手伝ってあげよう」と地を歩む者は腕をのばしてかがみ、箱の山を持ちあげて停泊中のノーザーの間を進んでいった。「こいつなら大丈夫」すぐに一台の横で止まり、身をのりだしてドアを開けた。「見てくれはたいしたことないけれど、メカのほうは完璧だ」

「ああ」とモーリーは、あわてて荷を抱えると後を追った。「その、ありがとうございます。見てくれなんか、結局どうでもいいことですから。大事なのは中身ですよね、ノーザーも人間も」と笑ったが、出てきた音は耳障《みみざわ》りなきしり声。すぐに止めた。首のまわりにふき出た汗が、大きな畏れとともに冷汗《ひやあせ》となった。

「こわがらなくてもいいのに」と歩む者。

「頭ではわかってるんです」とモーリー。

二人はしばらく、いっしょに黙って次から次へと箱を『辛気なニワトリ』号からましなノーザーへと積み替えた。モーリーはずっと、何か言おうと考え続けたが、思いつかなかなかった。精神が萎縮してしまっている。あれほど自慢の素早い知性の炎も、ほとんど消えかけていた。

「精神科医に診《み》てもらおうと思ったことはある？」とうとう地を歩む者がたずねた。

「いえ」

「しばらく休もう。ちょっと話をしよう」

「いえ」

「なぜ？」

「何も知りたくない、何も聞きたくないんです」耳に入ってきた自分の声は、無知にどっぷり浸《ひた》った弱々しい泣き言だった。愚かしい、とことんいかれた泣き言だ。わかってはいた。耳にして、自分でも気がついてはいた。それでもそれにしがみついた。そしてこう続けた。「自分でも完璧じゃないのはわかってる。でも、どうしようもないんだ。これでいいんです」

「『辛気なニワトリ』号が調べられなかったのに？」

「あれはメアリーが正しかった。いつもはもっとツイてるんです」

「奥さんも道連れになっていたんだよ」

「あいつにそう言ってやってください」私には言わないで。お願いだから、もう何も言わないで。知りたくないったら！

歩む者はしばらくこちらを見つめてから、ついにこう言った。「何か私に言いたいことは？」

「感謝してます。うんと感謝してます、姿を現していただいて」

「過去何年も、次に私に会ったら何を言おうか何度も考えていたよね。いろんなことが心をよぎったろう」

「その——忘れてしまうんです」声がしゃがれていた。

「祝福してあげようか」

「是非」声はまだしゃがれていた。ほとんど聞きとれないほどだ。「でも、どうして？ 私が何を？」

「君が誇らしいからだよ、それだけ」

「でもなぜ？」理解できなかった。予期していたお咎《とが》めもない。

歩む者は言った。「ある時、何年も前だけれど、君は雄ネコを飼っていたね。愛していただろう。いぎたなくて偽りに満ちたネコだったのに愛していた。ある日、骨のかけらが胃にささって死んだね。ゴミ箱から火星ネワシの死骸をあさったせいだ。君は悲しんだけれど、それでもネコを愛していた。好色なところ、食い意地のはったところ——あのネコを成していたすべてが、あれ自身を死に追いやってしまった。生き返らせるためなら君はどんな代償も支払ったろう。そしてしかも、昔のままの、いぎたないがめついあいつを、君の愛していたあいつが何一つ変わらずにいて欲しいと思ったね。わかるだろう」

「あの時、祈りました。でも救いは得られませんでした。導製神なら時間を巻き戻してあいつを蘇《よみがえ》らせることもできたでしょうに」

「いまでもあのネコに戻ってきてほしい？」

「はい」きしるような声でモーリーは言った。

「精神科医に診てもらう？」

「いえ」

「祝福しよう」地を歩む者は、右手である動作を行った。ゆっくりとした威厳ある祝福の仕草だった。セス・モーリーは頭を垂れて、右手を目に押し当てた……そして、顔のくぼみに黒い涙がたまっていたのを知った。まだ覚えていたのか。あのしょうもない爺さんネコを。何年も前に忘れていてもよさそうなものなのに。ああいうことは決して忘れ去ることはないのだろう。全部ためこまれているんだ、こころの中に。埋めこまれているんだ。こんなことが起きるまで。

「ありがとうございます」祝福が終わった。

「あのネコにはまた会うことになるよ。君が天国にすわる時に」と歩む者。

「本当ですか」

「ああ」

「昔のままのあいつと？」

「私を覚えてるでしょうか」

「ああ」

「いまでも覚えてるよ。待ってるんだ。いつまでも待っている」

「ありがとうございます。ずいぶん楽になりました」とモーリー。

地を歩む者は去った。


キブツのカフェテリアに入ると、セス・モーリーは妻を探した。部屋の隅の影になったテーブルで、カレー味のラム肩肉を食べているのが見つかった。向かいにすわったが、妻はかすかにうなずいただけで、即座にこう言った。

「晩ごはん逃《の》がしたわね。あなたらしくもない」

モーリーは言った。「会ったぞ」

「誰に？」妻はこちらを見すえた。

「地を歩む者だ。私の選んだノーザーでは生命に関わると報《しら》せに来てくださったんだ。あのノーザーじゃ絶対にたどりつけなかっただろう」

「やっぱりね。そうだと思ったわよ、あんな代物《しろもの》で無事に済んだはずがないもの」

「私のネコはまだ生きてる」

「ネコなんか飼ってないじゃない」

モーリーは妻の腕をつかんでフォークの動きを止めさせた。「何もかもうまくいく、とおっしゃった。デルマク・Oに行って新しい仕事を始められるぞ」

「その新しい仕事って何なのかきいた？」

「それは思いつかなかった。きかなかったよ」

「間ぬけ」妻はこちらの手をふり払うと食事を再開した。「歩む者ってどんなだったか話して」

「見たことないのか」

「見たことないのは知ってるでしょう！」

「美しくて穏やかで。彼は手をのばして祝福してくださった」

「彼、ってことは、男の姿で登場したわけね。なるほど。女の姿だったら、どうせあんたは聞く耳持た――」

「哀れなやつめ。お前を救いに介入したことは一度もないんだからな。救う価値があるとすら思われてないんじゃないの？」

メアリーは荒々しくフォークを叩きつけた。動物まがいの凶暴さでこちらをねめつけた。しばらく両者とも口をきかなかった。

「デルマク・Oには私一人で行く」モーリーがやっと言った。

「本気？　ホントにそのつもり？　あたしはついて行きますからね。あんたはとにかくずっと見張っておかないと。あたしがいなけりゃ――」

「わかったよ」はきすてるように言った。「来たきゃ来い。知ったことか。どうせここに残ったってゴッシムとできてあいつの人生を台無しにするのがオチだし――」しゃべるのをやめて、モーリーはあえぐように息をついだ。

黙りこくって、メアリーはラム肉を食べ続けた。

3

「現在、あなたはデルマク・0地上二千キロを航行中」とベン・トールチーフの耳を覆うヘッドホンが告げた。「自動操縦に切り替えてください」

「自分で着陸できる」ベン・トールチーフはマイクに言った。眼下の世界を眺め、その色を見て不思議に思った。雲か。大気があるわけだ。これで疑問が一つ片づいた。気持ちがおおらかになり、自信が湧いてきた。そして次の疑問が頭に浮かんだ。ここは神の世界だろうか。こう考えて、我にかえった。

着陸は簡単だった……のび、あくび、ゲップをして、シートベルトを外し、立ち上がり、よろよろとハッチへ向かい、ハッチを開け、操縦席に戻ってつけっぱなしのロケットエンジンを切った。ついでに酸素供給も切った。これで全部らしい。鉄のはしごにしがみつくように下りて、惑星表面へとよろけつつも飛びおりた。

宇宙船発着場のとなりには陸《ろく》屋根の建物が並んでいた。小さな入植地の入りくんだ施設だ。人が数名こちらのノーザーに向かってきつつある。明らかに出迎えのためだ。手を振ると、ビニールレザー製ステアリング・グローブの感触が心地よい――それとぶかぶかの宇宙服のおかげで、肉体的自我が大いに拡大したような感覚をおぼえる。

「おーい！」女の声が叫んだ。

「やあ」ベン・トールチーフも女を認めた。黒いスモックとそろいのズボンを着ている。普通の支給服だが、清潔な丸いそばかす顔の地味なつくりと調和している。「ここは神の世界ですか？」とたずねながら、ゆっくりとそちらのほうに歩み寄った。

「神の世界じゃないわ、外にいろいろおかしな物はいるけど」女は地平線のほうを漠然と身ぶりで示した。そして人なつっこく笑いかけると手をさしだした。「ベティー・ジョー・バーム。言語学者。あなたはトールチーフさんかモーリーさんのどっちかね。ほかはもう全員そろってるから」

「トールチーフです」

「みんなに紹介してあげるね。こちらの御老体はバート・コスラー。ここの管理人さん」

「よろしく、コスラーさん」握手。

「こちらこそ」と老人。

「こちらマギー・ウォルシュ。神学者ね」

「よろしく、ウォルシュさん」握手。きれいな人だ。

「こちらこそ、トールチーフさん」

「イグナッツ・サッグ、プラスチック工学」

「いよう」やたらに荒っぽい握手。サッグ氏は気にくわん。

「ミルトン・バブル医師《せんせい》。入植地の医療担当」

「どうも、バブル医師《せんせい》」握手。バブルは小柄で太っていて、カラフルな半袖シャツを着ている。顔には不純な表情が浮かび、何を考えているのかよくわからなかった。

「トニー・ダンケルウェルト、写真家兼土壌専門家」

「よろしく」握手。

「こちらの旦那はウェード・フレーザー、心理学者」フレーザーの湿っぽい不潔な手と、長い形だけの握手。

「グレン・ベルスノア、エレクトロニクスとコンピュータ担当」

「よろしく」握手。乾いた堅い有能そうな手。

背の高い老女が近づいてきた。杖にすがっている。顔つきは堂々としていて、青白かったが極めて健康そうだ。「トールチーフさんですね」と細いしなやかな手をこちらに差し出した。「ロバータ・ロッキンガム、社会学者です。よろしく。みんなで長いこと、あなたがどんな方だろうと話しあっておりましたんですのよ」

「あなたがあのロバータ・ロッキンガムですか」この人物に会えた歓びで身中が輝く思いだった。特に理由もなかったが、ずっと前に死んだと思っていた。それがこうして紹介されると頭が混乱する。

「そしてこちらが」とベティー・ジョー・バーム。「事務タイピストのスージー・マヌケ」

「始めまして、その――」

「スマート（賢いの意）です」と女が言った。胸が大きくすばらしいプロポーションだ。「スザンヌ・スマート。間抜けよばわりして何が面白いんだか」差し出された手と握手。

ベティー・ジョー・バームが言った。「ここらを見てまわる？　それとも何かご希望は？」

「ここはどういう入植地なんですか。聞かされてないもんで」

「トールチーフさん、わたくしたちも聞かされていないんです」と偉大な老社会学者はクスクス笑った。「誰か着くたびに順番にたずねてきましたが、誰も知りません。最後に着くはずのモーリーさん――この人まで知らないとなると、どうなることやら」

エレクトロニクス整備担当がベンに言った。「何も問題はないですよ。従衛星があがってますからね。一日五回軌道をまわりますから夜には見えますよ。で、最後の人物――モーリーですか――この人が着いたら、衛星上のオーディオ・テープの送信をリモート起動するよう指示を受けているんです。そのテープを聞けば、その後の指示だのなんで集められたかだの何が目的かだの、その他もろもろがわかりますから。もう何でもかんでもね。

ただ、『ビールがぬるくならないように冷蔵庫をもっと冷やすにはどーすりゃいいか』なんてのはダメだけど。いや、それだって教えてくれるかもしれない」

一同の中では雑談が始まっていた。いつの間にかそれに加わってしまっていたが、話の中身は実はよくわからなかった。「ベテルギウス第四惑星には確かにキュウリがあったがね、月の光で育てたわけじゃないよ、噂でなんと言ってるか知らんが」「会ったことないけど」「でも実在するのよ。いずれあなたも会えますって」「言語学者がいるってことは、知的生命体がここに存在するってことなんだろうけれど、これまでの我々の探検は非公式のもので科学的じゃなかったですからね。それも変わる――」「何も変わらないよ。スペクトフスキーの理論だと、神が歴史の中に現れて時間の流れを再開させたことになっているけど」「そういう話がしたいならウォルシュさんに言ってくれ。神学にはとんと興味がない」「そうそう、あたしも全然。トールチーフさん、あなたインディアンの混血？」「うーん、およそ八分の一がインディアンですね。名前でしょ？」「この建物は手抜きだよ。暖かくしたいときに暖まらない。冷やしたいときにも冷やせない。僕はこう思うね。つまりここはごく短期間用に造られたんだ。何の目的でここに集められたにせよ、長期にわたることはない。というか、もし長期なら、まっさらの施設を電気の配線まで造り直さないとダメだ」「夜中になにやらムシがキーキー鳴くの。最初は一日中眠れないわ。一日中って、二十四時間の一日のほうね。『日中』のことじゃないわよ、昼間は鳴かないから。

夜よ。もう毎晩。いずれわかりますって」「おいトールチーフ、スージーを『マヌケ』なんて呼ぶなよ。あの娘《こ》は少なくとも絶対に間抜けではない」「それに美人だ」「それと見たかよ、あの娘《こ》の――」「見たけど、その話はここじゃまずいですよ」「どういう御関係のお仕事とおっしゃいましたっけ、トールチーフさん？　は？　恐れ入りますがもう一度？」「もっと大声で話さないと。こちら耳が少し遠いから」「だからですね――」「そう脅かしてやるなよ、そんな近くで大声出したりして」「コーヒーはありますか」「マギー・ウォルシュに言って。いれてくれるから」「このしょうもないコーヒーメーカーが熱くなったら切れるようにできればね。だってさっきから何度も何度もコーヒーを煮立ててるのよ」「まったくなんだってこのコーヒーメーカーはうまく動かないんだか。こんなもの、二十世紀の昔に完成されていた代物《しろもの》だろう。いまさらわからないことなんて残っていないはずなのに」「いや、ニュートンの色彩理論みたいなものだと思えばいい。色について知るべきことはすべて一八〇〇年までに解明されていた。そこへランドが二光源集中理論を提唱して、完結したと思われていた色彩の分野は完全に粉砕されてしまったじゃないか」「要するに、全自動コーヒーメーカーについても我々のまだ知らないことがあるってこと？　全部わかってるものと早合点してるだけで？」「そんなところだ」などなど。それをぼんやりと聴きながら、話しかけられれば返事をしているうちに、急に疲れて一同から離れ、カワノキのような緑のしげみのほうへぶらぶらと向かった。その木が精神分析医の長椅子のような安らぎの大事な源を成しているように見えたのだ。

嫌な匂いの空気だ。かすかにではあるが。清掃工場が近くで動いているような匂いだ。でも、二〜三日もすれば慣れる、と自分に言いきかせる。

この連中は何か変だ。なんだろう。みんな実に……と上手《うま》い表現を探す。はしゃぎすぎている。そうだ、これだ。それなりに才能はある連中だが、みんな自分がしゃべろうとして身構えている。たぶん、みんなすごく不安だからなんだろう。それにちがいない。オレと同じく、かれらだってわけもわからずにここに来たのだ。でも——それで完全に説明がつくわけではないな。あきらめて意識を外に向け、堂々とした緑のカワノキや頭上の霞みがかった空、足元に生える小さなイラクサ状の植物を愛《め》でる。

それにしてもつまらないところだ。急に失望をおぼえた。もとの宇宙船と大して変わりゃしない。場所の魔法もさっそく消えてしまった。でも、ベティー・ジョー・バームが、入植地の外に異様な生命体がいるとか言っていた。だから、この小さな範囲のことだけをもとに類推するのは当を得ないかもしれない。入植地からどんどん離れて奥地へわけ入らないと。なんてことは連中だって一人残らずやってるんだな、と思い当たった。だってどのみち他にすることもあるまい。少なくとも人工衛星からの指令をうけるまでは。

モーリーがはやいとこ来てくれるといいが。そうすればみんな動き出せる。

ムシが右の靴に這《は》いあがり、そこで止まると小さなテレビカメラをのばした。カメラのレンズがパンしてこちらの顔を正面から捉《とら》えた。

「やあ」とムシに言う。

カメラを引っ込めて、ムシは這い下りた。どうやら満足したようだ。誰が、あるいは何がこんなもので探りを入れているんだろう。足をあげて、このムシを踏みつぶしてやろうかという考えを頭の中で一瞬もてあそび、結局よした。かわりにベティー・ジョー・バームのところへ行ってきいてみた。「このモニター・ムシはあなたが来たときもいましたか？」

「ここの建物が建ちあがってから出るようになったけど。たぶん無害だと思う」

「でも確実ではないわけですか」

「だからってどうしようもないのよ。最初は殺してたけど、これを造った連中は、誰だか知らないけど追加を送ってよこすだけだし」

「あなたたち、発生源までたどってどういうことなのか調べたほうがいいんじゃないの？」

「なにが『あなたたち』よ、トールチーフさん。『わたしたち』でしょ。あなただって他のみんなと同じにこの任務の一部なんだから。情報量だってみんなと同じだけ持ってる――というか、持ってないんだからね。この任務の企画者が何を考えているのか知らないけれど、指令のフタを開けてみたら、ここの生命体を調べろとか調べるなとかいう命令だったりして。いずれわかりますって。それまでコーヒーでもどう？」

「いつからここに？」プラスチックのミニ・バーに並んですわり、かすかに灰色がかったプラスチックのコップでコーヒーをすすりながらベンはたずねた。

「ウェード・フレーザー、心理学者ね、あの人が最初に来て、それがおよそ二ヵ月前ってとこかしら。あとの人はそれからぼちぼちとね。モーリーがはやく来ないかな。みんな何の任務か知りたくてウズウズしてるし」

「ウェード・フレーザーは本当に知らないのかね」

「え？」ベティー・ジョー・バームはきょとんとした。

「あの人が最初に来たわけだ。そしてあとのあなたたち――じゃなくて我々を待っていた。もしかすると、これは連中の仕組んだ心理学の実験で、フレーザーがそれを仕切ってるのかもしれない。誰にも内緒で」

「そんなの全然こわくないもん。あたしたちが唯一すごくこわいのはこういうことなの。ここにあたしたちが集められたのには目的なんかなくて、それでも二度とここを離れることはできないってこと。ここには全員ノーザーで来たでしょ。そういう命令だったから。でも、ノーザーは着陸したら二度と離陸できない。外からの助けがないとみんな二度とここを離れられないんだよ。ここは牢屋なのかもしれない――そんなことも考えたけど。あたしたち全員、何かをやらかしたのかもしれない。あるいは誰かがそう思ってるとか」女は灰色の落ち着いた目で、警戒するようにこちらを見つめた。「トールチーフさん、何をやらかしたの」

「まあ、別に」

「だから、犯罪者とかじゃないんでしょ」

「身におぼえはないけど」

「平凡な人みたいね」

「そりゃどうも」

「だから、犯罪者みたいじゃないってこと」女は立ち上がると、狭い部屋を横切って食器だなに向かった。「シーグラムVOでもどう？」

「いいね」ありがたい。

二人でコーヒーをシーグラムVOカナディアン・ウィスキー（輸入品）で割って飲んでいると、ミルトン・バブル医師がぶらりと入ってきて、二人を見て自分もバーにすわった。「ここは二流どころの惑星ですよ」と前置きなしにベンに言った。陰気で平べったい顔が不快そうに歪んだ。「どうしようもなく二流。どうも」ベティー・ジョーからコーヒーを受け取って一口すすったが、まだ不快そうな顔を続けていた。「何を入れた？」と問いただす。そしてシーグラムVOのボトルを見ると、怒ったように「まったく、コーヒーが台なしだ」と言った。コップを置いたその顔は、前にも増して不快そうだった。

「あたしはおいしいと思うな」とベティー・ジョー・バーム。

バブル医師が言った。「いや、おかしな話だよ、誰もかれも。つまりだな、トールチーフくん、ここに来て一月《ひとつき》になるが、話を聞いてくれる奴がまだ見つからない。親身に聞いてくれる奴はね。ここの人間はみんな自分のことだけで頭がいっぱいで、他人なんかどうでもいいという奴ばかりなんだ。もちろんあんたは別だよ、BJ」

「気をつかわなくてもいいよ。本当だもん。あたしには、あんたも他のみんなもどうでもいいのよ、バブル。放っといてほしいだけ」女はこちらに向き直った。「誰かが着陸するとね、みんなはじめは好奇心をもつの……あなたのときみたいに。でもそれから、当人を見てちょっと話を聞いたら――」タバコを灰皿から取り上げ、静かに一服した。「悪気はないのよ、トールチーフさん、バブルも今そう言ったけどさ。じきにあなたもあたしたちに侵されて、同じようになる。今から予言しとくわ。しばらくあたしたちとしゃべって、やがてあなたも自分の殻に――」ここでためらい、右手で空中をまさぐって、まるで物理的にことばを模索しているかのようだった。ことばが手でつかめる三次元の物体であるかのように。「たとえばベルスノアよ。考えることといえば冷却ユニットのことばっか。あれが止まるんじゃないかっておびえてる。そうなれば、あのパニックぶりから想像つくけど、みんなオシャカらしいわね。冷却ユニットのおかげであたしたちは茹で上がらずに済んでるらしいわよ、あの人の考えでは」とタバコで身ぶりを加える。

「でもあいつは無害だ」とバブル医師。

「誰が有害だってのよ」とベティー・ジョー・バーム。そしてこちらにまた向かった。

「あたしはと言うとね、トールチーフさん、あたしはお薬をのむの。見せたげる」バッグをあけて、薬びんを取り出した。「見て」とそれをベンに渡す。「青いのがステロイド剤。あたしが抗嘔吐剤として使ってるやつ。断っとくけど、あたしの用途と本来の用途はちがうからね。本来、ステロイド剤は一日二十ミリグラム以下で精神安定剤として使われるんだよ。二十ミリグラム以上だと抗幻覚剤。そういう使い方もしないわね、あたしは。さて、ステロイド剤の問題点は、血管拡張剤でもあるってことなの。のんだあと、ときどき立ち上がれなくなっちゃってさ。血液沈滞っていうのかな」

バブルがぶすっとして言った。「そこでこの娘は血管収縮剤ものむんだ」

「それがこの白い錠剤」とベティー・ジョー・バームはびんの中の白い錠剤が固まっているところを示した。「メタンフェタミンね。さて、この緑のカプセルが——」

「いつかその錠剤が孵化して、変な鳥が生まれてくるよ」とバブル。

「なにわけのわからないこと言ってんの」とベティー・ジョー。

「つまりその薬が色つきの鳥の卵みたいだってことだよ」

「そりゃそうね。でもやっぱしおかしいわよ」びんのふたを取って、手のひらにいろいろな錠剤を取り出した。「この赤いキャップのカプセル——これはもちろんペンタバルビツール、睡眠用。そしてこの黄色いヤツはノルプラミンで、メラリルの中枢神経《CNS》抑制効果を相殺《そうさい》するため。さて、この四角いオレンジ色のヤツは新製品よ。五層構造で時間とともにだんだん溶け出していく、俗に言う『滴《したた》り原理』を採用。優れたCNS刺激剤なんだな、これが。そして——」

「中枢刺激剤とCNS抑制剤をいっしょにのむ人なんだよ」バブルが割って入った。

「お互いに打ち消しあうことにならないんですか」とベン。

「そうなるだろうなあ、うん」

「なんないわよ。だって、自分でちゃんとちがいがわかるもん。しっかり効いてるはずだわ」

「付属の説明書は全部目を通しているんだ、この人は。『医師用卓上便覧』も持ってきてる。薬物の副作用や禁忌、服用量、使用後の注意の載ってるやつだ。自分の薬についての知識は私も真っ青でね。メーカーも真っ青だよ。どんな薬でもいいから見せてやってごらん。何でもわかる。何の薬で何の効用があって、何の——」バブルはゲップをして椅子にすわりなおし、笑った。「前に薬があってね、そいつは副作用があるんだ——のみすぎると痙攣《けいれん》や昏睡、死ぬことだってある。それで説明書を読むと、痙攣だ昏睡だ死亡だって書いた直後にこうあった。『習慣性あり』。大したサゲだよ、何度見ても」もう一度笑って、毛だらけの色黒の指で鼻を押し上げた。「変な世の中だよ」とつぶやく。「まったく」

ベンはシーグラムVOをもう少し飲んだ。おなじみのぬるい火照《ほて》りがからだに満ちてくる。バブル医師とベティー・ジョー・バームを意に介さなくなってきたのがわかる。自分だけの精神、自分自身という存在の中に沈みこんでいるのだ。いい気持ちだ。

写真家で土壌専門家のトニー・ダンケルウェルトがドアから頭をのぞかせて呼んだ。

「ノーザーが着いた。たぶんモーリーだよ」網戸がバタンと閉まり、ダンケルウェルトは急いで去った。

立ち上がりかけたベティー・ジョー・バームが言った。「いこうよ。これでやっと全員そろった」バブル医師も立ち上がった。「おいで、バブル」女はそう言って、戸口に向かおうとした。「あんたもよ、八分の一インディアンのトールチーフさん」

ベンはコーヒーとシーグラムVOの残りを飲み干すと、フラフラしながら立ち上がった。一瞬後には、二人の後に続いて、戸口から日の光の中へと出ていった。

4

逆推進ジェットを切りながら、セス・モーリーは身ぶるいしてシートベルトを外《はず》した。指さして、メアリーにもそうするように指示する。

「うるさいわね。わかってるわよ。まったく子ども扱いして」

「何をカリカリしてるんだ。ここまで完璧に操縦してきてやったってのに。ずっとだよ」

「自動操縦にしてビームをたどってきただけでしょ」妻はずるそうに言った。「でもあなたにも一理あるわね。感謝するのがスジなんでしょうね」もっともその物言いは、感謝しているようには聞こえなかった。だが気にするまい。他に考えることがある。

ハッチを手動であけた。緑の日光が注ぎこみ、それを目からさえぎると貧相な木やもっと貧相な茂みの不毛な光景が見えた。左のほうにはサエない建物がごちゃごちゃと不揃いに張り出している。入植地だ。

人々がノーザーに近づいてくる。それも群れをなして。中の何人かが手を振るので、こちらも振りかえした。「こんにちは」と言いながら、鉄のはしご段を下って地面に降り立つ。ふりむいてメアリーが出るのを手伝おうとしたが、妻は手を振り払って助けなしで着地した。

「いらっしゃい」地味な色黒の女が近づきながら声をかけてきた。「嬉しいな、あなたたちで最後よ！」

「セス・モーリーです。そして妻のメアリー」

「知ってる」地味な色黒女はうなずいた。「よろしく。みんなに紹介してあげるね」手近にいたたくましい若者を示す。「イグナッツ・サッグ」

「よろしく」モーリーは男と握手した。「セス・モーリーと妻のメアリーです」

「あたしはベティー・ジョー・バーム。それとこの旦那が」地味な色黒女は腰の曲がった疲れきった様子の老人にこちらの注意を向けた。「バート・コスラー。管理人さん」

「よろしく、コスラーさん」力強い握手。

「こちらこそ、モーリーさん、奥さんも。頑張りましょうや」

「写真家兼土壌エキスパート、トニー・ダンケルウェルト」バーム嬢の示した鼻のでかいティーンエージャーは、ぶっきらぼうにこちらを見るばかりで手も出さない。

「こんにちは」セス・モーリーは声をかけた。

「ちは」少年はつま先に目を落とした。

「マギー・ウォルシュ、神学の専門家」

「よろしく、ウォルシュさん」力強い握手。実にきれいな女だ、とモーリーは内心思った。そしてもう一人、魅力的な女が来るじゃないか。こちらはセーターを着ていて、それがシェイプ・ブラの上で目一杯はりきっている。

「あなたのご専門は？」と握手しながらたずねた。

「一般事務とタイプです。スザンヌといいます」

「下のお名前は？」

「スマート」

「いいお名前ですね」

「そうかしら。この人たちはスージー・マヌケなんて呼ぶんですよ。面白くもなんともないのに」

「何が面白いんでしょうねえ」とセス・モーリー。妻がわき腹を派手に小突いたので、半ば条件反射的にスマート嬢との会話を切り上げると、ふりかえって迎えたのがやせた目つきの卑《いや》しい人物だった。かれの差し出した手はエッジを研いで細くしてあるみたいなクサビ型をしていた。思わず身中に拒絶反応がわき起こる。こいつは握手したい手じゃないし、お近づきになりたい人物でもない。

「ウェード・フレーザーです」とその卑しい目つきの人物。「この居留地の心理学者をやってます。ところで――みなさんには着き次第、とりあえずTATの予備テストを受けてもらってるんですが。できればお二方にもお願いしたいんですよ。今日中にでも」

「もちろんです」納得できなかったがこう答えてしまった。

「こちらの旦那がここのお医者さん、ミルトン・G・バブル医師《せんせい》。出身アルファ系第五惑星。バブル医師《せんせい》にごあいさつを、モーリーさん」とバーム嬢。

「よろしく、医師《せんせい》」握手する。

「いささか太りすぎですな」とバブル医師。

「ハハハ」とモーリー。

きわめて背の高い腰の伸びた老婆が、杖にすがって群れからぬけでてきた。「モーリーさん」と言いながら、軽そうでしなやかな手をさしのべた。「社会学者のロバータ・ロッキンガムです。お目にかかれて光栄です。道中恙《つつがな》無くお済みになりましたか」

「おかげさまで」モーリーはその小さな手を握ると、そっとふった。見かけからすると百十歳はいってる。この婆さんが惑星間宇宙をこえてノーザーを操縦している光景は想像できなかった。

いだ。この婆さんが惑星間宇宙をこえてノーザーを操縦している光景は想像できなかった。

「ここは何の入植地なんですの？」とメアリー。

「あと二、三時間でわかるわ」とバーム嬢。「グレンが——グレン・ベルスノアはここのエレクトロニクスとコンピュータ専門家ね——かれがこの惑星をまわってる従衛星にアクセスできたらすぐにね」

「じゃあ誰も知らないんですか。誰も何も聞いてないんですか」

「ええ、モーリーさん」ロッキンガム女史が老いた深い声で言った。「でもやっとわかるんですよ。どれほど待ったことか。わたくしたちみんな、なぜここに集められたかがわかるなんて、すばらしいではないですか。そうでしょう、モーリーさん。だって自分の目標がわかるのは誰しも嬉しいものでございましょ？」

「ええ」

「ほら、やっぱりそうですよね、モーリーさん。こうやってみんなの意見が合うっていいものですね」そしてセス・モーリーだけに意味ありげなひそひそ声でこう言った。「残念ながらそれが悩みの種でございましてね、モーリーさん。わたくしたちには共通の目的がないんですのよ。人間同士の交流も低調でございましたけれど、もちろんこれは持ち直しますわよ、だってもう――」うつむいて小さなハンカチにちょっと咳きこんだ。「とにかく本当にいいものです」とようやく切り上げてくれた。

「私の意見はちがう」とフレーザー。「予備テストによると、ここの人間は元来、おおむね自己中心的なグループだと出ている。総体的にだね、モーリーさん、かれらはもともと責任を回避する傾向を見せていると判断されるんだ。かれらの中にはなぜ選ばれたのか理解に苦しむようなのもいる」

作業服を着た汚れた強そうな人物が言った。「おたくはさっきから『我々』と言わずに

『かれら』と言うね」

「我々だのかれらだの」心理学者は痙攣するような身ぶりをした。「君には強迫観念的な性向がある。それもこのグループの統計上で全体的に異常な点の一つだ。君たちはみんな超強迫観念的なんだ」

「そうは思わんね」汚れた人物は平坦だが力強い声で言った。「要はおたくがイカれてるってだけのことだ。あんなテストばっかりやって、気でもふれたんだろう」

それを機にみんなが一斉にしゃべりはじめた。あたりは無法状態となった。バーム嬢をつかまえて、セス・モーリーは言った。「この入植地の責任者は誰なんです？　ひょっとしてあなた？」相手が聞き取れるまで二度も繰り返さなくてはならなかった。

「誰も任命されていないわ」グループ内の言い合いの騒音を上回る大声で女は答えた。「それも問題の一つね。片をつけたいことの一つ——」その声はあたりの喧噪《けんそう》の中にかき消された。

「ベテルギウス第四惑星には確かにキュウリがあったがね、月の光で育てたわけじゃないよ、噂でなんと言ってるか知らんが。一つには、ベテルギウス第四惑星には月がない。それで明らかだろう」「会ったことないけど。会いたいとも思わないわ」「いずれあなたも会えますって」「言語学者がいるってことは、知的生命体がここに存在するってことなんだろうけれど、いまのところまだ何にもわかっていないんです。これまでの我々の探検は非公式の、いわばピクニックみたいなもので、まったく科学的じゃなかったですからね。もちろんそれも変わる――」「何も変わらないよ。スペクトフスキーの理論だと、神が歴史の中に現れて時間の流れを再開させたことになっているけど」「いや、それは勘ちがいですよ。仲裁神以前のあらゆる闘争だって、時の流れのなかで起きたものなんです。ただ、仲裁神の登場以来、あらゆることがとても急速に起きたことと、スペクトフスキー期の現在は神の化身と直接コンタクトするのが比較的容易になったことは言える。そういう意味では、我々のおかれた現在は仲裁神が登場して以来最初の二千年ともちがっていると言えますね」「そういう話がしたいならマギー・ウォルシュに言ってくれ。神学にはとんと興味がない」「そうそう、あたしも全然。化身のどれかとコンタクトしたことある?」「ええ、実はあります。つい先日――確か水曜日でした、テケル・ウパルシン時間で――地を歩む者がおいでになって、私にあてがわれたノーザーはガタがきてるからそれを使えば妻も私も命にかかわる、と伝えてくださったんです」「じゃあ救ってくれたのね。そんなふうに仲裁してもらえるなんて、嬉しいでしょうに。天にも昇る思いでしょう」「この建物は手抜きだよ。暖かくしたいときに暖まらない。冷やしたいときにも冷やせない。僕はこう思うね。つまりここはごく短期間用に造られたんだ。何の目的でここに集められたにせよ、長期にわたることはない。というか、もし長期なら、まっさらの施設をBXケーブルまで造り直さないとダメだ」「夜中になにやらムシだか草だかがキーキー鳴くの。最初は一日中眠れないわ、モーリーさんも奥さんも。ええそう、あなたたちに言ってるんだけど、まわりがうるさすぎんの。で、一日中って、二十四時間の一日のほうね。『日中』のことじゃないわよ、昼間は鳴かないから。いずれわかりますって」「おいモーリー、スージーを『マヌケ』なんて呼ぶなよ。あの娘《こ》は少なくとも絶対に間抜けではない」「それに美人だ」「それと見たかよ、あの娘の――」「うん、見たけど――その、家内がね。何でもすぐに悪い方にとるから、今はその話はよしたほうがいいかと」「ＯＫ、そう言うんなら。専門は何ですか、モーリーさん」「正式には海洋生物学者です」「恐れ入りますがもう一度？　あら、私におっしゃってたんですか、モーリーさん。ちょっと聞き損ねまして。もう一回お願いできますか」「もっと大声で話さないと。こちら耳が少し遠いから」「だからですね――」「そう脅かしてやるなよ、そんな近くで大声出したりして」「どこかにコーヒーか牛乳はありますか」「マギー・ウォルシュに言って。いれてくれるから。Ｂ・Ｊ・バームでもいいや」「まったくもう、このしょうもないコーヒーメーカーが熱くなったら切れるようにできればね。だってさっきから何度も何度もコーヒーを煮立ててるのよ」「まったくなんだってこのコーヒーメーカーはうまく動かないんだか。こんなもの、二十世紀の昔に完成されていた代物《しろもの》だろう。いまさらわからないことなんて残っていないはずなのに」「いや、ニュートンの色彩理論みたいなものだと思えばいい。色に関しては、一八〇〇年までに何もかも知り尽くされていた」「そう、君はいつもその話を持ち出してくる。強迫観念じみているな」「そこへランドが二光源集中理論を提唱して、完結したと思われていた色彩の分野は完全に粉砕されてしまったじゃないか」「要するに、全自動コーヒーメーカーについても我々のまだ知らないことがあるっての？　全部わかってるものと早合点してるだけで？」「そんなところだ」などなど。

セス・モーリーはうめいた。一同から離れると水の働きで角の丸くなった大きな岩の転がっているところへ向かった。少なくとも水域がここにあったことはあるわけだ。どうやら完全に消滅してしまったらしいが。

あの薄汚れた作業衣姿のひょろっとした人物が一同から離れると、後を追ってきた。

「グレン・ベルスノアです」と手を差し出す。

「セス・モーリーです」

「やくたいもない愚衆ですよ、我々は。僕が着いたのはウェード・フレーザーの直後だったんですが、その時すでにこのザマだ」ベルスノアは近くの雑草に唾をはいた。「そのフレーザーが何をたくらんでたかわかりますか。自分が最初に着いたのをいいことに、グループのリーダーになりすまそうとしたんだ。我々に――例えば僕に――こんなことまで言った。『与えられた指示は、自分が責任者になれという意味だと理解している』だと。あやうく信用するところだった。ある程度、筋は通ってたからね。最初に着いた人間だったし、あのやくたいもないテストをみんなにやらせて我々の『統計的に見た異常性向』とやらを声高にふれてまわるし。そういうヤツだよ、あの変態め」

「有能で信頼できる心理学者なら、何かわかってもそれを言いふらしてまわったりしませんよ」まだ紹介してもらっていない男が手を差し出しながら歩みよってきた。見かけは四十代はじめ、ちょっと大きめのアゴ、力強い眉、黒々とした髪。「ベン・トールチーフです。あなたの少し前に着きました」いささかふらついているようだ。二、三杯ひっかけたみたいだな、とモーリーはふと思った。手をのばして握手する。気に入ったぞ、こいつは。ほろ酔いでも気に入った。他の連中とはちがう存在感がある。しかし、他の人たちだって、ここに来る前はまともで、この場所の何かのせいで変わってしまったのかもしれない。もしそうなら、私たちもそのせいで変わってしまうだろう。トールチーフも、メアリーも、私もいずれは。

気持ちのいい話ではない。

「セス・モーリー。海洋生物学者。もとテケル・ウパルシン・キブツ職員。あなたのご専門は――」

「本来は博物学者Bクラスです。宇宙船ではやることがなくて、それも十年航行の宇宙船だったんです。それで船の送信機経由で祈って、それをリレー・ネットワークがひろって仲裁神に届けてくれたわけです。それとも導製神のほうかな。でも前者だと思いますよ。時間が巻き戻されたわけじゃないから」

「祈りでここに来たとは面白い。私はといえば、ここへ来るためのノーザーを選んでいる時に地を歩む者の訪問を受けたんですよ。選んだノーザーが良くないというのでね。それではメアリーもここに行き着けないぞ、と地を歩む者はおっしゃったんです」腹が減った。「この宇宙服を着替えて食事がしたいんですけれど」とトールチーフにきいた。「今日はずっと飯を喰ってないもんでして。この二十六時間というもの、ずっとノーザーの操縦にかかりっきりで。誘導ビームがひろえたのはごく最後になってからだったんです」

グレン・ベルスノアが言った。「マギー・ウォルシュなら喜んでこさえてくれるよ。ここらで食事と称されている代物をね。冷凍えんどうに冷凍代用仔牛肉ステーキってなとこだろう。それとあのクソッたれな非全自動のやくたいもないコーヒーメーカーのコーヒー。あれはハナっからうまく動かないんだ。そんなもんでよければ」

「しょうがないでしょうね」モーリーは陰鬱な気分になった。

「魔法はすぐに消えるもんです」とベン・トールチーフ。

「えっ？」

「この場所の持つ魔法ですよ」トールチーフは岩やこぶだらけの緑の木、入植地の全施設である低層のほったて小屋じみた建物群に向かって振り払うような仕草をしてみせた。

「ご覧のとおり」

「たったそれだけで決めつけるもんじゃないよ」ベルスノアが口をはさんだ。「これがこの惑星の唯一の建築物ってわけじゃないんだから」

「じゃあこの星には独自の文明があるんですか」モーリーは興味をおぼえてたずねた。

「まだ我々には理解できないものが向こうにはあるってことだよ。ビルがある。僕もぶらついていたときにチラッと見ただけで、あとで戻ってみたけど見つからなかった。大きな灰色のビルだ。すごくでかい。小塔や窓もある。見当からいって八層ぐらいのビルだな。見たのは僕だけじゃない」と、言い訳するようにつけ加えた。「バームも見た。ウォルシュも見た。フレーザーも見たと言ってるが、あれはたぶん尻馬にのっかってるだけだろう。のけ者扱いされたくないからってね」

「ビルには何かいましたか」とモーリー。

「僕にはわからなかった。こちらのいた場所からだとそこまでは見えない。誰もそんなに近づいたわけじゃないんだ。すごく、こう――」と身ぶりを加え、「近づき難い感じなんだ」

「そりゃ是非見てみたい」とトールチーフ。

「今日は誰もこの構内を離れてもらっちゃ困る」とベルスノア。「ようやく人工衛星にコンタクトして指令が受けられるんだ。こっちが優先する。本当に大事なのはこっちなんだから」かれはふたたび雑草に唾をはいた。意識的かつ考えぶかげに。そして正確な狙いで。

ミルトン・バブル医師は腕時計をながめた。四時半で疲れとる。血糖値が低いにちがいない。午後の夕方近くに疲れが出るのは確実に血糖が低いせいだ。ひどくなる前に少しブドウ糖を摂取しとかんと。適正な血糖がないと、とにかく脳が動いてくれん。もしかすると糖尿病になりかかっているのでは？　考えられる。遺伝的にその気《け》はあるから。

「どうしたの、バブルくん」貧相な居留地の質素な会議室にいるかれの隣に、マギー・ウォルシュが腰をおろした。「また病気？」とウィンクされて、バブルは思わずカッとなった。「今度は何なの？　カミーユのように結核でついえ去ってゆくのかな？」

「低血糖症」と椅子のひじかけに乗せた自分の手を観察しながら答えた。「加えて、非錐体的な神経性筋肉運動も少々。筋失調症性の運動不安定。非常に不快」この感じは大嫌いだった。親指がピクピクと鼻クソをまるめるような仕草で動き、舌が口の中でひきつり、のどはカラカラ――神よいつまで続くのですか。

少なくとも先週ずっと悩まされてきたヘルペス性角膜炎は治った。ありがたいことに(神よありがとう)。

「キミの肉体は女にとっての家みたいなものだね。自分のおかれている環境として肉体をとらえているでしょう。普通は肉体を自分そのものだと――」

「身体環境は我々が生きている最もリアルな環境だ」バブルはつっけんどんに言った。「我々は幼児期に、最初の環境として肉体を体験する。そしてやがて衰弱して老年にさしかかり、形相破壊者が我々の精力と姿形を腐らせてしまったとき、肉体的な本質が危機にさらされれば俗に言う外界の出来事なんぞほとんど問題にもならんことを再び見いだすんだよ」

「それで医者になったんだ」

「そんな単純な因果律よりはもっと複雑な理由だ。因果律は双対性《そうつい》を前提としちょる。私の職業選択は――」

「そこ、黙れ」グレン・ベルスノアが手をとめてわめいた。その前には居留地の送信機がおかれ、ここ数時間というものかれはそいつを動かそうと取り組んでいたのだった。「しゃべりたいならよそへ行け」室内の数名が騒々しく同意を寄せた。

「バブルか」イグナッツ・サッグは椅子にふんぞりかえっていた。「ダベルとでも改名しろよ」と犬のように笑う。

「そういうあんたは殺具《サッグ》でどうだ」とトニー・ダンケルウェルト。

「黙れと言うに！」怒鳴ったグレン・ベルスノアは、顔を真っ赤にして湯気をたたせながら送信機の中身をつついていた。「さもなきゃあのやくたいもない人工衛星から指令がうけられんだろうが、まったく。黙らんと、この金属のハラワタをバラすかわりにおたくらをバラしてやる。さぞ楽しいだろうよ」

バブルは立ち上がり、背を向けるとホールを出た。

午後も遅くの冷たい傾いた陽射しの中、バブルはパイプをふかし(幽門の運動を引き起こさないように気をつけながら)、自分たちのおかれた状況を見つめなおした。我々の生命はベルスノアのごとき小人物の手に握られとる。片目の王国か、と苦々しく思った。しかも王様はめくら。大した人生だよ。

なぜこんなところに来たのか、と自問した。答えはすぐには浮かばず、ただ内部から混乱した悲鳴がわきあがっただけ。ぼんやりした影が、慈善病院の逆上した患者たちのように不平をならして泣き叫ぶ。その騒々しい影にひっぱられ、引きずり込まれてゆく。過去の世界へ、オリオナス第十七惑星ですごした最後の数年のやるせなさへ、マーゴとのあの日々へ。マーゴはバブルについた最後の看護婦だった。無様な情事をえんえんと続けた女。双方にとって不幸であり、行き着いた先はもつれきった悲喜劇の山。しまいには女に捨てられた……だがそうだろうか。本当は、あれほどどうしようもなくふくれあがった関係が終わるときには、誰が誰を捨てるわけでもないのだ。ああいう形であの時期に脱け出せたのは運がよかったと思う。あの女がもっと面倒を起こすことだってあり得た。ただでさえ私の肉体的な健康を著《いちじる》しく損なった女だ。それもタンパク質欠乏症だけで。

そうとも。麦芽油をのんでビタミンEを補給する時間だ。自分の部屋に戻らんと。戻ったついでにブドウ糖の錠剤を少しのんで、低血糖症をくいとめよう。途中で気絶せんといいが。気絶したところで誰が気にとめるだろう。本当に、あいつらはどうするだろう。あいつらが気づいてるか知らんが、私はあいつらの生存に欠かせない存在だ。私はあいつらにとって欠かせんが、あいつらは私にとって欠かせんだろうか。欠かせんのだよな、これが。たとえばグレン・ベルスノアがそうだ。ここでやってる馬鹿げた近親相姦じみた小集落の維持管理に必要な熟練作業がこなせる、あるいはこなせると自称しているからだ。こんな家族もどきが、どう転んでも家族として機能するわけがないのに。外からまぎれこんでくるムシどもがせめてもの救いだ。

トールチーフと——なんといったっけ——モーリーか。かれらに話さんとなるまい。トールチーフとモーリーとモーリー夫人——なかなか見られる女だ——に、外からのムシの話をしよう。それと私の見たあのビルのことだ……入口の字が読めるほど近くで見たんだ。他の誰もそこまではやっとらん。知る限りでは。

砂利敷の通路を自分の部屋に向かった。居住区のプラスチック製ポーチに近づくと、四人の人物がいっしょに話をしているのが見えた。スージー・スマート、マギー・ウォルシュ、トールチーフ、モーリー氏。話しているモーリーの風呂桶のような腹は、鼠蹊《そけい》ヘルニアのように突き出している。何を食べているのやら。ジャガイモ、照り焼きステーキ、何にでもケチャップをかけて、それにビール。ビール飲みはすぐわかる。顔の皮膚がブツブツ穴あきで、毛穴が広がってしまって目の下がたるんでいる。モーリーみたいに水腫《すいしゅ》があってそれが破れてしまったみたいなのだ。それと腎臓がやられる。それにもちろん赤ら顔。

モーリーのような放縦《ほうじゅう》な人間は、自分がからだに毒を注ぎこんでいるようなものだということをどうしても理解しようとしない――理解できんのだ。軽い閉塞症……脳の重要な部位に障害を起こしているんだろう。それなのに、こうした口唇《こうしん》性の連中は止めようとしない。現実を検証できる以前の段階に退行してしまう。生物学的生存機構の一つの発現なのかもしれんな、これは。人類という種全体の利益のために、かれらは自らを選《え》りわけてつみとっているのかもしれん。そうやって、もっと有能で進歩したタイプの男のために女を残してやるのだ。

バブルは四人に歩み寄って、ポケットに手をつっこんだまま立って聞いていた。モーリーが、自分の遭遇したらしい接神体験をこと細かに語っていた。本当かどうかわかったもんじゃないが。

「……『大事な友だちだからね』と私におっしゃったんです。どう考えても、私を重要視していてくださったんですよ。荷の積み替えも手伝ってくれて……ずいぶんかかったので、いろいろ話をしました。声は小さかったけれど、おっしゃってることは完璧にわかりました。余計なことばは一言もなく、実に的確な表現をなさった。噂とはちがって、謎めかしたところは全然ありませんでしたね。とにかく、荷を積みながら話をしたんです。そしたら、祝福してやりたいとおっしゃる。なぜか？　それは――おことばによれば――私こそがまさにかけがえのない種類の人物だからなんです。その点はまったく疑問の余地がないようでした。身もフタもなくおっしゃいましたっけ。『きみこそが私にとってかけがえのない種類の人間である』とか、そんな意味のことばでした。『きみを誇りに思う。動物への大いなる愛、下等な生命体へのあわれみが、きみの心にはあふれている。あわれみは、呪いをふりほどいた人間の条件なのだよ。きみのような人格こそがまさに我々の求めているものなのだ』と」モーリーはここで休んだ。

「続けて」マギー・ウォルシュがうっとりした声で言った。

「それから不思議なことをおっしゃった。『私がきみを救ったように、あわれみによってきみの命を救ったように、きみはその大いなるあわれみの力をもって、他の人間の命を肉体的な意味と霊的な意味の両方において救うことになる』おそらくここ、デルマク・Oでのことでしょうね」

「そうは言わなかったんでしょ」とスージー・スマート。

「言うまでもなかったからだ。おっしゃりたいことはすぐわかった。あの方のおっしゃったことは何でも完璧に理解できたんです。だいたい、これまで会ったほとんどの人よりは、あの方とのほうがお互い話がしやすかった。ほとんどって、あなたがたのことじゃないですよ——あなたがたとはまだろくに知り合ってもいないですからね——でも言いたいことはわかるでしょう。スペクトフスキーが例の本を書く前は、超越的で象徴的な台詞《せりふ》だの形而上学的なたわ言をみんな話してましたが、そんなのは全然なしでした。スペクトフスキーの言う通りだった。これは私自身の数回にわたる地を歩む者との体験から見てもそうです」

「じゃあ前にも会ったことがあるんだ」とマギー・ウォルシュ。

「何度か」

ミルトン・バブル医師は口を開いた。「私は七回会っとるよ。導製神とも一回遭遇しとる。合計すれば、唯一の真なる神と八回会ったわけだ」

四人は様々な表情でこちらをながめた。スージー・スマートは胡散《うさん》臭そうだった。マギー・ウォルシュはまったく信用していないようだ。トールチーフとモーリーの両者は比較的興味をおぼえたらしい。

「あと仲裁神とは二回か。総計十回だな。もちろん今まで長い一生をかけてのことだが」

「今、モーリーさんが自分の体験を話したのを聞いていかがです、あなたのときと似てますか」とトールチーフ。

バブルはポーチの小石を蹴とばした。小石は転々と遠ざかり、近くの壁に当たって止まった。「まあ、そこそこにね。ある程度は。うん、部分的にはモーリーの言い分も認めていいんじゃなかろうか。だが——」と意味ありげに間をおいた。「どうも眉ツバだねえ。本当に歩む者だったかね、モーリーくん。通りすがりの移動労働者が、自分を歩む者だと思わせようとしてただけだという可能性は？　考えてみたかね？　おっと、歩む者が我々の中にたびたび姿を現しているのは否定せんがね。私自身の遭遇体験だって、それを裏付けとる」

「まちがいありませんよ」モーリーは怒った様子だった。「私のネコの話をしましたからね」

「ああ、ネコね」バブルは表面上とともに内心でもニヤッとした。実におかしい。おかしさが身体の循環系をかけめぐるほどだ。「それで『下等な生命体への大いなるあわれみ』とかいう台詞が出てきたわけですな」苛《いら》ついて、いっそう血を頭にのぼらせた様子のモーリーは答えた。「通りすがりの浮浪者が、私のネコのことなんか知ってるわけがないだろう！　だいたい、テケル・ウパルシンには通りすがるような浮浪者なんかいない。みんな働いてるんだ。キブツってのはそういうもんなんだ」今のかれは傷ついて哀れっぽく見えた。

グレン・ベルスノアの声が背後の暗い隔たりに響いた。「来てくれ！　あの衛星のやつにアクセスできた！　そろそろテープを再生するから！」

バブルは歩きだしながら「あいつにできるとは思わんかった」と言った。実にいい気分だったが、その理由は定かではなかった。モーリーの地を歩む者との畏怖《いふ》すべき遭遇と関係がありそうだ。もっとも、今では大して畏怖すべき代物《しろもの》とも思われん。私のような、大人の批判的な検証力を持った人物が、慎重に調べてみれば、何のことはなかった。

かれら五人は会議室に入り、ほかのメンバーと腰をおろした。ベルスノアの受信機器のスピーカーからはかん高い雑音に音声ノイズが切れ切れに混じって聞こえてきた。バブルにしてみれば耳障りな騒音でしかなかったが、黙っていた。そして技術屋に言われた通り、聞いているところを形ばかり見せた。

「いまひろっているのは攪乱《かくらん》用トラックだ」ベルスノアが雑音の中から言った。「テープはまだ回っていない。衛星にしかるべき信号を送るまではこのままだ」

「はやく回してくれ」とウェード・フレーザー。

「そうだ、グレン、回して」室内のあちこちから声があがった。

「OK」ベルスノアは手をのばし、目の前のパネルのダイヤルに触れた。ランプが点滅して、衛星上でサーボ補助機構のスイッチが入った。

スピーカーから声がした。「デルマク・O入植地の諸君、ごきげんよう。私は西惑星間連合のトリアトン将軍である」

「これだよ。これがそのテープだ」とベルスノア。

「だまれベルスノア。聞いてるんだ」

「何度でも巻き戻して聞けるよ」とベルスノア。

西惑星間連合トリアトン将軍は言った。「現在、諸君は集合を完了したわけだ。集合の完了は、我々西惑星間連合RAVとしては地球規定時間で九月十四日までに行われることを予定している。さて、はじめにこのデルマク・O入植地がなぜ、誰によって、何のために設立されたのかを説明しよう。そもそも――」唐突に声が途切れた。「ピーーー」とスピーカーがうなる。「グーー。シャーー」ベルスノアは口もきけぬほどうろたえて受信装置を見つめた。「ブーーー」とスピーカー。そして雑音がとびこみ、ベルスノアがダイヤルをひねると遠のき、そして――無音。

一瞬後、イグナッツ・サッグがバカ笑いをはじめた。

「どうしたの、グレン」とトニー・ダンケルウェルト。

ベルスノアはだみ声だった。「あの衛星に積まれた送信機には、テープヘッドは二つしかない。最初にくるのが消去ヘッドで、次に録再ヘッドがくる。何がおきたかというと、録再ヘッドが再生から録音に切り替わってしまったんだ。それで消去ヘッドが、二センチ手前でテープを自動的に消去している。僕にはもう手の出しようがない。録音状態のまま、ずっと行くんだろう。やがてテープは全部消去される」

「でも消去されるということは、二度と聞けないということか。君にはどうしようもないのか」とウェード・フレーザー。

「そうだ。消すだけで何も録音していない。録音状態から脱け出せないんだ。ほら」とスイッチをいくつか入れたり切ったりしてみせた。「どうにもならない。ヘッドがつっかえる。これまでだな」主リレーを叩きつけるようにもとに戻し、悪態をついてすわり直し、眼鏡をはずして顔をふいた。「神よ。そういうことだ」

スピーカーに一瞬混信が入った。そしてまた無音。室内は一同無言だった。何も言えなかった。

5

「こうしよう。リレー・ネットワークに送信をのせて、それが地球《テラ》に届くようにする。それで西惑星間連合のトリアトン将軍に何が起きたか伝えるんだ。指令の通達が行われなかったといって。こういう事情なら、当局もこっちに通信ロケットを発射してくれるのはまちがいない。送ってきた二本目のテープをここの機械でかければいい」とグレン・ベルスノアは通信機の内蔵デッキをしめす。

「どのくらいかかる?」スージー・スマートがたずねた。

「ここからリレー・ネットにアクセスしたことがないんだ。なんとも言えない。やってみるしかない。すぐにできるかもしれん。どのみち、かかったにしても最大二、三日。唯一問題があるとすれば——」ベルスノアは不精ひげののびたあごをさすった。「安保上の要因だ。トリアトン将軍はこの要求をリレー・ネットにのせてほしくないかもしれない。のったら第一種受信機を持っている奴なら誰にでもひろえてしまうから。その場合の向こうの反応は、こっちの要求を黙殺することだろう」

「向こうがその気なら、こっちも荷物をまとめてここを出るまでだ。いますぐに」とバブルが発言した。

「出るって、どうやって？」イグナッツ・サッグがニヤニヤして言った。

ノーザーだ、とセス・モーリーは思った。ここにある乗り物はノーザーだけで、それも一つ残らず身動きのとれない燃料切れのものばかり。燃料はなんとかなったにしても――例えば全機の燃料タンクをさらって一機を満タンにしても――航路をたどるトラッキング機器が積まれていない。航路両端の座標の片方はデルマク・Oにせざるを得ないが、デルマク・Oは西惑星間連合の星図には載っていない――すなわち、トラッキング用の数値が与えられていない。私たちがノーザーで来るように念を押したのは、こういう腹だったんだろうか？

私たちを実験材料にしてるんだ、と思うと腹がたった。そうだとも、これは実験なんだ。人工衛星のテープには初めから指令なんか入ってなかったのかもしれない。全部仕組まれていたのかもしれない。

「ためしにやってみてリレー側の連中をひろってみたら？　意外にあっさり呼び出せるかもしれない」とトールチーフ。

「それもそうだ」とベルスノアはダイヤルを調整してイヤホンを耳にかけると、あちこちの回路を開閉した。完全に沈黙して一同は見守った。まるでこれに命がかかってるとでもいうようだな、とモーリーは思った。だが――実はそうなのかもしれん。

「どう？」ベティー・ジョー・バームがとうとう言った。

「全然。ビデオに出そう」とベルスノア。小さなスクリーンがパッと点いた。ただの線や画面ノイズばかり。

「これがリレーの動作している周波数だ。ひろえるはずなんだが」

「でもひろえとらん」とバブル。

ベルスノアはダイヤルをまわし続けた。「そう、ひろえてない。昔みたいに、信号がつかまるまでバリコンをいじくれた頃とはちがう。もっと複雑なんだ」唐突にかれは主電源を落とした。スクリーンは消え、スピーカーからの断続的な雑音も消えた。

「どうしたの？」とメアリー・モーリー。

「全然動いてないんだ」とベルスノア。

「ええっ？」ほぼ全員から驚きの声があがった。

「送信されてないんだ。受信もできないし、オン・エアできないとなれば向こうが受信してくれる気づかいもないわな」ベルスノアはふんぞりかえり、嫌悪で顔をひきつらせていた。「陰謀だ。やくたいもない陰謀だよ」

「君、それは本当かい？　これが意図的なものだと？」とウェード・フレーザーが詰問した。

「送信機を組み立てたのは僕じゃない。受信装置をセットしたのも僕じゃない。実は、ここに来てからの一ヵ月、試験電波は何度か出した。この星系内のオペレータからの通信も何本かひろったし、返送もできた。何もかも順調に動いていたんだ。それがこのザマだ」

ベルスノアはうつむいて考えこんだ。突然「そうか」とうなずいた。「うん、どうなったのかわかったぞ」

「ひどいの？」とベン・トールチーフ。

ベルスノアが答えた。「衛星が僕の信号を受信して、テープ装置を起動して送信機を応答させたとき、いっしょにある信号を返送したんだ。この機器への信号だ」と目の前にそびえる送受信機を示した。「その信号が、すべてをシャット・ダウンしたんだ。僕の命令には割り込みがかけられてしまった。僕がこの鉄クズにどんな命令を出そうとも、受信もできなきゃ送信もできない。まったく動かないんだ。作動には衛星から別の信号が要《い》るんだろう」とかぶりを振った。「まいったとしか言いようがない。こっちが最初の命令を衛星に送る。それに応じて衛星が信号を送り返す。まるでチェスだ。攻め手に受け手。それをはじめちまったのが僕なんだ。カゴの中のネズミが、エサを落とすレバーを探してたようなもんだ。それが電気ショックを送るレバーを当てちまった」声は弱々しく、うちのめされて悩んでいるようだった。

「送受信機を分解してみれば。割りこみを除去して、割りこみに割りこみをかけるんだ」

とセス・モーリー。

「たぶん――いや絶対――自己破壊ユニットがついてるよ。重要な部品はすでに破壊されてるか、僕が探そうとした時に破壊されるかのどっちかだろう。スペア・パーツもない。あちこちで回路を破壊されたら、直そうにも手の出しようがない」

「自動航行ビームがある。ここへ来るときにたどったやつだ。あれに通信をのせて送れる」とモーリー。

「自動航行ビームは有効距離が十三万〜十五万キロぐらいで、それより遠いと先細りになっちゃうんだ。おたくがビームをキャッチしたのもそのへんだっただろ?」

「まあね」

「我々は完全に切り離されたんだ。それも、ものの数分で」とベルスノア。

「合同で祈るしかないわ。たぶん松果体からの放射だけでなんとかなると思う。短い祈りなら」とマギー・ウォルシュ。

「ことが文句の長短なら、あたしも手伝える。優秀な言語学者だもん」とベティー・ジョー・バーム。

「最後の気休めにね」とベルスノア。

「気休めじゃないわよ。助けを得るための有効かつ実証済みの手段よ。たとえば、トールチーフさんは祈りでここに来たんじゃないの」とマギー・ウォルシュ。

「それはリレーで伝送されたからだ。ここからだとリレーにアクセスのしようがない」とベルスノア。

「君は祈りを信じていないのかね」ウェード・フレーザーが意地悪くたずねた。

「電子的に増幅されない祈りは信じてないな。祈りが有効となるためには、神の世界のネットワークに電子的に送信されて、神の全化身にそれが届かなくてはならない。スペクトフスキーだってそう認めてるだろう」

モーリーは言った。「とりあえず、自動航行ビームにのせて、できるだけ遠くまで合同の祈りを送信してみよう。十三万～十五万キロも送り出せば、神に拾ってもらいやすくなるはずだから……だって、重力は祈りの力に反比例して作用するから、つまり祈りを惑星から十分遠ざければ——十五万キロならかなり遠いでしょう——様々な神に拾ってもらえる確率は、数学的にかなり大きいことになる。スペクトフスキーもそう言ってる。どこだったか忘れたけれど。どっか補遺のおしまいのほうだったっけ」

ウェード・フレーザーが言った。「祈りの力を疑うなんて、地球法的に見て違法だ。西惑星間連合のすべての民法典に違反している」

「そこで告げ口しようってわけだ」とイグナッツ・サッグ。

「誰も祈りの効き目を疑ってるわけじゃないでしょうに」とベン・トールチーフはフレーザーを公然とにらみつけた。「ただ、どう扱えばいちばん効果が高いかで意見がわかれてるだけですよ」と立ち上がった。「酒でものむかな。それじゃ」ちょっとふらつきながら男は部屋を去った。

「それ、いいわね」スージー・スマートがセス・モーリーに話しかけてきた。「あたしも行こうかな」と立ち上がって、女は機械的に笑いかけた。感情も何もない微笑だった。

「それにしてもひどいと思わない？　トリアトン将軍が意図的にこんなことを許可したなんてウソよね。何かのまちがいよ。向こうの知らない電子回路の故障とか。そう思わない？」

「私の聞いた限りでは、トリアトン将軍は非常に立派な人物のはずだよ」と言うモーリーは、実はそれまでトリアトン将軍など聞いたこともなかったのだが、女を元気づけるにはこう言うのがよかろうと思ったのだった。みんな景気づけが必要だったし、トリアトン将軍がまったく立派な人物だと思いこんで元気が出るなら、それも結構。私はそれを支持する。神学的なことだけでなく、非宗教的なことであっても信じることは必要だ。信じなくては誰も生きてはゆけない。

マギー・ウォルシュに向かって、バブル医師が言った。「神のどの化身に祈るべきかね」

「もし時間を――そうだな、ここへの異動をみんなが受ける前の時点に巻き戻してほしいのなら、やっぱり導製神ね。神に間に立ってもらい、この状況を全員いっしょに置換してほしいなら仲裁神だな。個々に脱出の助けがほしければ――」

「三つともですよ」バート・コスラーがふるえる声で言った。「どの化身を使うかは、神ご自身に決めてもらいましょう」

「どれも使いたくないかもよ」スージー・スマートが意地悪く言った。「自分たちで決めるべきよ。それが祈りのコツの一つでしょ」

「その通り」とマギー・ウォルシュ。

ウェード・フレーザーが言った。「誰か書いてくれ。こう始めるのがいいと思う。『過去に与えていただいた様々な援助をありがとうございます。お忙しいところ、たびたびお邪魔してまことに申し訳ありませんが、我々の置かれた状況が状況ですので』」ここで考え込んで止まった。「ところでどういう状況なんだろう。送信機さえ直ればいいのか」とベルスノアにたずねた。

「それだけじゃだめだ。こんなところはさっさと逃げだして、二度とお目にかからんようにしてほしいね」とバブル。

「もし送信機が動いたら、そこから先は自分でできる」とベルスノアは指の第二関節をくわえた。「祈りは送信機の交換用部品を頼むだけにして、あとは自分たちでやるべきだろう。祈りでのお願いは、ささやかなほどいいんだ。例の本にそう書いてなかったっけ」とマギー・ウォルシュを見た。

「一五八ページよ。スペクトフスキー曰《いわ》く『簡潔——ぼくらの生きる短い時間——の精髄は機知だ。そして祈りのコツで言うなら、機知は祈りの長さに反比例する』」とマギー。

ベルスノアは言った。「簡単にいこう。『地を歩む者よ、送信機のスペア・パーツが見つかるように助けて下さい』でどうだ」

「こうしましょう」とマギー・ウォルシュ。「トールチーフさんに祈りのことばを考えてもらうの。だって、前の祈りがすごくうまくいった人じゃない？　だから正しい言い回しがわかってるはずよ」

バブルが言った。「トールチーフを呼んでくるんだ。たぶんノーザーから荷物を居住区に運んでるんだろう。誰か行ってつかまえてきてくれ」

「私がいきます」とセス・モーリーは立ち上がり、会議室をあとに、夜の闇の中へと向かった。

「実にいいアイデアだよ、マギー」バブルの声が聞こえ、他の声がそれに加わった。同意の声が合唱となって、会議室に集まった人々から響いてきた。

モーリーは一歩一歩探るように進んだ。この入植地の構内はまだ不慣れだし、下手をするとすぐ迷子だ。誰か他の人にいってもらうべきだったかもしれん。前方の建物の窓に明かりがついていた。あそこにいるかな、とセス・モーリーはつぶやき、そちらを目指して進んだ。

ベン・トールチーフは酒をあけ、あくびをして、のどのあたりをつまみ、またあくびをして、無様に立ち上がった。引っ越しをはじめようか。こんなに暗くても自分のノーザーが見つかりますように。

外に出ると、足の感触で砂利敷の通路を見つけて、ノーザーがありそうな方向に動きだした。なんでここらには誘導灯がないんだろう、と不思議に思ったが、考えてみれば他の入植者たちはあっちにかかりきりで、明かりをつける余裕なんかあるわけがない。送信機の故障が、みんなの関心を釘づけにしているんだ。当然か。何でオレもあっちにいねぇんだ？　何でグループの一員として行動しない？　とは言っても、あのグループなんて、どのみちグループとして機能してないもんな。いつも身勝手な個人が頭数だけいて、お互いにわめきたてるだけ。そんな連中といると、自分の足も地についていないように思え、共通の基盤さえないように感じられる。移動を始めたがっている遊牧民のような気持ちがした。今も、何かがオレを呼んでいる。会議室のところから、居住区に戻る間も呼び続けて、いまなおオレを暗闇の中に送りだし、とぼとぼとノーザーを探し回らせている。

前方の闇のおぼろなかたまりが動き、比較的暗くない空を背にして人影になった。「トールチーフ？」

「うん。誰？」と目をこらした。

「モーリーですよ。みんなに言われてあんたを探しに来たんです。祈りを書いてほしいんだそうですよ。ほんの数日前にすごくツイてたでしょう」

「もう祈るのやめた」とトールチーフは苦々しそうに歯をくいしばった。「前の祈りのせいでどんなざまだか――あんたらとこんなところで糞《ふん》づまりだ――ああ、悪気はないよ、ただ言いたいのは――」と身ぶりを加える。「あんな祈りをかなえるなんて、残酷で非人間的じゃないか、ここの状況を考えれば。向こうにはわかってたはずだろ」

「気持ちはわかりますよ」

「あんたがやったらどうだい。つい最近、歩む者に会ったんだろうに。あんたにやらせるほうが利口だ」

「祈りは下手なんですよ。歩む者だって私が呼び出したわけじゃない。向こうが思いついて来てくださったんだ」

「一杯どう？」とトールチーフ。「それと、荷物運ぶのに手を貸してもらえない？　居住区まで持ってったりするのとかさぁ」

「自分の荷物がある」

「なんとも協力的じゃないの」

「そっちが手伝ってくれてたら――」

トールチーフは言った。「それじゃまた」そして歩き続け、闇の中で手探りしてよろよろするうちに、唐突にガーンと金属外被にぶちあたった。ノーザーだ。これであたりはついた。さて、この中から自分のを選び出さないと。

ふりかえると、モーリーはいなかった。ひとりぼっちだ。

あの野郎、手伝ってくれてもよかったのになあ。段ボールは二人がかりじゃないと運べないのがほとんどだし。えーと、もしノーザーの着陸灯をつければ、もっとよく見えるようになる。ハッチのロック用ハンドルを探り当てて、まわし、ハッチを引き上げた。安全ライトが自動的についた。これでものが見える。運ぶのは服と洗面道具と例の本だけにしよう、と決めた。眠くなるまで例の本を読むんだ。疲れた。ノーザーの操縦でぐったりだ。それと送信機の故障。泣きっつらにハチ。

だいたいなんであんな野郎に手伝いなんか頼んだんだろう。こっちは向こうを知らない。向こうもほとんどこっちを知らない。自分の荷物運びは自分だけの問題だ。向こうは向こうの苦労がある。

本のつまった段ボールを持ち上げて、停泊中のノーザーから、自分の居住区がある――と期待される――だいたいの方向へと抱えていった。懐中電灯がないと、とよたよた歩きながら心に決めた。それと、しまった、着陸灯をつけるのを忘れた。まったく、調子が狂いっぱなしだ。戻って他の連中のところに行ったほうがいい。それともこの段ボール一つだけ運んで、もう一杯やってもいい。その頃には連中もいい加減に会議室から出てきて手伝ってくれるかも。ぶつくさと、汗をかきながら砂利敷の通路を行き、居住区を形成している黒々とした不動の建築物に向かった。あかりはない。みんな、然るべき祈りをでっちあげるのにかかりっきりなんだ。考えてみりゃお笑いだね。どうせ一晩中いがみあうだけだ、と思ってまた笑ったが、今度は怒りと嫌悪のこもった笑いだった。

扉が開けっ放しだったおかげで、自分の居住区は見つかった。入ると、本の段ボールを床に落とし、ため息をついて立ち上がり、あかりを全部つけた……立ったまま、たんすとベッドしかないその小さな部屋を見回した。ベッドは気に入らなかった。小さくて固そうだったからだ。「やれやれ」とそこにすわった。段ボールから数冊どけて、中をひっかきまわすと、ピーター・ドーソン・スコッチのボトルを見つけた。キャップを外し、鬱々《うつうつ》とボトルからじかに飲んだ。

開いた戸口から闇夜の空を眺めた。大気の影響で星に霞《かすみ》がかかり、それから一瞬晴れ渡ったりするのが見えた。惑星大気の屈折を通して星を見るのは全く難しいもんだ。

灰色の影が戸口をふさぎ、星をさえぎった。

そいつは管のようなものを持っていて、それをこっちに向けた。望遠スコープと引き金が見える。誰だ？ 何だ？ 目をこらしたとき、かすかにポンッという音が聞こえた。灰色の影は退《しりぞ》き、また星が現れた。でも今度の星はちがっていた。二つの星が衝突して潰《つぶ》れ、ノヴァが形成された。ノヴァは燃え上がったが、見る間に衰退してきた。激しく輝く輪だったのが、輝きのない鉄の暗い核だけになるのが見え、それが冷えて真っ暗になるのが見えた。それといっしょに他の星も冷えていった。形相を破壊する者の使う手段であるエントロピーの力が、星々を暗い赤の石炭へと退行させ、さらに塵《ちり》のような静寂へと退行させるのを見た。熱エネルギーのとばりが世界の上を一様に覆っていた。愛してもいなかったし、役にもたってやれなかったこの不気味な小世界の上を。

死にかけてるんだ、この宇宙は。熱の霞はどんどん広がって、やがてただの雑音でしかなくなってしまった。空はその雑音で弱々しく光り、チラついた。一様な熱分布さえ冷え始めていた。まったく異様で最低だ。そう思って立ち上がり、一歩ドアに向かって踏み出した。

そしてその場で、立ったまま死んだ。

発見は一時間後だった。セス・モーリーは、妻とともに、その小さな部屋にすしづめになった人の群れのいちばん端に立ってこうつぶやいた。かれに祈りを手伝わせないためだ。「送信機をつぶしたのと同じ力だ。やつらにはわかってたんだ。こいつが祈りの文句を考えればその祈りはかなってしまうって。リレーなしでも」と言うイグナッツ・サッグの顔は、灰色でおびえたようだった。みんなそうだ、とセス・モーリーは気づいた。部屋のあかりの中で、みんなの顔は重苦しく岩のようだった。まるで、千年も昔の神の像みたいだ。

時間が私たちのまわりでは休業に入ったのかしらん。未来がなくなったみたいだ。それもみんなにとって。トールチーフ一人のことじゃない。

「バブル、検死できるわね」とベティー・ジョー・バーム。

「そこそこなら」バブル医師はトールチーフの死体の横にすわって、あちこち触診していた。

「出血なし。外傷もなし。自然死ってこともあり得る。おわかりだろうがね。心臓病だったのかもしれん。あるいは、そうだな、熱線銃で至近距離から撃たれたとか……でもそれなら、そういうことなら、焼け焦げあとが見つかるはずだ」とトールチーフのカラーを外して、手をのばして胸のあたりを探った。「それともこの中の誰かが殺《や》ったのかもしれん。それも考えんとな」

「やつらよ」とマギー・ウォルシュ。

「かもね。やれるだけやってみよう」バブルはサッグとウェード・フレーザーとグレン・ベルスノアに会釈《えしやく》した。「医務室に運ぶのを手伝ってくれ。すぐに検死を始める」

「誰もろくに知らない人だったのに」とメアリー。

「最後にトールチーフを見たのはたぶん私だと思う。ノーザーから居住区のここまで荷物を運ぼうとしていたんだ。あとで暇になったら手伝うって答えといた。どうも機嫌が悪そうでね。祈りのことばを考えるのにぜひ協力してほしいと言おうとしたんだけれど、特に興味もないようだったな。ただ荷物を運びたがっていただけだった」セス・モーリーはとても後ろめたい気がした。私が手伝っていたら、かれはまだ生きていたかもしれない。バブルが正しいのかも。重い段ボールを運んだせいで心臓発作を起こしたのかもしれない。この箱がそれかな、と本の箱を蹴とばした。この箱と、私が手伝うのを拒否したことだろうか。お前は頼まれたのに手伝ってやらなかったんだ。

「自殺の徴候を示すようなものは見なかったろうね、え?」バブル医師がきいた。

「いや」

「面妖な」とバブルは、憂鬱そうにかぶりをふった。「よし、こいつを診療室に運ぶぞ」

6

四人はトールチーフの死体を抱えて、暗い夜の施設群を横切っていった。つめたい風がふきつけて、みんな身ぶるいした。身を寄せあって、デルマク・Oの悪意に満ちた存在——ベン・トールチーフを殺した悪意に満ちた存在——に対抗した。

バブルがあちこちのあかりをつけた。ようやく四人は、金属台の高いテーブルにトールチーフを乗せた。

「バブル医師《せんせい》が検死をすませるまで、みんな自分の居住区に戻ってじっとしてたほうがいいと思うんだけど」ふるえながらスージー・スマートが言った。

ウェード・フレーザーが口を開いた。「かたまっていたほうがいい。少なくともバブル医師《せんせい》の結論が出るまでは。さらに、こうした不測の事態というか、我々全員にとって遺憾な事件が発生してしまった以上、すぐにでもリーダーを選出するべきだ。我々をグループとして統率できるような強い人物をね。現在の我々はとうてい統率されてなんかいないけれど、統率されているべきだ——いや、統率されていなくてはならない。君たちも同意するだろう」

一瞬ためらってからグレン・ベルスノアが言った。「まあね」

ベティー・ジョー・バームが言った。「投票しよう。民主的に。でも、気をつけないと」女はことばを探すのに苦闘した。「リーダーにあんまり権力をあたえちゃダメだよ。それでその人で不満になったら、いつでもリコールできるようにしておかないと。その時はまた投票で、その人をリーダーから外して別の人を選ぶの。でも、その人がリーダーのうちは指示に従うべきだな——あんまり弱いリーダーもいやでしょ。あんまり弱いようだと、今と何も変わらないもん。ただの人間の寄せ集めで、死に直面してもまとまった行動さえできないじゃない」

トニー・ダンケルウェルトが言った。「それじゃ会議室に戻ろう、自分たちの部屋になんか戻らないで。それで投票をはじめようよ。だって、リーダーを選ばないうちにそれだかそいつらだかに殺されるかもしれない。そんなの待ってられないだろ」

一団となって、みんなバブル医師の診療室から会議室へ、とぼとぼ移動した。送受信機がつけっぱなしだった。めいめい入りしなに、単調で低いハム音を耳にした。

「ウドの大木、か」とマギー・ウォルシュが送信機を眺めていった。

バート・コスラーがモーリーの袖を引っ張った。「武装したほうがよろしいでしょうかね。もし誰かがわたしたち全員を殺そうとしてるんなら——」

「バブルの検死報告を待ちましょう」とセス・モーリー。

腰をおろし、ウェード・フレーザーはビジネス・ライクな口調で言った。「挙手によって投票を行う。みんなすわって静かにして。私が名前を読み上げて票を数える。以上で何も問題はないね？」その声には嘲《あざけ》るような含みがあり、それがセス・モーリーには気に入らなかった。

イグナッツ・サッグが言った。「あんたは選ばれねえよ、フレーザー。ずいぶん選ばれたがってるみてえだがな。この部屋にいるやつは、誰もあんたみたいなやつの指図は受けたかねえんだ」そして椅子にどかっとすわり、脚を組み、上着のポケットからタバコを取り出した。

ウェード・フレーザーが名前を読み上げて票を数えるのと並行して、他に数名が独自に勘定をつけていた。フレーザーが正しい記録を行うか信用していないのだ、とセス・モーリーにはわかった。無理もない。

すべての名前が読み上げられると、フレーザーが言った。「最大の票を集めた人物は、グレン・ベルスノアだった」集計用紙を落としたかれは、あてつけがましくせせら笑った。心理学者はこう言いたげに見えた。好きにするさ、そうやって自分の首を締めるといい、自分の生命なんだから、無駄にしたけりゃそうするがいい。でも、モーリーにしてみれば、ベルスノアを選んだのは悪くないように思えた。かれ自身、自分のごく限られた知識をもとに、この電子機器メンテナンス担当者に票を投じていた。フレーザーはいざ知らず、モーリーは満足だった。みんなのホッとしたようなざわめきから見て、他の連中も満足のようだった。

マギー・ウォルシュが言った。「バブル医師《せんせい》の報告待ちの間、トールチーフさんの霊魂がただちに不死の世界へ受け入れられるように、みんなで合同の祈りを行うべきじゃないかな」

「スペクトフスキーの本を朗読してよ」とベティー・ジョー・バームはポケットから自分の本を引っ張り出してマギー・ウォルシュに手渡した。「七十ページの仲裁神のとこ。仲裁神に聞いてほしいんでしょ？」

マギー・ウォルシュは、みんながおなじみのことばを暗唱してみせた。「『歴史と被創造界の中に登場することで、仲裁神は自らを、呪いを部分的に中和するための犠牲として提供したのだった。自らの化身によって自らの被創造物の贖罪《しょくざい》を行うという、大いなる——だが部分的な——勝利に満足して、神は「死に」、それから自らを再顕現させて、自分が呪いに打ち勝ち、したがって死に打ち勝ったのだということを示され、それを終えた後、同心円の位階をのぼって神自らの位置（中心）に戻ったのだった』それと、ふさわしい部分をもう一ついくわね。『次の——そして最後の——時期は聴聞《ちようもん》の日であり、その時、天は巻物のように巻き戻り、生きとし生けるものはすべて——したがって、意識を持った人類も、人間型の地球外生命体も含めたあらゆる生き物が――至上神と融合する。万物は至上神の存在の統合から生まれたものなのだ（ただし形相破壊者はちがうかもしれない）』」一息ついてマギーは言った。「みんな、わたしの後について唱えて。口に出してか、頭の中ででもいいから」

みんなは顔をあげて上を向いた。それが一般に流布《るふ》したやりかたなのだ。こうすれば、神の耳にもっと入りやすくなる。

「わたしたちはトールチーフさんをあまり知りませんでした」

みんなが言った。「わたしたちはトールチーフさんをあまり知りませんでした」

「でも立派な人のようでした」

みんなが言った。「でも立派な人のようでした」

マギーはためらい、逡巡《しゅんじゅん》して、それから言った。「かれを時間の流れから外し、それによってかれを不死とならしめよ」

「かれを時間の流れから外し、それによってかれを不死とならしめよ」

「形相破壊者が作業にかかる前にかれが持っていた形相を再生させたまえ」

みんなが言った。「形相破壊者が作業に――」そこで止まった。ミルトン・バブル医師が会議室に入ってきたのだ。動揺しているらしい。

「祈りをすませないと」とマギー。

「そんなのは後まわしだ。死因が同定できたぞ」バブル医師は持ってきた紙数枚に目を通した。「死因：広汎《こうはん》な気管支炎が、血液中の異常な量のヒスタミンによって生じ気管狭窄《きょうさく》を招いた。直接の死因は、異質アレルゲンへの反応で生じた窒息。おそらくノーザーから荷をおろしている最中に、昆虫に刺されたか、植物に触れたかしたんだろう。その昆虫か植物かは、かれに極度のアレルギー反応を起こさせる成分を含んでいたようだ。スージー・スマートが、着いて最初の週にあのイラクサみたいな草に触れて寝込んだだろう。それにコスラーも」と老管理人のほうを示し、「すぐに私のところに来ていなければ死んでいたかもしれん。トールチーフの場合、状況が悪かった。夜間に独りで出歩いて、苦境に対処する人がまわりに誰もいなかった。だからひとりぼっちで死んでしまったが、もし我々がついていれば助かったかもしれん」

ややを間をおいて、巨大なひざかけをしてすわっていたロバータ・ロッキンガムが言った。「まあ、それならわたくしたちが当て推量をしていたのよりずっと安心でございますわね。どうやら誰もわたくしたちを殺そうとはしていないようですし……ほんとにすばらしゅうございますわ、そうでしょう？」彼女は一同を見回して、誰か何か言わなかったか必死で聞き耳をたてた。

「実際的にそうですな」ウェード・フレーザーはぼんやりと、こっそりしかめっ面をして言った。

「おいバブル、あんたぬきで選挙しちまったぜ」とイグナッツ・サッグ。

「あ、しまった、確かにそうだ。投票をやり直さないと」とベティー・ジョー・バーム。

「誰かリーダーを選んだのかね？　私自身の投票権を行使させずに？　誰に決めた？」

「僕だ」とグレン・ベルスノア。

バブルは考えこんだ。そしてやっとこう言った。「私としては文句ないよ、グレンがリーダーになっても」

「三票差で勝ったのよ」とスージー・スマート。

バブルはうなずいた。「どのみち私は満足だ」

セス・モーリーはバブルに詰めよって、向き合った。「死因は確実？」

「まちがいない。手元の機器類を使えば同定――」

「死体に昆虫の咬《か》みあとは見つかった？」

「いや、実は見つけていない」

「植物の葉に刺されたようなあとは？」

「いや。だがそんなことは同定においては瑣末《さまつ》なことだ。ここの昆虫の中には、小さすぎて刺しあとも咬みあとも顕微鏡で調べないと見えないほどのものもいる。そんなことをしていたら何日かかるやら」

「それで十分だと言うわけか」とベルスノアも近づいてきた。腕を組んで、かかとを軸に前後にからだを揺すっている。

「完全に」バブルは力強くうなずいた。

「まちがっていたら、どういうことになるかわかってるんだろうね」

「どうまちがってるって？　言ってみろ」

スージー・スマートが言った。「まったくもう、バブルったら。わかりきってるじゃない。もし誰だか何だかが意図的にかれを殺したんなら、あたしたちも同じくらいの危険にさらされてる――かもしれないでしょ。でもただのムシさされなら――」

「だからそうだと言ってるだろう。ムシがさしたんだ」バブルの耳は、頑固で短気な怒りで真っ赤になっていた。「初めての検死だとでも思っとるのか。病理報告を任せられないとでも言うのか。大人になって以来、ずっと手がけてきとるものを」とスージー・スマートをねめつけた。「え、スージー・マヌケお嬢さん」

「よせよ、バブル」とトニー・ダンケルウェルト。

「バブル医師《せんせい》と言えんのか、小僧」とバブル。

何も変わっちゃいない、とセス・モーリーはつぶやいた。もとのまんまの愚衆十二人。そのせいで死ぬかもしれないのに。各人各様のバラバラの生を永久に絶ってしまうかもしれないのに。

「かなりホッとしたわね」スージー・スマートがセスとメアリーのところに来た。「ちょっとみんな、被害妄想じみてきてたのよね。誰もかれもがあたしたちを狙って殺そうとしてるなんて思って」

ベン・トールチーフのことを考えると――そしてかれと最後に会ったときのことを考えると――モーリーとしては、急にさっぱりしてしまった女の態度に対して何ら共感をおぼえなかった。「人が一人死んでいる」

「ロクに知らない人よ。考えてみると、全然知らない人でしょ」

「確かに」とモーリー。共感できないのは、個人的に後ろめたい気がしすぎているせいなのかも。「私のせいかもしれない」と女に向かって言った。

「ムシがやったのよ」とメアリー。

「そろそろ祈りをすませない？」とマギー・ウォルシュ。

マギーに向かってモーリーは言った。「嘆願の祈りは惑星表面から十三万キロも送信しなきゃならないのに、どうしてこの手の祈りは電子装置なしで済むんだ？」きくまでもない。この祈りは――聞きとどけられようと、られまいと、私たちにはどうでもいいのだ。ただの儀式なんだ、この祈りは。もう一方のヤツはちがう。あの時は、何か必要としていたのは自分たちで、トールチーフだけじゃなかった。こう考えるとなお気が滅入った。

「また後で。ノーザーから運んだ荷をほどいてくる」とメアリーに告げた。

「でもノーザーのそばにいっちゃダメよ。明日までは。手が空いて、問題の草だかムシだかを見つけるまで――」

「外には出ない。まっすぐ私たちの居住区に行く」と同意して、モーリーは会議室を大股に離れ、施設をぬけた。一瞬後には、合同宿舎のポーチの階段をのぼっていた。

例の本にきいてみよう、とセス・モーリーはつぶやいた。段ボール数箱をひっかきまわして、ようやく自分の『キミにもできる、オレの死からの片手間よみがえり術』を見つけた。すわって、本をひざにおき、両手をその上において、目を閉じ、顔を仰向けて、こう言った。「ベン・トールチーフを殺したのは誰、あるいは何か？」

そして、目を閉じたままでたらめに本を開き、一点を指でしっかり押さえ、目を開けた。

指が押さえていたことばは――形相破壊者。

これじゃあんまり役には立たないな。あらゆる死は、形相破壊者の活動が引き起こす形相の衰退の結果として起こるものだから。

それでも、この答えはこわかった。

ムシとか草とかのようには聞こえないな。なんだかまったく別種のもののようだ、と心から思った。

トントン、とドアに音がした。

用心深く立ち上がると、そろそろとドアのほうに向かった。開けずに、小さなのぞき窓のカーテンをめくり、夜の闇をのぞいた。誰かがポーチに立っている。小柄で、長い髪にぴっちりしたセーター、シェイプ・ブラ、短いタイトスカート、はだし。スージー・スマートが顔を出しにきたのか、とつぶやいて、ドアを開けた。

「こんばんは」と明るく言って、女はこちらを見上げた。「入っていいかしら。ちょっとおしゃべりしない？」

モーリーは女を例の本のところへ連れていった。「トールチーフを殺したのは誰か、または何かきいてみたんだ」

「で、何て？」女は腰をおろし、むきだしの脚を組んで身をのりだすと、前と同じところをさした男の指先を見た。「形相破壊者。まあ形相破壊者にはちがいないでしょうけど」口調は落ち着いていた。

「でも、もっと深い意味があると思うんだ」

「殺したのは昆虫じゃないってこと？」

モーリーはうなずいた。

「何か食べものか飲みものない？　キャンディーとか」

「形相破壊者が外をうろついているんだ」

「おどかさないでよ」

「おどかしたいいんだ。なんとかして祈りをこの惑星からリレー・ネットワークに送り出さないと。助けを呼ばないとみんな死ぬことになる」

「歩む者は祈りなしでも来るわ」

「ベビー・ルース・キャンディーバーならある。食べていいよ」とメアリーのスーツケースをひっかきまわし、見つけて女に渡した。

「ありがと」女はキャンディーバーの丸っこい端の包み紙をむいた。

「私たちは死ぬんだ」

「誰でも死ぬわ。生きるってそういうことよ」

「いまにも死ぬ運命にあるって意味だよ。そんな抽象的な死じゃなくて——私が『『辛気《しんき》なニワトリ』号に荷を積んでいたとき、メアリーと私は死ぬ運命になっていた。それと同じ意味で私たちは今死ぬ運命にあるんだ。Mors certa, hora incerta.（死は確実、生は不確実）。いずれ死ぬっていうのと来月中に死ぬってのとでは全然ちがう」

「ずいぶん魅力的な奥さまね」

モーリーはため息をついた。

「結婚してどのくらい？」スージーはじっとこちらを見つめている。

「八年」

スージー・スマートはすっと立ち上がった。「あたしんとこにいらっしゃいよ。こんな狭い部屋でもずいぶん素敵になるものよ、見せたげる。ねえったら——ここ、気が滅入るわ」と小さな女の子のように手を引っ張るので、気がつくといつの間にか女のあとに従っていた。
　二人はポーチにかけ上がり、ドアをいくつかぬけて、とうとうスージーの部屋のドアに
たどりついた。鍵はあいていた。スージーはドアをあけ、ぬくもりと光の中へモーリーを
迎え入れた。本当だ。確かに素敵だった。私たちの部屋もこのくらい素敵にできるだろう
か、と考えながら見まわした。壁にかかった絵、敷き物の彩《いろどり》、そしてたくさんの植木鉢
や箱には、色とりどりの花が咲き、目がくらむようだ。
「素敵だ」とモーリー。
　スージーはドアを叩きつけた。「他に言うことないの？　丸一月《ひとつき》かけてここまでにした
のに」
「『素敵』というのは君の表現だよ。私のじゃない」
　女は笑った。「あたしが言うなら『素敵』でいいけど、お客のあなたとしてはもっとヨ
イショするべきでしょ」
「なるほど。じゃあ、すばらしいよ」
「そうそう」女はモーリーの向かいの、黒いキャンバス地の椅子に腰をおろし、後ろにも
たれると元気よく手をこすって、関心をこちらに固定した。「待ってるんだけどな」
「何を？」

「あなたが言い寄ってくるのを」

「なぜ私がそんなことをしなきゃならない？」

「あたしがこの居留地の娼婦だからよ。あたしのせいで、あなた立ちっぱなしで死んじゃうわよ。まだ聞いてなかった？」

「着いたのが今日も遅くだったものでね」と指摘した。

「でも誰か話したと思うけどな」

「そんなやつには一発くらわしてやる」

「でも本当だもの」

「なぜ？」

「バブル医師《せんせい》の説明だと、あたしには間脳障害があって、そのせいなんだって」

「ああ、バブルね。歩む者が私を訪れたのを、あいつが何と言ったか知ってるか？　大方ウソだろう、だとさ」

「バブル医師《せんせい》はやたらと意地が悪いものね。手あたりしだいにけなして喜んでる人だから」

「それがわかってるなら、なにもあいつの言うことなんか相手にしなくてもいいだろうに」

「バブルはあたしがなぜこんなふうかを説明しただけよ。こんなふうであるのは確かなの。

この入植地の男とは一人残らず寝たわ。あのウェード・フレーザー以外とは」女は首をふり、顔をしかめた。

好奇心からきいてみた。「あの人は最悪ね」「そのフレーザーは君のことを何だって？　なんといっても心理学者だろう。少なくとも自称は」

「こう言ってたわ――」女は部屋の天井を見上げ、思いだそうとしながらぼんやりと下唇を噛んでいた。「大いなる世界父の元型探索なんだって。ユングの言いそうなことよね。ユングは知ってる？」

「ああ」とは言ったものの、実は名前以上のことはほとんど知らなかった。なんでもユングはいろいろな意味で、知識人と宗教との和解の基礎を敷いた人だという――が、セス・モーリーの知識はそれどまりだった。「なるほどね」

「ユングの説だと、あたしたちが実の母や父に接する態度が生まれるのは、かれらが然るべき男性の元型や女性の元型を持っているからなんですって。たとえば、大いなる悪い地父がいて、良い地父がいて、破壊する地父がいて、とかね……女のほうも同様。あたしのお母さんは悪い地母だったので、あたしの心理エネルギーはすべてお父さんに向けられたわけね」

「ふーん」モーリーは、唐突にメアリーのことを案じはじめた。別にこわがっているわけじゃないが、それでもあいつが部屋に戻って、私がいなかったら何と思うだろう。そのうえ――神さま、ご勘弁を――入植地の娼婦を自認するスージー・マヌケなんかといるところを見つけたら？

スージーが言った。「性行為は人を不純にするって思ってる人なの、あなたは？」

「場合によってはね」反射的に答えたかれは、まだ妻のことを考えていた。胸が圧迫されてドキドキしてきた。「スペクトフスキーは、例の本でそこらへんのことははっきりと言ってないから」と口ごもる。

「散歩しましょう」とスージー。

「いま？　私が？　どこへ？　なんで？」

「いまじゃないわよ。明日、日のあるうちに。入植地の外の、本物のデルマク・Oに連れてってあげる。変なものがいるところ、視界のはしをサッと何かが動くようなところ――それとビルのあるところ」

「ビルは見てみたい」モーリーは心底そう言った。

唐突に女が立ち上がった。「ご自分の居住区にお戻んなさい、セス・モーリーさん」

「なんで？」混乱して、こちらも立ち上がった。

「だって、あなたがここにいたら、魅力的な奥さまがあたしたちを見つけて、大混乱をひきおこして、あたりをうろついてみんなを狙ってるとか言う形相破壊者のつけ入るスキを与えることになるでしょ」女は笑った。見事な白い歯がのぞいた。

「散歩にはメアリーも来ていい？」

女はかぶりをふった。「ダメ。あなただけ。いい？」

ためらうモーリーの頭に、様々な思惑が群れをなしてなだれこんだ。それがかれをあちこちひきずりまわした挙げ句に去ってしまうと、残されたモーリーも返事ができる状態になっていた。「まあ、都合がつけば」

「そうしてよ。ぜひ。いろんなところとか、生き物とか、見つけたものとか見せたげるから」

「美しいものか？」

「うーん、ものによるけど。なにジロジロ見てるのよ。気色悪い」

「君はどうかしてる」

「率直なだけよ。『男とは、精液が精液を増やすための道具だ』なんてサラッと言える。ごく実用的でしょう」

「ユング派の精神分析のことはあまり知らないけれど、そんなのは絶対に――」と言いかけて、セス・モーリーは中断した。何かが視界のはしで動いたのだ。

「どうしたの？」とスージー・スマート。

モーリーはサッとふりむいて、今度こそはっきりとそれを捉えた。たんすの上を、小さな四角い灰色の物体がじりじりと前進していた。そして、明らかにこっちに気づいて、動きをとめた。

二歩でモーリーは間をつめ、そいつをつかみあげ、しっかりにぎりしめた。

「手荒にしないで。おとなしいから。ね、こっちにちょうだい」とスージーが手をのばしたので、モーリーはしぶしぶこぶしを開いた。

手にしたものは、小さなビルのようだった。

「そうよ」スージーはこちらの顔にうかんだ表情を見て言った。「あのビルから来たものよ。子供みたいなものかしらね。とにかくあのビルそっくりなの。大きさは小さいけど」男からそれを取り上げると、しばらく眺めまわして、たんすの上に戻した。「生きてるのよ」

「わかってる」手に持ったとき、生きているのが感じられたのだ。指をおしのけて、逃げようとしていた。

「そこらじゅうにいるわよ、外に行くと」女はあいまいな身ぶりを見せた。「明日、あなたにも一匹見つけてあげられるかもね」

「いらんよ」

「しばらくここにいれば気がかわるわ」

「どうして」

「ペットみたいなものだと思えばいいわ。退屈しのぎの。子供の頃、庭でガニメデ蛙を見つけたのを覚えてるわ。輝く炎と長いなめらかな毛がとっても美しくて——」

「トールチーフを殺したのがこいつの類いだったかもしれないのに」

「前にグレン・ベルスノアが一匹バラしてみたわ。それであの人が言うには——」女は考えこんだ。「とにかく無害だって。他にも何か言ってたけど、エレクトロニクスの話で誰もついていけなかったわ」

「有害ならかれにはわかったと？」

女はうなずいた。

セス・モーリーは言った。「君——私たち——のリーダーは優秀だな」でも十分に優秀とは思えない、と心中思った。

「寝ない？」とスージー。

「え？」

「あなたと寝たいわけ。男は寝てみないとわかんないから」

「女はどうする？」

「女は全然わかんないわ。なに、あたしが女とも寝ると思った？　そこまで堕ちたくはないわね。マギー・ウォルシュならやりそうだけど。ほら、あの女《ひと》レズでしょ。知らない？」

「だからどうなんだ。私たちには関係ないことだろう」モーリーはめまいがするほど場ちがいな気がした。「スージー、精神科医に診《み》てもらったほうがいいんじゃないか」テケル・ウパルシンで地を歩む者に言われたことが、いきなりよみがえってきた。私たちみんな、精神科医に診てもらう必要があるのかもしれん。だがウェード・フレーザーに診られるのは御免だ。それはもう完全に論外だ。

「あたしと寝たくないの？　すごくいいのにな、はじめは上品ぶったり尻ごみしたりしても。あたし、とってもうまいのよ。いろんな体位も知ってるし。あなたの聞いたこともないような体位だって。自分で考えついたの」

「長年の経験の中でか」

「そう。十二のとき以来だもの」と女はうなずいた。

「まさか」

「そのまさかよ」スージーはこちらの手をつかんだ。女の顔には、まるで命がけのような必死の形相が浮かんでいた。こちらを自分のほうに引き寄せようと、全力でひっぱった。逆らったが、女はむなしくひっぱり続けた。

スージー・スマートは、男が身をひき離すのを感じた。すごく強い男ね。「なぜそんなに強いの？」とあえぎながらたずねた。ほとんど息ができなくなっていたのだ。

「岩運びだ」男はニヤリとして言った。

こいつが欲しい。大きくて邪悪で力強くて……あたしをめちゃめちゃに引き裂いてしまえる。そう思うと、男への欲望はつのった。

「犯してやる」とあえいだ。「あなたが欲しい」抱いて。重たい影みたいにあたしを覆って。太陽からあたしを守って、何も見えなくして。もうなにも見たくないの。圧し潰して。あなた自身を見せて。あなたの本当の存在を感じさせて。服なんかに頼らないで。背中を手探りして、自分でシェイプ・ブラのホックを外した。それをセーターの中で胸から器用に外す。ひっぱり出したブラジャーを、椅子の上に落ちるよう苦労して投げた。これを見て男は笑ったので「何がおかしいのよ?」と詰問した。

「いや、きれい好きだと思って。床に落とさず、椅子にのっけた」

「ちくしょう」この男も、他のみんなと同じであたしを笑いものにしてるんだ、わかってる。「犯してやる」とうなり、全力で男をひっぱった。今度は相手をよろよろと、ベッドのほうに数歩、なんとか動かすことができた。

「おい、よしてくれ」男は抗《あらが》った。でも、また何歩か動かせた。「やめてくれ!」と男が言うと同時に、そいつをベッドに押し倒した。片ひざで男を押さえつけると慣れた手つきでスカートのスナップを外して、ベッドの上からおしやり、床に落とした。

「ほらごらん、誰がきれい好きだって?」そして男にとびかかった。両ひざで相手を固定する。「そんな神経質じゃないわよ」と身につけた最後の一枚を脱ぎすてた。今度は男のシャツのボタンを引きむしる。一つがちぎれて、小さな車輪のように、ベッドの上から床へと転げていった。これには笑った。すごくいい気分。こういう場面はいつだってわくわくするわ――狩りの最後の詰めのようなものかしら。この場合の獲物は、汗とタバコの煙と混乱しておびえた匂いを放つ大きな動物。なぜこの人はあたしをこわがったりするのかしら？　自問してみたが、毎度のことではあった――仕方がないか、とこの頃は思うようになっていた。正直いって、それが気に入りはじめてきた。

「は・な・せ」あえぎながら、男はこちらの重みをおしのけようとした。「えらくツルッルすべるからだだ」とかろうじて男が言うとともに、女は両ひざで男の顔をはさみこんだ。「ホントいい気持ちにしたげるわよ、セックスで」と言ってやる。いつも言うせりふだった。これが結構効くのだ。相手の男が、目の前に広げてやった光景に屈服するのだ。「ねえったら」と切なく哀願するような鼻声をたてた。

部屋の戸がバンッと開いた。ただちに、本能的に、女は男から、ベッドからとびのき、立ち上がり、荒々しく息をつき、戸口の姿を見つめた。男の妻、メアリー・モーリーだ。あわてて服をひろいあげた。この場面だけは好きじゃなかった。メアリー・モーリーに対する圧倒的な憎悪がこみあげてきた。息の下から言う。「出てって。あたしの部屋よ」

「セス！」メアリー・モーリーは金切り声を出した。「神かけて、気でも狂ったの？　こんな真似をするなんて！」青ざめて、メアリーはぎこちなくベッドにつめよった。

「神よ」とモーリーは起きあがって髪をなでつけた。「この娘《こ》はいかれてるんだよ」と哀れっぽくうめくような声で妻に言った。「私のせいじゃないんだ。逃げようとしてたとこなんだよ。見ただろ、え？　逃げようとしてたのがわかっただろ？　見なかったか？」メアリー・モーリーは、かん高い早口で言う。「本気で逃げようと思えば逃げられたはずよ」

「そんなことはないよ」哀願するように男は言った。「ホントだとも、神に誓って。押さえこまれてたんだ。でも、なんとかゆるめてたとこだったんだ。お前が来なくても、自力で逃げだしてたよ」

「殺してやる」とメアリー・モーリーは身をひるがえし、部屋いっぱいに大きな輪をかいて歩きまわった。つかんでぶん殴るものを探してるんだわ。スージーには心当たりがあった。この動き、探す様子、女の顔に浮かんでいる濁った凶暴な不信感あふれる表情にも。メアリー・モーリーは、花びんを見つけ、ひったくるように手に取って、たんすの横で胸を上下させながらセス・モーリーの前に立ちはだかった。発作的に、突然、右腕をふりかぶって花びんをふりかざした。

たんすの上で、ミニチュア・ビルの小さな外装パネルが横すべりに動いた。そこから小さな砲筒がつきだした。メアリーからは見えなかったが、スージーとセス・モーリーには見えた。

「危ない！」セスは息をのみ、妻のほうに闇雲に手をのばして腕をつかみ、自分のほうに引き寄せた。花びんは床に落ちてくだけた。砲身が回転し、狙いを定めなおした。いきなりそこから光線がメアリー・モーリーに向けて発射された。スージーは笑い、光線と距離をおいた。

光線はメアリー・モーリーを外した。部屋の向こう側の壁には穴ができて、そこから黒い夜風が、つめたく激しく部屋の中に吹きこんできた。メアリーはよろめいて一歩しりぞいた。

洗面所に駆けこんだセス・モーリーが、片手に水の入ったコップを持ってとび出してきた。そしてたんすに駆けよると、ビルの複製に水をかけた。砲の先が回転を止めた。

「しとめたようだ」セス・モーリーは喘息《ぜんそく》のようにぜいぜいといった。

ちっぽけな構造物からは灰色の煙が一すじ立ちのぼった。しばらくうなったあと、ベタベタしたグリース状のしみが流れだし、それをとりまく水たまりと混じった。構造物はガクンと動き、回転して、突然動かなくなってしまった。男の言った通り、死んだのだ。

「殺すなんて」スージーはとがめるように言った。

セス・モーリーが言った。「あれがトールチーフを殺したんだ」

「あたしも殺そうとしたの？」メアリー・モーリーは弱々しくきいた。そしてあたりを不安げに見まわした。その顔からは、さっきの気狂いじみた怒りも消えていた。用心しながらすわりこむと、青ざめたうつろな顔で構造物を見つめ、夫に言った。「出ましょう」こちらに向かってセス・モーリーは言った。「いまのことはグレン・ベルスノアに話させてもらう」そして慎重に、用心深く、死んだ小建築をひろい上げた。そして手の平にのせて、長いこと見つめていた。

「馴らすのに三週間もかかったのに。また新しいのを見つけてこなきゃならないわ。殺されないようにここに連れてかえって、前のみたいに飼いならさなきゃならないのよ」途方もない悔《くや》しさが、波のようにこみ上げてきてならなかった。「どうしてくれるのよ」と言って、そそくさと服をかき集めに動いた。

セスとメアリー・モーリーは戸口に向かった。男の手が妻の背中にまわされている。外へと妻を導いているのだ。

「あんたたち最低よ」と罵《ば》倒《とう》して、まだ服を着終わっていなかったけれど、二人の後を追った。「明日はどうすんのよ。まだ散歩に行く気はあるの？　見せたいものが――」

「いや」男は厳しい口調でそう言うと向きなおってこちらをじっと陰気に見つめた。「君は本当に何が起きたかわかってないんだな」

「もう少しでナニをやりかけたかは知ってるけど」

「誰か死ななきゃ目が覚めんのか？」

「いいえ」と答えたが、落ち着かなかった。男の険《けわ》しい刺すような目に浮かんだ色が気に喰わなかった。「いいわよ。そのセコいおもちゃがそんなに大事なら――」

「『おもちゃ』ね」馬鹿にしたような口ぶりだ。

「おもちゃよ」と繰り返した。「それがそんなに大事なら、外になにがあるのか本気で関心を持つべきよ。わかんない？　これは本物のビルの模型でしかないのよ。本物を見たくない？　あたしはすごく間近で見たわ。正面入口の上の表示になんて書いてあるのかも知ってるのよ。トラックが出入りするほうの入口じゃないほうの――」

「何て書いてあるんだ？」

「あたしと来る？」と言って、メアリー・モーリーにも、ありったけの愛想をふりまいた。「奥さまもよ。お二人でおいであそばせ」

「私一人で行く」と男は妻に向かって言った。「危険すぎる。お前は来ないほうがいい」

「来ないほうがいいだって」とメアリー。「理由は別にあるでしょ。見えすいてるわ」とは言ったものの、その声は生気がなく、おびえたようだった。まるで、構造物からのエネルギー光線がかすめたせいで、あらゆる感情が追い出され、むき出しの恐怖だけがそのからだにまとわりついているようだった。

セス・モーリーが言った。「入口の上には何が書いてあるんだ？」

しばらく間をおいてから答えた。「『ムチッパリ』ですって」

「どういう意味だ？」

「よくわかんないけど。なんかすごそうじゃない。今度はなんとか中に入れるかもしれないし。ごく近くまで、ほとんど壁際までは行ったんだけど。でも裏口が見つからなくて、正面入口から入るのは——何でか知らないけど——こわかったから」

何も言わずに、セス・モーリーはぼう然としている妻をつれて、夜の中にふみ出していく。こちらは自分の部屋のまん中で、ひとりぼっちで、服もまともに着ないで立ってるのに。

「スベタ！」と大声で二人に叫んだ。メアリーのことを言ったつもりだった。

二人は歩き続けた。そして視界から消えてしまった。

7

「ごまかすんじゃない、わかってるんだろうに」とグレン・ベルスノア。「こいつがおたくの奥さんを撃ったんなら、それはあのイカれた姐《ねえ》ちゃんがそうさせたからだ。スージー・マヌケだか利口《スマート》だか知らんけど、彼女がこれを仕込んだんだ。こいつら、訓練がきくからね」かれはすわって、手にした小さな構造物を見下ろし、その細長い顔にはむっつりした表情がだんだんと浮かんできた。

「私が引きもどさなかったら、今夜二人目の死者が出たかもしれない」

「それはなんとも言えんよ。こいつらの出力は弱いから、奥さんもせいぜい気絶するぐらいで済んだんじゃないかな」

「光線は壁を貫通したぞ」

「壁は安手のプラスチックだからなあ。それも単層だよ。げんこつで穴があけられる」

「だからこの件には腹も立たないわけか」

ベルスノアは考えこむようにして下唇をつまんだ。「立ってるとも、この一件すべてに対して。そもそもおたくはスージーの部屋なんかで、二人きりで何してたんだ？」さえぎるように手をあげた。「いや、言うな。聞くまでもない。性的にいかれた女だもんな。うん。子細は聞きたくもない」とビルの複製を意味もなくいじった。「こいつ、スージーを撃てばよかったのに」と、半ば自分に向かってつぶやいた。

「あんたらみんな、どうかしてる」とセス。

ベルスノアはぼさぼさ頭をあげて、セス・モーリーを見つめた。「というと？」

「はっきりしたことは言えないけど、一種の精神薄弱とでもいうか。各人が、自分個人の世界に閉じこもってる。他人のことはまるでお構いなしだ。まるで――」と考えこんで、

「まるでみんな、それぞれが、要するにほっといてもらえればいいみたいだ」

「ちがう」とベルスノア。「みんなここから出て行きたいと思ってる。他に共通点はないにしても、それだけはいっしょだ」そして壊れた構造物をセスに返した。「とっといたらおみやげに」

セスはそれを床に放り投げた。

「明日、スージーとの探検は行くの？」とベルスノア。

「うん」とうなずく。

「また襲われるぜ」

「興味ないよ。そんなのは心配しちゃいない。ただ、この惑星上には私たちの敵が動いて

いて、居留地の外から仕掛けてきているように思う。そいつ――またはそいつら――がトールチーフを殺したんじゃないだろうか。バブルの見立てとはちがうけど」

ベルスノアは言った。「おたくは着いて間もない。トールチーフも着いて間もなかった。これが関係あると思うんだな。トールチーフの死は、この惑星の事情に不慣れだったことと関係があると思うんだ。したがって、おたくも同様に危険にさらされている。でも残りの我々は――」

「つまり私に行くなと」

「そうは言わん。行ったらいいさ。でも、十二分に気をつけて。何にも触らないようにして。何も拾わないようにして。目をしっかりあけて。スージーの行ったところだけに行くように。新しい地域の開拓はよせ」

「いっしょに来れば？」

こちらを凝視して、ベルスノアは言った。「来てほしい？」

「あんたは今や、この居留地のリーダーだろう。ああ、来るべきだと思うね。それも武装して」

「僕は――」ベルスノアはためらった。「僕はここに残って送信機の修理をすべきだ、という考え方もある。おたくだって、原野をウロチョロせずに祈りの文句を練るべきだ、という考え方もある。僕としては、この状況の全側面を考慮する必要があるからね。こういう考え方もある――」

「あんたの『考え方もある』の山のおかげで、私たちが皆殺しになってしまうという考え方もある」とセス・モーリー。

「おたくの『考え方もある』も一理ある」ベルスノアは、自分だけの密《ひそ》かな現実を笑うかのように微笑した。その微笑は、何を面白がっているわけでもなく、そのまま表情に定着した。定着したまま、冷笑に変わった。

セス・モーリーは言った。「外の生態系について教えてほしいんだが」

「生命体がいて、我々はそいつをテンチと呼んでいる。我々の集計だと、五、六匹いるかな。すごく高齢でね」

「何をする生き物だ？　例の人工物を作るのはそいつらか？」

「数匹は弱ってて、何もしない。視界のなかにポツポツとすわってるだけだ。でも、比較的弱ってないやつらは、プリントする」

「プリント？」

「何か持ってくと、複製するんだ。腕時計とか、コップとか、電気かみそりとか」

「で、そのプリントは使えるの？」

ベルスノアは上着のポケットを叩いた。「僕が使ってるペンもプリントなんだ。でも――」とペンをとり出して、こちらに差し出した。「ほら、劣化してるだろ？」ペンの表面の質感はけばだっていて、ほとんどほこりのようだった。「非常に分解が早い。こいつもあと二、三日しかもたないだろう。そしたらまた、もとのペンからプリントを作ってもらえばいい」

「何のために？」

「ペンが不足してるからだよ。残ったやつもインクが切れかけてる」

「プリントのペンで書いたものはどうなの？　二、三日でインクが消えたりしないの？」

「いや」とベルスノアは言ったが、なんだかもじもじしていた。

「確信はないわけか」

立ち上がって、ベルスノアは尻のポケットを探り、札入れをとり出した。小さくたたんだ紙切れをしばらく調べてから、一枚をこちらの前においた。筆跡は、はっきりと鮮明だった。

マギー・ウォルシュが会議室に入ってきて、二人を見てやってきた。「入っていい？」

「もちろん。椅子を持ってきて」ベルスノアはぼんやりとそう言った。こちらをちらっと見て、投げやりな、きつい声で言った。「ついさっき、スージー・スマートのおもちゃのビルがモーリーの奥さんを撃とうとしたんだ。狙いは外れて、モーリーがそいつに水をかけた」

「あの娘《こ》には言っといたんだけどね。あれは危険だって」とマギー。

「全然危険じゃないよ。危険なのはスージーだ……と今しがたモーリーにも言ってたところだけど」

「スージーのために祈らなくては」

「ほれみろ」とベルスノアはこちらに向かって言った。「我々だってお互いのことを気にかけてる。マギーはスージーの不滅の魂を救いたがっている」

セス・モーリーは答えた。「祈るんだな。スージーが別の複製を捕まえて訓練したりしないように」

ベルスノアが言った。「モーリー、我々一同に関するおたくの考えのことを考えてたんだが、ある意味で、おたくの言う通りだ。各人それぞれにおかしいところがある。でも、おたくの考えもちがう。我々には共通点があるんだ。それは、全員が落伍者だということだ。例えばトールチーフ。かれがアル中なのはわかっただろ？　それにスージー。考えることはセックスによる征服だけ。おたくのことだって見当はつく。太りすぎだ。明らかに食べ過ぎだな。喰うために生きてるんじゃないか、モーリー。それともそれさえ考えたことはないか？　バブルは心気症だ。ベティー・ジョー・バームは強迫観念めいた薬飲み、あの小さなプラスチックのびんが彼女の全人生。あのガキ、トニー・ダンケルウェルトは、神秘的な内省と、分裂病めいたトランス状態――バブルもフレーザーも、緊張病からくる昏睡だと言っているが――のために生きてる。ここにいるマギーは――」と女のほうを示し、「祈りと断食の幻想世界に住んで、一生懸命仕《つか》えてる神には相手にもしてもらえない」そしてマギーに向かってこう尋ねた。「仲裁神に会ったことは、マギー？」

女はかぶりをふった。

「じゃあ、地を歩む者は？」

「ううん」

「導製神にも会ってない。さて、お次はウェード・フレーザーだ。あいつの世界は――」

「自分は？」セスはきいた。

ベルスノアは首をすくめた。「僕にも僕の世界がある」

「発明するのよね」とマギー・ウォルシュ。

「でも、いまだに何一つとして発明していない。過去二世紀に開発されたものはすべて、複合研究所が生みだしてきた。何百、何千もの研究者が働いているようなところだ。この世紀には、発明家なんてものはいないんだ。だから僕も、電子素子で一人遊びをするのが好きなだけなのかもしれない。とにかく楽しい。結局は何の役にもたたない回路を作ってるのが、この世の楽しみのすべてとは言わないけれど、まあほとんどだな」

「有名になるのが夢ね」とマギー。

ベルスノアはかぶりをふった。「ちがう。僕は何か貢献したいんだ。他のおたくらみたいに、ただの消費者でいたくないんだ」その口調は厳しく、率直で、とても真剣だった。

「我々が生きている世界は、ほとんどがまったく忘れさられて、すでに故人となってしまったような何百万の人々の作業の成果をもとに、造りあげられ、製造されている。僕は、自分が創造するもので有名になるとかいうのはどうでもいい。創造物が価値のある役にたつもので、人々が暮らしのなかで当たり前のように使ってくれればそれでいいんだ。たとえば安全ピンみたいにね。安全ピンを発明したのが誰かなんて、誰も知らない。でも、このやくたいもない銀河のあらゆる人間が、安全ピンには世話になってる。そしてその発明者は――」

「安全ピンはクレタ島で発明された。紀元前四、五世紀だ」とセス・モーリー。

ベルスノアはこちらをにらんだ。「紀元前千年だよ」

「じゃあ、いつ、どこで発明されたかは問題になるわけだ」とセス・モーリー。

「前に発明でいい線まで行ったことがある。遮断回路だ。十五メートル程度の射程で、どんな導体中の電子の流れでも妨害できるはずだった。護身用の武器として役にたったはずだ。でも、力場を十五メートルまで広げられなかったんだ。たった五十センチしか作用させられなかった。それっきりだ」これでベルスノアは黙りこくった。重苦しい、つらい沈黙。自分の殻にひきこもってしまった。

「それでもわたしたちはキミが好きだわ」とマギーが言った。

ベルスノアは顔をあげて、女を見つめた。

「神はそれだって受け入れてくださるわ。不首尾に終わった試みではあっても、神はキミの動機をご存じよ。動機こそがすべてですもん」

ベルスノアは言った。「この入植地なんて、一人のこらず全滅したってどうでもいいんだよ。誰一人、何の役にもたっていないんだから。我々は銀河系にたかった寄生虫でしかない。『われらがこの地でなすことは、記録にも記憶にも長くはとどめられないであろう』ってね」

セス・モーリーはマギーに向かって言った。「これが私たちのリーダーとはね。私たちを生きながらえさせてくれるはずなのに」

「生きながらえさせてやるとも」とベルスノア。「手は尽くす。それで貢献できるかもしれない。流体回路を利用した機器を発明して、我々を救えばいい。あれを使えばおもちゃの大砲は全部、息の根をとめてやれる」

「小さいってだけで何かをおもちゃ呼ばわりするなんて浅はかね。それでいくと、トクシラックス人工腎臓もおもちゃだってことになるわ」

「惑星間連合の宇宙船回路の八割はおもちゃだってことになる」とセス・モーリー。

「それが僕の問題かもしれない」とベルスノアは苦笑した。「何がおもちゃで何がそうでないのか、僕にはわからない。逆にいえば、僕には何が本物かわからない。おもちゃの船は本物の船ではない。おもちゃの大砲は、本物の大砲ではない。でも、それが人を殺せるとなると――」かれはためらった。「たぶん明日、みんなに組織的に居留地を探索させて、おもちゃビルを全部集めて、そうだな、外からのものは全部集めさせて、山にして火をつけて、ケリをつけるのがいいだろうな」

「他に外から来たものというと？」セス・モーリーは尋ねた。

「人工蠅だな、一つには」とベルスノア。

「写真を撮るやつ？」

「いや、それは人工蜂。人工蠅は飛び回って歌うんだ」

『歌う』？」聞きちがいだろうと思った。

「一匹もってる」ベルスノアはポケットを探って、最後に小さなプラスチックの箱を取り出した。「耳にあてて。一匹そこに入ってる」

「どんなものを歌うの？」セス・モーリーは箱を耳にあて、聞きいった。すると、聞こえてきた。彼方《かなた》からの甘い音が、まるで弦楽のようだった。あるいは、遠くで羽音がしているようでもあるな。「この曲、知ってるぞ。名前は出てこないけど」なんとなく好きな古代音楽だ。

「好きなものを演奏してくれるのよ」とマギー・ウォルシュ。

やっとわかった。グラナダだ。「信じられん。本当に蠅が演奏してるのか？」

「覗いてみろよ。でも気をつけろよ――逃がさないようにしてくれ。珍しいし、つかまえるのも難しいんだから」

ごく注意して、セス・モーリーは箱のふたをそっとずらした。中に見たのは黒い蠅で、プロキシマ・6のテープ蠅に似て大きくて毛だらけで、本物の蠅のようにぶんぶんいう羽と飛び出した複眼をしていた。納得して箱を閉じた。「おそれいった。こいつは受信機として機能してるわけ？　惑星上のどこか中央送信機からの信号をひろってるんだろ？　要するにラジオだ――そうだろ？」

「一匹ばらしてみた。受信機じゃないんだ。音楽はスピーカーから聞こえてるけど、そのもとの信号は蠅自身の働きによるものだ。信号は、小型発生機から電気インパルスのかたちで生まれている。有機生物の神経インパルスと似ていなくもない。発生機の少し先に、湿った部分があって、電気抵抗を複雑なパターンで変化させているから、とっても複雑な信号が作れるんだ。おたくには何を歌ってくれた？」

「『グラナダ』」とセス・モーリー。こいつが欲しいと思った。慰めにはなるだろう。「売ってくれないか」

「自分でつかまえてくれ」ベルスノアは自分の蠅を回収して、箱をポケットに戻した。

「居留地の外からは他に何か？　蜂と蠅、プリンターとミニチュア・ビル以外に？」とセス・モーリーは尋ねた。

マギー・ウォルシュが答えた。「なんだかノミほどの印刷機。でも、印刷するものは決まってるの。何度も何度も、果てしなく洪水のように吐き出し続けてるわ」

「何を？」

「スペクトフスキーの本」とマギー・ウォルシュ。

「他には？」

「見つかってるのはそれだけ」マギーは言い方を変えた。「未知のやつもいるのかもしれないけど」そしてベルスノアのほうをキッと見た。

ベルスノアはなにも言わなかった。再度、自分だけの世界に引きこもり、とりあえずは他の二人のことも眼中にないようだった。

セス・モーリーは、破壊されたミニチュア・ビルを拾いあげた。「もしテンチがものの複製をプリントするだけなら、これを造ったのはそいつらじゃない。高度に発達した科学技術を持ったなにかであるはずだ」

「何世紀も昔に造られたのかもしれないよ。もう滅び去った種族かなにかに」我にかえったベルスノアが言った。

「そしてそれ以来、そのプリントが繰り返されてきたってこと？」

「そうだ。あるいは、我々がここに着いてからプリントを始めたのかも。我々のために」

「こういうミニチュア・ビルはどのくらいもつんだ？　さっきのペンよりはましか？」

「なるほど、そう来たか。いや、急速に劣化するようなことはないみたいだ。だからプリントじゃないのかもしれない。それで話がさほど変わるとも思えないが。ずっと温存されていたのかも。この入植地に類した代物《しろもの》が姿を現すとか、必要な事態が起きるまで待機状態になっていたとかね」

「この居留地に顕微鏡はあるか」

「当然。バブルが持ってる」

「そんならバブルのところに行ってくる」セス・モーリーは会議室のドアに向かった。

「おやすみ」と肩ごしに言った。

二人とも返事をしなかった。こちらにも、こちらの言ったことにも無関心なようだった。二、三週間もすると、私もああなってしまうんだろうか。いい質問だ。間もなく自分でも答えがわかるだろう。


「うん。顕微鏡なら使ってもかまわんよ」バブルはパジャマとスリッパとウールもどきのしま模様バスローブを着ていた。「そろそろ寝ようかと思ってたところだ」セス・モーリーがミニチュア・ビルを運びこむのを見ると、こう言った。「ああ、その手のやつか。そこらじゅうにいるよ」

顕微鏡の前にすわって、セス・モーリーは持ってきた小さな構造体をこじあけ、外装をはぎとって、中の素子のかたまりを顕微鏡の観察台に乗せた。低解像度で、倍率も六百倍にした。

入りくんだ組織……むろん、モジュール化されたプリント基板だ。抵抗やコンデンサー、真空管など。電源は、超小型ヘリウム電池が一つ。砲身用の旋回砲架と、そのエネルギー源のゲルマニウム・アークらしきものが見てとれた。さほど強力であるはずはないな。ベルスノアもまんざらまちがってはいなかった。出力は、エルグ単位で換算したら極めて小さいはずだ。

砲身を左右に動かすモーターに焦点をあわせた。砲身を固定している金具に何か書いてあった。それをなんとか読もうと努め——そして、焦点の微調整をして見えたものは、いちばん恐れていた事態を裏付けるものだった。

製造：地球《テラ》35082R

この建造物は地球産なのか。超人類生命体が発明したものじゃない。デルマク・Oの原生生命体から発生したものでもないんだ。この仮説はこの時点で棄却だ。トリアトン将軍、私たちを滅ぼそうとしているのは、結局あんたたなのか。私たちの送信機も、受信機も——そしてここにノーザーで来いという指令も。ベン・トールチーフを殺させたのもあんたたなのか？　まちがいない。

「どう、なんかわかったかね」とバブルがたずねた。

「わかったのは、トリアトン将軍こそが敵で、こっちには勝ち目がないってことだ」モーリーは顕微鏡を譲った。「見てくれ」

バブルは顕微鏡の接眼レンズに目を当て、即座にこう言った。「これは思いつかなかった。この二カ月、やろうと思えばいつでもこうして調べられたのに。誰の頭にも浮かばなかった」そして顕微鏡から目を離し、こちらをためらいがちに見た。「どうしよう」

「まず、こいつらを全部、居留地の外から持ち込まれたものを全部集めて、破壊することだ」

「これはつまり、あのビルが地球製だってことか」

「そう」セス・モーリーはうなずいた。明らかにそうだ。「私たちは何かの実験台にされてるんだ」

「この惑星を逃げ出さないと」とバブル。

「絶対に逃げ出せないよ」とセス・モーリー。

「なにもかもあのビルから来ているにちがいない。なんとかしてあのビルを破壊しないと。でもどうすればいいのやら」

「トールチーフの検死を見直す気にはなった?」

「見直そうにもタネがない。いまの時点で言えるのは、我々のまったく知らないような武器で殺されたんだろうってことぐらいだ。血液中に、致死量のヒスタミンを作りだすような代物だ。そうすると、呼吸器系統の障害による自然死めいたものが引き起こされる。それと、可能性としてはもう一つある。偽装かもしれない。なんといっても、地球は丸ごとでっかい精神病院になってしまったようだし」

「地球には軍の研究所がある。極秘のやつが。一般人には知らされていない」

「なぜ君が知っている」

「テケル・ウパルシンで、キブツの海洋生物学者として、そこと取り引きしたことがある。それと、武器購入の際にも」正確にいえば、これはウソだった。実は、噂を聞いたことがあるだけだった。でも、十分もっともらしい噂だった。

「なあ」こちらを見つめながらバブルは言った。「君は本当に、地を歩む者に会ったのか」

「ああ。それで私は地球の秘密軍事研究所のことは直接に知ってる。例えば――」

バブルは言った。「君は誰かを見た。それは信じる。君の知らない誰かがやってきて、本来なら君にだって判断がついたはずのことを指摘してくれたわけだ。つまり、そのノーザーが宇宙航行には不適当だということを。でも、君のほうでは、知らない人がやってきて頼まれもしないのに助けてくれたら、そいつは神の化身にちがいないとあらかじめ思いこんでいた――なぜなら子供のころからずっと、そう教えこまれてきたからだ。でも、わからないかな、君は自分が見たいと思っていたものを見ただけなんだ。君がその人を地を歩む者にちがいないと思ったのは、スペクトフスキーの本がいわば全宇宙で受け入れられているからだ。でも、私は受け入れない」

「なんだって」驚いてセス・モーリーは言った。

「まったく受け入れない。知らない人――全然知らないような、ごく普通の人――だって、通りがかって助言をしてくれることはあるさ。世の中、大方はいい人なんだ。この私だって、通りがかっていれば口を出しただろう。君の船は宇宙航行向きじゃないってね」

「その場合は、あなたが地を歩む者に乗り移られたということになる。あなたが一時的に地を歩む者になった、ということだ。誰だって地を歩む者になれる。それも奇跡のうちなんだ」

「奇跡なんかない。スピノザが何世紀も昔に証明している。奇跡が存在するなら、それは自然法則がうまく働かなかったということで、神の弱さのしるしになってしまう。もし神が存在すれば、だがね」

セス・モーリーは言った。「今晩はやくに、あなたは地を歩む者に七回会ったとか言ってたじゃないか。それに仲裁神にも」疑念が満ちてきた。つじつまがあわない。

バブルはしゃあしゃあと答えた。「それはこういう意味で言ったんだ。地を歩む者が存在するとしたらとったのと同じ行動を、人間がとったような、人生の局面に遭遇した、ということだ。これは君だけの問題じゃない。非ヒューマノイド型知的生命体に遭遇したのが発端だな。なかでも、我々の言う『神の世界』に住む、我々の言う『神々』は、あまりに優れていて、我々はいわば、人間にとっての犬や猫の立場になってしまった。犬や猫にしてみれば、人間は神のようなものだろう。人間は神のようなことができる。でも、神の世界の生物もどきの超知的生命体だって――やつらだって我々と同じく自然界の生物学的な進化の産物であるのは変わらない。いずれ、人類だってあの水準まで進化するかもしれん。いや、あれ以上に進化するかもな。確実にそう進化するとは言わん。ただ、進化する可能性はあると言ってるんだ」そして決然とこちらに指をつきつけた。「やつらが宇宙を創造したわけじゃない。やつらは導製神の化身でもない。やつらが自分で神の化身だと名乗ってるだけだ。信用してやる義理もない。『あなたは神ですか？　宇宙を創造しましたか？』とか尋ねれば、当然やつらはそうだと言うさ。我々だって同じことをやった。白人は、十六、七世紀に南北アメリカの原住民にまったく同じことを言ったろう」

「でもスペイン人やイギリス人、フランス人は植民者だった。だから神のふりをする動機があった。たとえばコルテスだ。かれは――」

「いわゆる『神の世界』の生命体だって似たような動機があるんだよ」

「たとえばどんな？」鈍《にぶ》い怒りに火がつきはじめた。「かれらは聖人のような存在なんだ。瞑想もする。私たちの祈りを聞いて――受信できればだけど――それをかなえるために動く。例えば、ベン・トールチーフにそうしたように」

「みすみす死なせに送りこんだわけだ。そうだろう」

それがこちらとしても気になっていたのだった。トールチーフの動かぬ死体を目にして以来ずっとだ。「知らなかったのかもしれない」モーリーは所在なげに言った。「だって、神といえどもすべてを知っているわけではないと、スペクトフスキーも指摘している。神は形相破壊者が存在したことも知らなかったし、形相破壊者が宇宙を造りあげている同心円状の流出によって目覚めることも知らなかった。形相破壊者が宇宙と時間に入りこんで、導製神が自分の姿に似せて創った宇宙を歪め、もはや導製神の姿とは言えないものにしてしまうことも知らなかった」

「まるでマギー・ウォルシュだ。口のききかたがそっくりだよ」バブル医師は、きつい詰まったような大笑いをした。

セス・モーリーは言った。「無神論者に会うのは初めてだよ」実は前に一人、会ったことがあるのだが、何年も前のことだった。「このご時世には珍しいよ、神の存在が証明されている時代に。昔の時代には、宗教は見えないものへの信仰に基づいていたから、無神論者もそこらじゅうにいたのはわかるけど……でも、いまじゃ目に見えないものではない。スペクトフスキーがちゃんと示したんだ」

「地を歩む者は、ポーロックの反人間だ」バブルは嘲《あざけ》るように言った。「よい過程や事象に介入するかわりに――」そこでかれは止まった。

診療室のドアが開いた。ビニールの作業着と、合成皮革のズボンとブーツをはいた男が立っている。黒髪で、おそらく三十代後半、めりはりのある顔だちをしている。頬骨は高く、目は大きくて明るかった。手にした懐中電灯を消して、立ったままバブルとセス・モーリーを見つめて、何も言わなかった。居留地のこの住人には初めて会うな、と思ったとき、バブルの表情に気がついた。バブルもこいつには会ったことがないのか。

「誰だ、あんた」バブルがかすれ声で言った。

男は低い滑らかな声で答えた。「たった今、ノーザーで着いたところです。ネッド・ラッセルといいます。経済学者です」そしてバブルに手を差し出し、バブルは反射的にそれを握った。

「もう全員着いていると思っていた。すでに十三人来ている。それで全部のはずだが」とバブル。

「異動を希望したら、ここにまわされたんです。デルマク・Oに」ラッセルはセス・モーリーに向きなおり、また手を差し出した。二人は握手した。

「異動の辞令を拝見しよう」とバブル。

ラッセルはコートのポケットに手をつっこんだ。「それにしても、ここはどういう運営をしているんですか。明かりもほとんどないし、自動航行誘導装置も切れてる……自力で着陸させるはめになりましたよ、それほどノーザーの扱いに慣れているわけでもないのに。ほかのと一緒に停めておきましたよ、この居留地の端っこの飛行場に」

「結局ベルスノアには二点持っていくわけか」とセス・モーリーは言った。「ミニチュア・ビルの『製造：地球《テラ》』の刻印。それと、かれ」結果として、どちらがより重要になるだろうか。今の時点では、どっちに向かうのかがわかるほどには先がはっきりしていなかった。私たちを救うもの、そして私たちを滅ぼすもの。万物の等式はどっちへ向かうともしれない。

闇夜の中、スージー・スマートはゆるゆるとトニー・ダンケルウェルトの居住区に向かって進んでいった。黒のスリップにハイヒール姿だ――これが少年の好みだと承知してのことだ。

とん、とん。

「誰？」中からぼそぼそした声がした。

「スージー」ノブを回してみた。ドアに鍵はかかっていなかった。そこでどんどん入っていった。

部屋の真ん中で、ろうそく一本を前に、トニー・ダンケルウェルトが脚を組んですわっていた。その目は、薄あかりのなかで閉じられていた。明らかにトランス状態だ。こちらに気がついた様子もないし、こちらを認識した様子もない。それでも、さっき名前をきいたっけ。

「あたし、入ってもよかったのかしら」

少年のトランス状態が気がかりだった。トランス状態だと、この子は通常の世界から完全にひきこもってしまうのだ。ときには何時間もこうやってすわりっぱなしで、あとから何を見たかきかれても、ほとんど何も答えられないのだ。

「邪魔するつもりはないんだけど」少年が答えないので、こう言った。

変調がかかったような、うわの空の声で、トニーは言った。「ようこそ」

「どうも」ほっとして答えた。背のまっすぐな椅子にすわって、タバコの箱を取り出すと、一本火をつけ、長い待ち時間を覚悟して腰を据えた。

でも、待つ気がしなかった。

おそるおそる、ハイヒールのつま先で少年をつっついてみた。「トニー？　トニー？」

「なに」

「話してよ、トニー、何が見えるの？　別の世界？　神々が総出で走りまわって、忙しく善を施してるのが見える？　形相破壊者の動いてるところが見える？　どんな姿？」形相破壊者を見たことがあるのはトニー・ダンケルウェルトだけだった。そして少年は、悪の根源についての情報を自分一人の胸にしまいこんでいた。このように少年のトランス状態にはぞっとさせるものがあったので、これまで敢《あ》えて邪魔しようという気にはならなかった。トランス状態のときはなるべく放っておいて、純粋悪意の幻視からこちらの日常的な普通の責任のとれる状態に自力で戻ってこさせていた。

「話しかけるな」トニーはもごもごと言った。目はきつく閉じられ、顔は歪み、赤くなっていた。

「ちょっと息抜きしたら。ベッドに入る時間よ。ベッドにいきたくないの？　あたしといっしょに、なんてどう？」とトニーの肩に手をおいた。するとかれはゆるゆると身を離して、やがて女の手は空をつかんでいた。「あたしがあなたと寝るのはあなたがまだ一人前の男になってないからだ、とか前に言ってたでしょ。でもあなたは一人前よ。あたしにはちゃんとわかってる。そんな判断はこっちに任せて。あなたがいつ一人前で、万が一にだけど、いつそうでないかはあたしが決めるわ。でも、今のところ、あなた、一人前以上よ。ねえ、十八の子は一日二十四時間で七回オルガズムに達することができるんだって」待ってみたが、少年は何も言わなかった。「大したもんよね」

トニーは恍惚《こうこつ》として言った。「神の上の神がいる。四つすべてを包含《ほうがん》する神が」

「四つって？　何が四つ？」

「四つの化身。導製神、仲――」

「四つ目は？」

「形相破壊者」

「それじゃあなた、形相破壊者を他の三つと統合する神と交信できるわけ？　でもトニー、そんなのありえないわ。他のはいい神さまだけど、形相破壊者は悪でしょ」

「わかってる」声がむっつりしていた。「それだからこそ、ぼくの見ているものはすごいんだ。神の上の神、それもぼくにしか見えない」ふたたび、ゆるゆると、かれはトランス状態へと漂《ただよ》っていった。そして、こちらに話すのをやめた。

「他の誰にも見えないものなんて、見たって本物かどうかわかんないじゃない。スペクトフスキーはそんな超・神のことなんか一言も言ってないわよ。あなた一人でそう思ってるだけでしょ」腹だたしかったし、寒かった。タバコが鼻を焦がしていた。毎度のことだが、吸いすぎてしまったのだ。「トニー、寝ようったら」と高圧的に言って、タバコをもみ消した。「ねえ」身をかがめ、かれの腕をとった。でも、不動のままだった。岩のように。

　時が流れた。少年はまだ神との交信を続けていた。

「まったく。もう知らないわ。帰る。おやすみ」立ち上がって、足早にドアに向かい、開けて、身体半分だけ外に出て、中に半身をのこしたまま立ち止まった。「ベッドにいけば二人ですごく素敵なのに」と女は悲しげに言った。「なにかあたしに気にいらないところでもあるの？　なんなら改めるわ。それに本も読んでるの。いままで知らなかった体位を仕入れたわ。教えたげる。すごくよさそうなの」

トニー・ダンケルウェルトは目を開いて、まばたきせずにこちらを見つめた。表情が読みとれないので落ち着かない。女はむきだしの腕をさすって身ぶるいした。

トニーが言った。「形相破壊者は絶対に神ではない存在だ」

「うん、わかる」

「でも、『絶対に神ではない存在』も、存在の範疇《はんちゅう》の一つだ」

「そう言うならね、トニー」

「そして神は存在の全範疇を含んでいる。したがって、神は『絶対に神ではない存在』ともなり得る。これは人間の因果律や論理を超越している。でも、我々は直観的にそうであるのが感じられる。君も感じない？　ぼくたちの哀れな二元論より、それを超越する一元論のほうがいいと思わない？　スペクトフスキーはえらい人だった。でも、かれが予見した二元論の上に、もっと高次の一元構造が存在するんだ。より高い神がいる」少年はこちらを見すえた。「どう思う？」ちょっと弱気なききかただった。

「すごいじゃない」スージーは心底からそう言った。「トランス状態になったり、そんなことを知覚するなんて、ほんとにすごいわ。スペクトフスキーの言ってることはまちがってるって、本を書くべきよ」

「まちがっちゃいない。ぼくの幻視によって超越されるんだ。この段階にくれば、正反対の二つのものは等しくなる。ぼくが明らかにしようとしてるのは、そういうことだ」

「明らかにするのは明日でいいじゃない」女はまだ身ぶるいしながらむきだしの腕をさすっていた。「あたし、もう寒いし疲れてるし、さっきはあんなメアリー・モーリーなんかにとっ捕まったりするし、だからねえったら、お願い。ベッドにいきましょうよ」

「ぼくは預言者だ。キリストやモーゼやスペクトフスキーと同じく。ぼくの名は永遠に残る」またもや少年は目を閉じた。弱々しいろうそくの炎がちらついて、ほとんど消えそうになった。彼は気がつかなかった。

「預言者だっていうなら、奇跡を起こして」スペクトフスキーの本で読んだことがあった。預言者には奇跡を起こす力があるはずだ。「証明してみせてよ」

少年の片目があいた。「なぜ徴《しるし》が必要なのか？」

「徴《しるし》なんかいいわよ。奇跡がほしいの」

「奇跡というのは徴《しるし》だ。いいよ、わからせてやる」少年は室内を見まわした。その顔には憤りが深く刻まれていた。あたし、この子を起こしてしまったんだわ。この子は人に起こされるのが嫌いだったんだ。

「顔が黒ずんできてるわよ」

かれはためしに眉に触れた。「赤くなってきてるんだよ。ろうそくの光はスペクトルの全域を含んでないから、黒く見えるだけだ」そしてすっと立ちあがると、首のつけねをもみながら、身をこわばらせて歩きまわった。

「いつからあそこにすわってたの？」

「わからない」

「ああ、そうだったわね。時間の感覚がまったくなくなるんでしょ」前に少年がそう言うのをきいたことがあった。それだけでもそらおそろしい気がした。「そうね、これを石に変えて」見つけだした食パン一斤とピーナツバターのびんとナイフの中から、パンを取りあげて、いたずら気分で少年に近寄った。「いかが」

荘厳にかれは言った。「キリストの奇跡の逆だね」

「いかが」

少年はこちらからパンを受け取って、両手でささげ持った。ぶつぶつ唇を動かしながら、それをにらみつけた。顔全体が、力みかえって歪みはじめた。暗黒が増した。少年の目は消え失せ、何一つ通さない暗闇のボタンに置きかわっていた。

パンがその手から飛び上がり、かれの頭上高くまで上昇した……ねじれ、ぼやっとして、それからまるで石のような感じで、床に落ちた。石のような感じだけなのかしら？　女はひざまずいてそれを調べた。部屋のあかりのせいで催眠術にかかってしまったんじゃないかしら。パンは消えていた。床に転がっていたのは、すべすべした大きな岩、水で角のとれた、表面の色の淡い岩だった。

「なんとまあ」つい口に出してしまった。「ひろっていい？　大丈夫かしら」

トニーの目は再び生気に満ちていた。かれもひざまずいてそれを見つめていた。「神の力がぼくのなかに入ってきたんだ。これをやったのはぼくじゃない。ぼくを通じてなされたんだ」

岩をひろいあげると――重かった――それは温かくて、ほとんど生きているように感じられた。生きた岩とはね。有機体まがいに。本物の岩じゃないのかも。床に叩きつけてみた。手ごたえは十分に固かったし、音も岩の音だった。岩だわ。岩なんだわ！

「これ、もらっていい？」女の畏怖《いふ》の念は完璧なものになった。期待をこめて少年を見つめ、かれの言うことなら何でもきくつもりだった。

「いいとも、スザンヌ」トニーは落ち着いた声で言った。「でも立ち上がって自分の部屋に戻るんだ。ぼくは疲れた」確かに疲れた声だった。その全身がぐったりしていた。「明日、朝食のときに会おう。おやすみ」

「おやすみ。でも服をぬがせてベッドに入れてあげてもいいのよ。そうさせてくれたら嬉しいんだけど」

「だめ」少年はドアに行くと、こちらのためにそれをあけ放った。

「キスを」歩み寄って、身を乗り出すと、かれの唇にキスした。「ありがと」慎ましやかな気分だった。「おやすみ、トニー。奇跡をありがとう」背後でドアが閉まりかけたが、靴のとがったつま先で器用にそれを止めた。「みんなにこの話をしていい？　だって、これ、あなたのはじめての奇跡でしょう。みんなも知っとくべきじゃない？　あなたが知らせたくないなら言わないけど」

「眠らせてくれよ」そう言って少年はドアを閉めた。鼻先でそれがカチッと閉まると、女は動物的な恐怖を感じた。この世でいちばん恐れていたのがこれだ。男がこちらの鼻先でドアを閉めること。ノックしようと即座に手をあげると、そこには岩が握られていた……女はドアを岩で叩いたが、それも騒々しくではなく、こちらがどれほど室内に戻りたがっているかはわかっても、向こうが返事をしたくない場合には迷惑にならない程度の強さで叩いた。

返事はなかった。ドアには音もなく、何の動きもなかった。ただ虚空《こくう》だけ。

「トニー？」あえぎながらドアに耳を当てた。無音。「いいわよ」ぽつんと言って、女は岩を手に、ポーチを横切ってふらふらと自分の居住区に向かった。

岩が消えた。手に何も感じられなかった。

「クソッ」うろたえて女は言った。どこに消えた？　その場で消えてしまったんだ。でも、それならあれは幻だったんだ。あの子、あたしを催眠状態にして、信じこませたんだ。あんなのが本当に本物のはずはないことぐらい、なんでわかんなかったんだろう。

百万もの星がはじけて光の輪となった。ぶつぶつした冷たい光が女を包んだ。それは背後からやってきて、その重みが自分に激突するのが感じられた。「トニー」と言って、女は待ちかまえている虚空にたおれこんだ。何も考えず、何も感じない。ただ見るだけ。自分を包みこんでゆく虚空が、下のほうで、何キロもまっさかさまに落ちてゆく自分の下で待ちかまえているのを見るだけだった。

四つんばいで女は死んだ。ポーチでたった一人。実在しなかったものをつかもうとしたまま。

8

グレン・ベルスノアは夢を見ていた。夜の闇のなかで、自分の夢を見ていた。自分本来の姿である賢く有能な責任者として自分を見ていた。僕にはやれるんだ、と思って嬉々としていた。全員の面倒を見てやれるし、助けてやれるし、守ってもやれる。何を犠牲にしてもこの人たちは守らなければ、と夢のなかで考えた。

夢のなかで、接続ケーブルを取り付け、ブレーカーをねじで固定し、サーボ補助ユニットの試験を行った。

精巧なメカからハム音がきこえてきた。高さ数キロの力場が発生して、全方向をとりまいた。誰もこいつは越えられない、と満足してつぶやくと、これまでの恐怖もいくらか失《う》せはじめた。入植地は安全だ。僕の力だ。

入植地のなかでは、みんな赤く長いローブを着て右往左往していた。真昼になって、それから千年間の真昼が続いた。即座に、みんな老いてしまったのが見てとれた。ぼろぼろのひげを——女も——生やし、よろよろと、弱々しい昆虫がまがいに這いずりまわっている。

数名は盲目なのがわかった。

するとあの力場が作動していてもみんな安全ではないのか。みんな内側から衰えてゆく。どのみちみんな死ぬ。

「ベルスノア！」

目をあけただけで、何事かはわかった。

灰色の、早朝の陽射しが、部屋の陰影を透過する。自動巻きの腕時計を見ると、午前七時だ。ベッドカバーを押しのけ、起きなおった。つめたい朝の空気が肌を刺して、身ぶるいした。「今度は誰だ？」と部屋になだれこんできた男女に向かって言った。目を閉じ、顔をしかめた。緊急事態だというのに、眠気の不快な名残《なご》りが身にこびりついているのが感じられた。

派手な模様のパジャマを着たイグナッツ・サッグが、大声で言った。「スージー・スマートだ」

バスローブを着ながら、ベルスノアは無感動に戸口に向かった。

「どういうことかわかってるだろうね」とウェード・フレーザー。

「うん。はっきりわかってるよ」

ロバータ・ロッキンガムが、小さなリネンのハンカチで目頭を押さえながらこう言った。

「あんな明るいお嬢さんが、いつもいるだけでその場が華《はな》やいだものでしたのに。誰があんなむごいことを」しなびた頬に涙の筋が現れた。

複合施設を抜けていった。残りは後ろから群れてついてきた。誰も口をきかなかった。

女はポーチに横たわっていた。自分の部屋のドアからほんの数歩。かがみこんで、女の首の後ろに触れた。冷えきっている。生気はまったくない。「診《み》たの？」とバブルにきいた。「ほんとに死んでるの？　疑問の余地なしに？」

「自分の手を見たまえ」とウェード・フレーザー。

ベルスノアは女の首から手をどけた。その手から血が滴《したた》った。頭頂部付近の髪に混じって大量の血も見てとれた。頭を潰《つぶ》されているのだ。

「検死の改訂をするつもりは？」とバブルに向かってきつい口調で言った。「トールチーフについての見解だよ。今さら変える気はある？」

誰も口をきかなかった。

ベルスノアはあたりを見回して、ほど近いところに食パン一斤を見つけた。「あれはスージーが持ってたにちがいない」

「ぼくのところから持っていったんだ」とトニー・ダンケルウェルトが言った。その顔はショックで蒼白だった。声もほとんど聞きとれないほどだ。「スージーは昨日の夜、ぼくの部屋を出て、ぼくはそれから寝た。ぼくが殺《や》ったんじゃない。このことだって、バブル医師《せんせい》や他のみんなが騒ぎだして初めて知ったんだ」

「誰も君が殺《や》ったとは言ってない」ベルスノアはそう告げた。そう、この女は夜毎、部屋から部屋へと渡り歩いていたっけ。みんな彼女を笑いものにして、この娘のほうでもちょっといかれていた……でも、誰かを傷つけたことはない。とことん無邪気な女だった。自分のまちがった行いについてさえあっけらかんとしていた。

新人のラッセルが近づいた。その表情から、かれも、スージーと面識はなくとも、これがどんなにむごい出来事で、みんなにとってどれほどつらいことであるかを理解しているのがわかった。

「おたくもこんなものを見にここまで来たってわけですよ」ベルスノアはとげとげしく言った。

ラッセルは言った。「私のノーザーの送信機を使って助けを呼べませんか」

「あれじゃ足りないんですよ、あのノーザーのリグでは。全然だめ」ベルスノアがぎこちなく立ち上がると、関節が鳴った。おまけにこれを仕組んでるのが地球《テラ》だって言うんだからな。セス・モーリーとバブルがラッセルを連れてきたときに言っていた話を思い出したのだ。我々自身の政府だ。これでは死とともに迷路に閉じこめられたネズミだ。究極の敵といっしょに監禁され、一匹ずつ、誰もいなくなるまで死んでゆく齧歯《げっし》類動物と同じだ。

セス・モーリーがベルスノアを、ほかのみんなから離れた傍《かたわ》らに呼んだ。「本当に話さないでいいのか？　みんなにだって敵を知る権利はあるのに」

「前に言ったけど、今すでにみんな落ち込んでいるのに、そのうえこれが地球《テラ》の仕業《しわざ》だと知ったら、生きのびることすらできなくなる。みんな狂っちゃうよ」

「任せる。リーダーに選ばれたのはあなただ」でも声の調子から、かれとしては不本意なのがわかった。それも大いに不本意らしい。昨晩もそう言っていた。

ベルスノアは、長い熟練技術者の指をモーリーの上腕に巻きつけた。「いずれ、然るべき時期が来れば……」

「絶対来ないよ」セス・モーリーは一歩さがって言った。「みんな何も知らずに死んでいく」

ベルスノアは考えた。そのほうがいいのかもしれん。みんな、誰がなんのためにやったのか知らぬうちに殺されたほうが。

ラッセルがしゃがんで、スージーを仰向けにした。そして死体を見下ろして言った。

「実にきれいな人だ」

「きれいだがキ印でね。性衝動が活発すぎた。手あたりしだいに男と寝ないではいられなかったんだ。いなくて済む女だよ」

「この下衆《げす》野郎」とセス・モーリーが憤《いきどお》って言った。

ベルスノアは、お手上げの仕草をした。「どう言えばいいんだ。この娘《こ》なしにはやっていけないってか？　これで何もかもおしまいだとでも？」

モーリーは答えなかった。

ベルスノアはマギー・ウォルシュに「祈りを頼む」と言った。死の儀礼の時間だ。こうした儀式は死とわかちがたく結びついていて、自分自身でも儀式なしの死は想像できないほどだ。

「二、三分待って」マギー・ウォルシュはかすれ声で言った。「わたし——とにかく今はだめ」と身をひいて背を向けた。すすり泣きが聞こえてきた。

「ぼくがやる」ベルスノアは荒々しい怒りをおぼえた。

セス・モーリーが言った。「居留地の外へ探検旅行を行う許可を求める。ラッセルも来たいそうだ」

「なんのために？」

モーリーの声は低く落ち着いていた。「すでにあのビルのミニチュア版を見ている。そろそろ本物と対面していい頃だ」

「誰かといっしょに行くように。外の様子がわかっているやつと」

「あたしが行く」ベティー・ジョー・バームが名乗り出た。

「ほかに男が要る」とベルスノアは言った。でも、内心は、我々がいっしょにいないのはまちがいだ、と考えていた。死は、誰かが一人歩きしているときを狙って訪れる。

「フレーザーとサッグを二人とも連れてって。ＢＪといっしょに」と決断した。これでグループは分裂してしまう。でも、ロバータ・ロッキンガムもバート・コスラーも、そんな探検のできる身体ではなかった。この二人はいまだに基地から出たことがなかった。「僕は他のみんなと残る」

「我々は武装したほうが得策だと思うが」とウェード・フレーザー。

「誰にも武装なんかさせない。今すでに、事態は十分悪くなってるのに、これで武装させたら殺し合いになるのがおちだ。事故でにせよ意図的にせよ」どうしてこう考えたのかはわからなかったが、直感的に自分が正しいのはわかった。スージー・スマート、おたくは我々のなかの誰かに殺されたのかもしれない……地球《テラ》とトリアトン将軍の手先の誰かに。

僕の夢といっしょだ。内部の敵。年齢、衰弱、死。居留地を力場バリヤーで囲ったとしてもそうなる。夢はそう告げようとしていたんだ。

泣きはらした目をこすりながら、マギー・ウォルシュが言った。「わたしもいっしょに行きたい」

「どうして？　どうしてみんな居留地を離れたがる？　ここのほうが安全なのに」だが、その言葉が嘘なのは自分でもわかっていた。それが自《おの》ずと声にも現れた。声に誠実さがないのは自分の耳にも聞こえた。「いいよ。グッド・ラック。モーリー、できたらあの歌う蠅を一匹捕まえてきてくれ。もっといいものが見つかればそれでもいいけど」

「できるだけのことはする」そう言って、セス・モーリーはベルスノアに背を向けた。いっしょにでかける連中も動きはじめた。

みんな二度と戻るまい。ベルスノアはみんなが出てゆくのを見つめ、内心では心臓が重く、くぐもったような鼓動を刻んでいた。前に後ろに、前に後ろにと、宇宙の時計の振り子が、自分のうつろな胸の中でゆれているかのように。

死の振り子だ。

七人は低い尾根づたいにてくてく歩き、目にするものにいちいち気を取られていた。ほとんど口はきかなかった。

靄《もや》のかかった、見慣れない丘が連なり、それが吹きすさぶ塵《ちり》にかき消されている。緑の地衣類がそこらじゅうに生えていた。土には植物がのびてからみあっている。空気はこの地の錯綜《さくそう》した有機生命体の匂いがした。豊かで複雑な匂いで、誰もこれまでかいだことのないような匂いだった。遠くのほうには大きな蒸気の柱が立ちのぼっている。間欠泉が地表まで岩をおしわけて、噴きあげているのだ。遙か彼方《かなた》には海が広がっているらしく、漂う塵と霞《かすみ》のカーテンの向こうで、繰り返しうちよせる波の音がしていた。

一行は湿地にさしかかった。水に鉱物や菌糸が溶けてできた、生あたたかいねばつく液体が、靴の下でパシャパシャいった。あちこちで、濡れた岩やスポンジ状の草叢《くさむら》の上に滴《したた》っている濡れたヘドロを彩《いろど》って、その厚みを増しているのは、地衣類や原生動物の死骸だ。

ウェード・フレーザーはかがみこんで、カタツムリのような一本脚の生物をつまみあげた。「こいつは偽物じゃない——ちゃんと生きてる。本物だ」

サッグは小さな生あたたかい水たまりからあさってきた海綿を手にしていた。「こいつは人工だ。でも、デルマク・Oにはこれと同じような本物の海綿だっているんだぜ。それと、こいつもにせもんだ」サッグは水から、短い寸づまりの脚を必死でばたつかせている、ヘビのようなもがく生き物をつかみだした。手ばやくサッグはその頭部を外した。頭が外れると、生き物は動かなくなった。「完全な機械からくり。配線が見えるだろ」頭をもどすと、生き物は再び暴れはじめた。サッグが水中に放ってやると、嬉しそうに泳ぎ去っていった。

「ビルはどこ？」とメアリー・モーリー。

マギー・ウォルシュが言った。「うーん——場所を変えるみたいなのよ。最後に誰だったかが見たのが、この尾根ぞいの間欠泉を過ぎたあたり。でも、今度はたぶんそこにはないはず」

「出発点としての役にはたつよ。最後にビルのあった場所に着いたら、そこから方々に散ればいいもん」とベティー・ジョー・バーム。「トランシーバーがないのは惜しいなあ。ずいぶん役にたったのに」

「ベルスノアが悪い。リーダーに選んでやったんだから、そういう細かい技術的なところまで気をまわしゃいいのに」とサッグ。

セス・モーリーにベティー・ジョー・バームが言った。「居留地の外は気に入った？」

「まだわからない」スージー・スマートの死のせいかもしれないが、見るものすべてに拒絶されているような気がした。人工生命体と本物が混じっているのが気に入らなかった。両者が混じりあっていることで、風景のすべてが偽物のように感じられるのだ……まるで、奥の丘や右手の大高原が書き割りみたいに思えてくる。まるで、これらすべて、そして我々や居留地も、すべてがジオデシック・ドームの中に収まっているように思えてくる。それで我々の頭上から、トリアトンの研究スタッフが、パルプSFに出てくるマッド・サイエンティストよろしく、卑小な生き物として慎ましやかに我らが道をゆく我々の歩みをのぞきこんでいるんだ。

「休憩しよう」マギー・ウォルシュの細長い顔はまだこわばっていた。スージーの死の衝撃は、彼女にとっていささかも薄れてはいなかった。「疲れたわ。朝ごはん食べなかったし、食料も全然持ってきてないし。そもそもこの旅行だって、事前にもっときっちり計画をたてるべきだったのよ」

「誰も頭がはっきりしてなかったもんね」ベティー・ジョー・バームが同情して言った。そしてスカートのポケットからビンを取り出してふたを開け、錠剤を選りわけてようやく目当ての薬を見つけた。

「水がなくてのめるんですか」ラッセルがきいた。

「うん」と女はにっこりした。「薬漬けはどんな状況でもお薬をのめるんだよ」

セス・モーリーはラッセルに言った。「ＢＪのオブセッションは錠剤なんだ」ラッセルを見つめながら、この男はどうなんだろうか、と思った。他のみんなと同様、この新人も性格上の弱点があるのだろうか。もしそうなら、どんな？

「ラッセルさんの嗜好《しこう》は見当がつくな」ウェード・フレーザーが何やら意地のわるい挑発的な声で言った。「おそらく、私の観察によれば、清潔フェティシズムを持っているね」

「本当？」とメアリー・モーリー。

「お恥ずかしい話ですが」とラッセルはにっこりして、俳優のような完璧な白い歯をのぞかせた。

一行はさらに進んで、とうとう川に出た。渡るには広すぎた。そこでみんな止まった。

「川沿いに進むしかねえな」とサッグは顔をしかめた。「前にもここらには来たことがあるけど、こんな川なんか見なかったぜ」

フレーザーがせせら笑った。「君用なんだよ、モーリー。だって、海洋生物学者だもの」

マギー・ウォルシュが言った。「奇妙な意見ね。こちらの期待に応じて風景が変わるとでも言うの？」

「ただの冗談だ」フレーザーが馬鹿にしたように言った。

「それにしても奇妙な考えよ」とマギー・ウォルシュ。「ほら、スペクトフスキーが言っているでしょう、わたしたちは『自分自身の思いこみと期待に囚われている』って。こうも言ってるわ、呪いの条件の一つは、そうした類いの疑似現実からぬけ出せないことだって。あるがままの現実を決して見ることができないのよ」

フレーザーは言った。「現実をあるがままに見る人間などいないね。カントが証明しているだろう。たとえば、時間と空間は認識の様相だ。ご存じかな」とセス・モーリーをついた。「ご存じだったかな、海洋生物学者さん」

「うん」と答えたものの、実のところカントなんて聞いたこともなかったし、まして読んだことなどあるわけがなかった。

「スペクトフスキーは、わたしたちが究極的にはありのままの現実を見ることができる、と言ってる。仲裁神がわたしたちをこの世界と今の制約条件から解き放ってくれたときにはね。仲裁神を通じて呪いが取り除かれたときにはね」とマギー・ウォルシュ。

ラッセルが口を出した。「そして時には、この肉体の寿命の間でも、真の現実をかいま見る瞬間がある」

「仲裁神がヴェールをもちあげてくれたときだけよ」とマギー・ウォルシュ。

「確かに」ラッセルは認めた。

「あなた、どちらから？」セス・モーリーはラッセルにたずねた。

「アルファ・ケンタウリ第八惑星からです」

「っていうと、ずいぶん遠方だね」とウェード・フレーザー。

「ええ。それでこんなに着くのが遅れたんですよ。出発から三ヵ月近くですからね」

「すると異動の辞令を受けた時期は、私たちのなかでずいぶん最初のほうなんだ。私よりずっと早い」とセス・モーリー。

「我々の誰よりもずっと早い」とウェード・フレーザーはラッセルをねめつけた。ラッセルのほうが頭と肩の分、上背がある。「だいたいなんで経済学者がここで必要なんだ。この惑星には経済なんてないのに」

マギー・ウォルシュが言った。「それを言うなら、わたしたちの誰一人として、職能を活かせる状況ではないでしょ。職能も、訓練も――そんなのは関係ないのよ。そんなことで選び出されたんじゃないと思う」

「その通り」サッグが癇《かん》に障《さわ》る調子で言った。

「あ、すっごい自信。だったら何を基準に選び出されたって言うの」とベティー・ジョー・バーム。

「ベルスノアも言ってたろ。みんなはずれ者だよ」

「ベルスノアは、はずれ者とは言わなかったぞ。落伍者だと言ったんだ」とセス・モーリー。

「同じことだろうが。しょせん宇宙のやっかいものよ。ベルスノアもこの点ばかりは正しかったな」

「それ、あたしは勘定に入れないどいて。自分が『宇宙のやっかいもの』の一人だなんて、そのまま認める気はまだないもん。あしたになればどうかわかんないけど」とベティー・ジョー。

「死ねばわたしたちは、忘却の中へと沈んでゆく。すでにわたしたちが漬かっている忘却の中へ……わたしたちをそこから救いだせるのは神だけ」マギー・ウォルシュは半ば自分に向かって語りかけているようだった。

「つまり私たちを救おうとしている神がいるわけだ。一方でトリアトン将軍が……」セス・モーリーは口を閉ざした。口がすべった。でも、誰も気がつかなかった。

「いやあ、生きるってそういうもんでしょう。生の基本条件ですよ」ラッセルが割りこんだ。おだやかでなめらかな声だ。「宇宙の弁証法。ある力が我々すべてを死へと引きおろしている。それがいろいろな化身で現れる形相破壊者ですよね。一方で、三つの化身を持つ神がいる。理論的には、常に我々の身近にいるわけです。そうですよね、ウォルシュさん」

マギー・ウォルシュはかぶりをふった。「理論的にじゃないわ。実際によ」

ベティー・ジョー・バームがもの静かに言った。「あそこ。ビルよ」

ついに目にすることができた。セス・モーリーはまばゆい日中の陽射しを手でさえぎり、目を細めてそれを見つめた。灰色で巨大なそのビルは、視界ぎりぎりのところにそびえていた。ほとんど立方体。妙な尖塔は、たぶん熱源からのびているのだろう。内部の機械や可動部からだ。その上空には煙の幕がたれこめ、工場なのか、と思えた。

「行こうぜ」とサッグは、その方向に進みはじめた。

一行は不揃いな列をなし、そちらへとてくてく歩いていった。

「いっこうに近づかないじゃないか」じきにウェード・フレーザーが、貧相な嘲《あざけ》りをこめて言った。

「ならもっとさっさと歩けよ」サッグはにやっとした。

「無駄よ」とマギー・ウォルシュが息を切らせて立ち止まった。わきの下に、汗のにじんだ輪が見えた。「いつもこうなのよ。歩けば歩くほど、向こうはどんどん後退していくの」

「そして決して本当に近くまではたどりつけない」とウェード・フレーザーも歩みを止めた。ぼこぼこの紫檀のパイプに火をつけるのに専念している……使っている葉タバコは、ものすごくまずい、ものすごく強い葉のミックスなのにセス・モーリーは気づいた。パイプに火がついて、不規則に燃焼しはじめると、その匂いは自然の空気を汚染した。

「だったらどうしよう」とラッセル。

「目を閉じて、同じとこをぐるぐる輪をかいて歩いてるうちに、はっと気がつくと隣に立ってたりしてな」とサッグ。

「ここに立ってると近づいてきてる」セス・モーリーは手をかざし、目を細めてビルを見ていた。ウソではなかった。すでに尖塔が一つ一つ識別できるようになっていて、たれこめていた煙幕も消えたようだった。すると工場ではなかったのかも。あと少し近づいていくいいいいいいいいいいいけいればわかるかもしれない。モーリーは見つめ続けた。他のみんなも、やがてそうしていた。

ラッセルが考えこんだ。「あれは幻影ですよ。一種の投影像だ。プロジェクターはたぶんここから二キロ四方以内のどこかでしょう。高効率の、進んだビデオプロジェクターだな……でも、かすかにフリッカーが見えるじゃないですか」

「ではどうしろと？　あなたの言う通りなら、あれに近づこうとしてもしょうがない。だって、存在しないんだから」とセス・モーリー。

ラッセルは訂正した。「どこかには存在しますよ。ただ、あの地点にはない。いま見えているのは偽物です。でも、本物のビルは実在するし、そんなに離れていることはないでしょう」

「なぜわかる？」とセス・モーリー。

「西惑星間連合のおとり構成手法には詳しいんです。こういう幻像投影は、ビルが存在しているのを知っている人々のためにあります。そういう人は、ビルが見つかるものと思っている。だから、幻像を見て、本物を見つけたと思いこむ。どこかにビルがあることを知らない人が相手なら、やりかたもちがってきます。西惑星間連合とリゲル第十惑星の狂戦士教団との戦争では非常に有効だったんですよ、この手は。リゲル側のミサイルは何度も何度も幻の工業コンビナートを狙いましてね。こういった投影像は、レーダーやコンピュータ化した走査スキャナー端末にも映りますからね。基質は半物質なんです。だから、厳密に言えば、幻影ではない」

「へえ、よくご存じだこと。何せ経済学者だもんね。戦時中の工業コンビナートの動向には詳しいでしょうよ」だが、ベティー・ジョー・バームの口調は疑わしそうだった。

「それでこっちが近づくと後退するわけ？」とセス・モーリーはたずねた。

「わたしの見立てではそういうことです」

マギー・ウォルシュがラッセルに言った。「どうすればいいの」

「そうですね」とラッセルはため息をついて、考えこんだ。みんな待った。「本物のビルは、どこにあってもおかしくない。幻影から逆探知して本物を見つけるのも不可能。それができたら、このおとりシステムは失敗していたはずですから。ただ――」とラッセルは指差した。「あそこの高原は幻像くさい感じがしますね。なにかの上にマスクをかけていて、あの方向を見る人間すべてに陰幻覚を生じさせているんじゃないかと思います。陰幻覚というのは、実際にはそこにあるものが見えないことです」

「わかった。あの高原を目指しゃいいんだ」とサッグ。

「すると川を渡らなきゃならないわ」とメアリー・モーリー。

マギー・ウォルシュにフレーザーがたずねた。「スペクトフスキーは水のうえを歩くのについて何か言っているかね？　今なら役にたつんだが。あの川はえらく深そうだし、川を渡る危険は冒せないという合意に達したばかりだ」

「川も実在していないかもしれない」とセス・モーリー。

「実在してますよ」とラッセルは川に向かって歩き、ふちで止まると、かがみこんで手で水をくんでみせた。

「真面目な話、スペクトフスキーは水の上を歩くのについてなんか言ってるの？」とベティー・ジョー・バーム。

「不可能ではないわ。ただし、その人なり人々なりが神とともにあるときだけよ。神がその人――でなかったらその人たち――を先導して水を渡らなくてはならない。そうでないと、みんな沈んで溺れてしまうわ」とマギー・ウォルシュ。

イグナッツ・サッグは言った。「ひょっとしてラッセルさんが神じゃねえの」そしてラッセルに言った。「あんた、神の化身かい？　おれたちを助けにきてくれたんじゃねえの。もっと言うと、あんた、地を歩む者じゃねえの？」

「残念ながら」ラッセルはいつもの理性的で平静な声で言った。

「私たちを導いて水を渡らせてくれ」とセス・モーリー。

「無理です。わたしはあなたと同じ人間なんだ」

「やってみてくれ」とセス・モーリー。

「おかしいですよ、わたしが地を歩む者だなんて。前にもそう言われたことはありますけどね。たぶんわたしが風来坊じみた雰囲気をひきずってるからなんでしょう。いつも異人として登場するもんで、珍しくなにかまともなことをやると、わたしが神の第三の化身だなんていうとんでもない思いつきをする人が出てくる」

「実はそうなのかもしれない」とセス・モーリーはラッセルを値ぶみするようにねめまわした。そして、テケル・ウパルシンで地を歩む者が姿を現したときは、どんな様子だったか思い出そうとした。あまり似ていなかった。それなのに——妙な直感が、ある程度、心中にわだかまっていた。それはなんの前触れもなしにやってきた。それまでラッセルを普通の人間として受け入れていて、それが一瞬にして、神と共にあるような気がしてきたのだった。まだ残っている。完全に去ったわけではなかった。

「そうなら自分でわかってるはずじゃないですか」ラッセルは指摘した。

「実はわかってるのかもしれないわね。モーリーさんが正しいのかもしれない」とマギー・ウォルシュもラッセルを眺めまわした。ラッセルはいささか当惑していた。「もしそうなら、いずれわかるわ」

「あなた、地を歩む者に会ったことは？」

「いえ」

「わたしはかれじゃない」とラッセル。

「とりあえず水に入っちまって、向こう側に渡れるかどうか試してみようぜ」いらついた様子のサッグが言った。「深すぎりゃそれまでよ。引き返しゃいいんだ。いくぜ」サッグは川に歩みよって、中に入っていった。脚が不透明な青灰色の水のなかに消えた。サッグは進み続け、他のみんなもぼちぼち後に続いた。

何事もなく向こう岸にたどりついた。端から端まで、川は浅かった。ばかにされたような気分で、六人――そしてラッセル――は、服から水をはたいて立っていた。水はせいぜい腰のあたりまでしかなかった。

フレーザーが言った。「イグナッツ・サッグが神の化身だったとはね。川を徒渉し、台風との闘いも辞さない。いやあ、まったく意外だ」

「こきゃあがれ」とサッグ。

マギー・ウォルシュに向かって、ラッセルが唐突に言った。「祈ってください」

「幻影のヴェールが取り除かれ、その下の現実が明らかとなるように」

「なんのため?」

「黙禱《もくとう》でいいかしら」と女は尋ねた。ラッセルはうなずいた。「どうも」とマギーは一同に背を向けると、いっとき合掌し、こうべを垂れていた。そしてこちらに向きなおった。

「できるだけのことはしたわ」と告げた。さっきよりは元気そうだ、とセス・モーリーは気づいた。たぶん、一時的にせよ、スージー・スマートのことを忘れているのだろう。

凄まじい律動が間近で脈うっていた。

「聞こえる」セス・モーリーは恐怖を感じた。巨大な、本能的な恐怖。

百メートル向こうに、灰色の壁面が日中の空の煙《けむ》たい霞の中からせりあがってきた。脈うち、振動するその壁は、まるで生きているようにきしんだ。一方、その上では、尖塔が廃棄物を黒い雲の形で噴き出していた。その他の廃棄物が、巨大なパイプから、ごぼごぼと川に流れこんでいた。ごぼごぼ、ごぼごぼと、決してやむことがなかった。

見つけた。これがあのビルだ。

9

「やっと、目《ま》のあたりにできたわけだ」とセス・モーリー。ようやく。それにしてもすごい騒音だな。でっかい赤ん坊が千人がかりで、無数の巨大な鍋のふたをだだっ広いコンクリートの床に落っことしているような音だ。赤ん坊があんなビルで何をしているんだろう、とモーリーは建築物の正面に向かい、入口の上に何が書いてあるのか見ようとした。

「えらく騒々しいな」ウェード・フレーザーが怒鳴った。

「ああ」ビルのとてつもない騒音で、自分の声さえ聞こえなかった。

建築物の横手をはしる舗装道路をたどっていった。みんな、耳をふさいだりしながら、ぞろぞろついてきた。さあ正面にやってきた。手をかざして上を見ると、スライド式の閉じた沢山のドアの上の突出した表面に目をこらした。

たかがワイン醸造所《ワイナリ》からあれほどの騒音が？　わけがわからん。

小さなドアに看板がかかって、こう書いてあった。「ワイン試飲・チーズ試食室お客さま入口」これはたまげた。モーリーの頭の中をチーズが漂い、注意力の錆びついていない部分はそのために輝いた。これは入らなきゃ。明らかに無料だし。もっとも、できれば帰るまえに二、三本買ってったほうが喜ばれるだろうけれど、でも無理に買わなくてもいいんだ。

ベン・トールチーフがいないのは残念だ。アルコール飲料に目のない男だったから、こいつはかれにとって、すばらしいめっけものだっただろうに。

「待って！」マギー・ウォルシュが背後から声をかけた。「入っちゃだめ！」

手をお客さま入口にかけたまま、何事かとモーリーはふりかえりかけた。

マギー・ウォルシュが太陽の輝きの中を見上げると、その驚くほど強い陽射しにまじって、照り輝くことばが見えた。文字を指でたどり、はっきりと読みとろうと努めた。なんて書いてあるのかしら。知りたいことはみんな数多いなか、わたしたちにどんなメッセージを伝えようとしているのかしら。

キチナリ

「待って！」とセス・モーリーに声をかけた。かれは「お客さま入口」と記された小さなドアに手をかけて立っていた。「入っちゃだめ！」

「どうして？」モーリーは怒鳴りかえした。

「まだ正体がわからないでしょう！」と、マギーは息もつかず男の横に進んだ。巨大な建築物は、ほとばしり流れるような躍動する陽射しを上部表面に受けて、キラめいていた。嬉しくって足が地につかないわ。塵のひとひらの上だって歩ける気分。宇宙的自我への乗り物なのね。半ばこの世の、半ば来世のものから成っている。機知《キチ》ナリ。知識が集積されているところかしら。でも、本やテープやマイクロフィルムの保管所にしては騒々しすぎるな。機知にあふれた会話が行われるところかな。人類の機知のエッセンスが中で蒸留されているのかもしれない。中に入ればジョンソン博士やヴォルテールの機知に浸れるかもしれない。

　でも、機知とユーモアとはちがう。機知って洞察力のことだもの。知性のもっとも根源的な形態が、ある程度の優雅さと結びついたものが機知よ。それに何よりも、絶対的な知識を所有できるという人間の能力こそが機知よ。

　もし中に入れば、この次元の裂け目で人間の知り得るすべてを学ぶことができるんだ。入るしかないわ。マギーはうなずきながら、セス・モーリーのところに急いだ。「ドアをあけて。キチナリに入らなきゃ。中に何があるのか学ばなきゃ」

その後ろからぶらぶらと歩きつつ、二人の怒鳴りあいを独特の皮肉をこめて眺めながら、ウェード・フレーザーはビルの閉じた巨大なドアの上に刻まれた銘を読んだ。はじめはまごついた。文字は判別できたし、したがってことばも読めた。でも、そのことばの意味となると、さっぱり見当もつかなかった。

「何のことだ」セス・モーリーと、入植地の狂信女、魔女のマギーに言った。もう一度読みとろうと努めてみた。私になにか反対感情両立の問題があるんだろうか。心の深層で、実は私には、この文字がなんと書いてあるのか知りたくないという願望があるんじゃないだろうか。そのために私の心は情報を歪め、自分自身の情報処理をごまかしたんだ。

ストッパリ

待った。ストッパリが何だか知っているような気がする。ケルト語から来たことばだと思う。リベラルな人文系の知識を多様かつ広汎に教養として持っている人間だけが理解できる、専門用語だ。他の人間なら気づきもするまい。

ストッパリとは発狂した人間を捕まえてその活動を制限する場所だ。一種のサナトリウムだが、サナトリウムよりも徹底している。心に病《やまい》を持った者を治療して、社会に復帰させるのがこの施設の目的ではない。どうせ復帰させても気狂いぶりは前と変わらないことが多いのだから。ここの目的は、人間の無知と狂気に対しての最後の扉を閉ざすことだ。ここで、この地点で、精神病者の狂った性向は終止符を打たれる。刻印にもあるように、ストップされるんだ。かれら――ここに入れられた精神異常者――は社会に復帰されない。静かに、苦痛もなく、眠りに就かされる。手のほどこしようがないほど病んだ人間は、結局そういう運命をたどるべきなんだよ。そんなやつらの害毒で、銀河系を汚染させ続けるべきではないんだ。こういう施設があるのはありがたい。ここに関して業界誌で報告を受けなかったのが不思議だ。

これは入ってみなければ。中の仕事ぶりを見たい。それと、ここの法制度上の位置づけも知りたい。ストッパリの機能に介入したり、邪魔したりする非医学系の専門家――ほんとは専門家なんて呼べる連中じゃないが――というやっかいな問題が残ってるはずだからね。

「入るんじゃない」とセス・モーリーと宗教狂いのマギー婆《ばばあ》に怒鳴った。「ここはお前たち向けじゃない。たぶん機密だよ。ほら。見ろ」と小さなアルミ製ドアに刻まれた銘を指差した。そこにはこうあった。専門職員のみ通行可。「私は入れる！　でもお前たちはだめだ！　資格がない！」と騒音の中で怒鳴った。魔女のマギー婆《ばばあ》とセス・モーリーは二人とも驚いたようにこちらを見たが、動きをとめた。それを押しのけてフレーザーは進んだ。

メアリー・モーリーは、灰色の巨大なビルの入口に書かれたことばを苦もなく読みとった。

ウィッチャリ

あたしにはわかるけど、ほかの人には無理ね。魔女道《ウィッチャリ》っていうのは、呪文や魔法による人間の操作が執《と》り行われているところよ。支配者が支配者なのは、かれらが魔女道《ウィッチャリ》や、この陰謀、薬なんかとつながりを持っているからだわ。

「あたし、入る」と夫に告げた。

セスが言った。「ちょっと待った。はやまるな」

「あたしは入れるのよ。あんたはだめだけど。ここはあたしのためにあるのよ。わかってるんだから。邪魔しないでほしいわね。ほら、どいてよ」

小さなドアの前に立って、ガラスに貼りつけられた金文字を読んだ。入門室、資格ある訪問者すべてを歓迎。こりゃあたしだわね。まっすぐあたしに語りかけてるもの。「資格ある」ってそういうことでしょ。

「私もいっしょに行く」とセス。

メアリー・モーリーは笑った。いっしょに行く？　そりゃ愉快。魔女道《ウィッチヤリ》で歓迎してもらえるとでも思ってるのかしら。男が。ここは女だけが入れるのよ。男の魔女なんているわけないでしょ。

ここに入ったら、セスを操縦するための手段がわかるんだわ。今のセスを、あるべきセスに造りかえることができるわ。だから、ある意味で、あたしがこうするのはセスのためなのよ。

メアリーはドアのノブに手をのばした。

イグナッツ・サッグは傍らに立って、連中の道化芝居を見てせせら笑っていた。ぎゃあぎゃあぐちぐちと、まるでブタだ。行ってはたいてやろうかとも思ったが、知ったことか。どうせ間近によればプンプンしてやがるんだ。見た目はきれいにしてやがるけど、一皮むけばプンプンするんだぜ。なんでえ、この間抜けたとこは。目を細めて、くねった文字を読もうとした。

シッポリ　スッポリ

おっと。こいつはすげえ。人間が動物にまたがってナニするとこじゃねえか。馬と女がやるとこを前から見たくってよ。中で見られるにちげえねえ。そりゃ是非とも拝見しよう。みんなの前でやってもらおう。なんでもモロに生本で見せてくれるんだ。見てるやつらも話の通じる本物の人間なんだよな、これが！　モーリーだウォルシュだフレーザーだってな、長すぎて屁にしか聞こえねえような御託を並べるようなやつらとはちがうぜ。そんなことばを使ってりゃ、あたしのクソは匂いませんってツラができるつもりでいやがるんだ、こいつらは。このオレと何もちがわねえくせに。

ここだと、バブルみてえなクソッタレがでっかい犬とナニしてるとこも見られるかもしんねえ。こういうクソッタレがハメハメしてんのを拝見したいもんだぜ。あのウォルシュがいっぺんグレートデン犬とハメハメしてんのを拝見してえな。身悶えしてよろこんじゃうだろうよ。結局あの女が求めてるのはそれなんだ。夢にまで見てるんじゃねえの。

「どけよ」とモーリーとウォルシュとフレーザーに言った。「お前らは入れねえんだよ。そこに書いてあるだろう」小さなドアのガラス窓に格調高い金文字で書かれたことばを指差した。クラブ会員専用。「おれは入れる」とサッグはノブに手をのばした。

素早く前に出て、ネッド・ラッセルはみんなとドアの間に割って入った。一級ビルを見上げ、続いてみんなの顔それぞれに、各人各様の強い渇望を見てとると「誰も入らないほうがいいと思います」と言った。

「どうして？」と言ったセス・モーリーは、目に見えてがっかりしていた。「ワイン醸造《ワィナ》所《リ》の試飲室に入って何が悪いんだ？」

「ワイン醸造所《ワィナリ》なんかじゃねえよ」イグナッツ・サッグははしゃいでくくっと笑った。「誤読しやがって。本当は何だか認めるのがおっかねえんだろう」とまた笑った。「でもオレは知ってるぜ」

「ワイン醸造所《ワィナリ》ですって！」マギー・ウォルシュが驚きの声をあげた。「ワイン醸造所《ワィナリ》なんかじゃないわよ。人類最高の知識の達成に関するシンポジウムよ。中に入れば、神の人類への愛と、人類の神への愛によってわたしたちも清められるわ」

「特別な人間のためのスペシャル・クラブだよ」とサッグ。

　フレーザーは気取った笑いを浮かべた。「いや驚くね、現実を直視しまいとして、人は無意識のうちにここまでやるものかね。そう思わないかい、ラッセル？」

　ラッセルは言った。「この中は危険です。みんなにとって」今や、わたしにはここの正体がわかった。そしてわたしは正しい。みんな——そしてわたし自身——をここから遠ざけねば。「行くんだ」とみんなに強く厳しく命じた。そこに立ったまま、一歩も譲らなかった。

　みんな気圧《けお》された。

「そう思う、本気で?」とセス・モーリー。

「ええ。そう思います」

ほかのみんなに向かってセス・モーリーは言った。「かれの言う通りかもしれない」

「本当にそう思うの、ラッセルさん」マギー・ウォルシュが口ごもりながら言った。みんなドアから後退した。わずかに。だが、まだ十分じゃない。

うちのめされて、イグナッツ・サッグが言った。「休業させられちまったんだ。人生のたのしみを誰にも味わわせたくねえからだ。いつもそうだ」

ラッセルは何も言わなかった。そこに立ったままドアをふさぎ、じっと待っていた。

突然セス・モーリーが言った。「ベティー・ジョー・バームはどこだ?」おお神よ、すっかり忘れていた。見張っておくのを忘れてしまった、とラッセルは思った。ぱっとふりむくと、手をかざして来た方向を見つめた。陽に照らされた日中の川のほうだ。

女は前に見たのと同じものを目のあたりにしていた。毎回、ビルを見るたびに、中央入口の上にでんと置かれたブロンズの飾り板ははっきりと読みとれた。

メッキスリ（MEKKISRY）

言語学者であるため、初めて見たときからその意味は翻訳できた。メッキス(Mekkis)とは、ヒッタイト語でいう力ね。それがサンスクリット語に流入して、さらにギリシャ語、ラテン語に伝わり、最後に現代英語に入ってきてmachine(機械)やmechanical(機械的)になった。この場所はあたしを拒絶してる。他のみんなとちがって、あたしはここに来られない。

死んじゃいたい。

ここに(宇宙の全存在の)源泉があるんだわ……少なくとも女はそう思っていた。流出がひろがって同心円状に拡大してゆくというスペクトフスキー理論を、比喩としてではなく文字どおりに正しいものと理解していたからだ。でも、女にとって、それは神とは関係なかった。むしろ、物質的な事実を表現したものと考えていて、超越的な側面などまったくないと考えていた。薬をのむと、ごく僅《わず》かな時間、力がもっと強く集中した、もっと高い、もっと小さな輪へと上昇できるの。体重も軽くなる。能力も、動きも、活気も、すべてもっと高級な燃料が動力源となったみたいに活発になるわ。よく燃えるようになるの、とビルに背を向けて、川のほうに戻りながら思った。頭ももっとはっきりするんだよ。今みたいにぼんやりしてないの。異星の陽の下をとぼとぼ歩いてたりしないんだ。

水が助けてくれるよ。だって、水の中ではこんな重いからだを支えなくていいんだもん。より高いメッキスへと上昇できるわけじゃないけど、でも、いいんだ。水がなにもかも消してくれる。重くもないし、軽くもない。存在すらしなくなる。

こんな重たいからだをひきずってあちこち歩きまわるのは、もういや。重くてがまんできない。これ以上地面に縛りつけられるのはたくさん。自由になりたい。

浅瀬にふみこんだ。そして、深みに向かって歩きだした。ふりかえらなかった。

水があたしの持ってたお薬を溶かしちゃった。二度と戻らないわ。でも、もうあんなものいらないんだ。もしメッキスリに入れさえすれば……もしかして、からだがなければ入れるかも。あそこに入って、造り直してもらえるかも。入って、消滅して、それで一から出直すの。でも、出発点は別のところだよ。一度やったことをもう一度繰り返すのはいやだもん。

背後ではメッキスリの轟音が聞こえた。他のみんなはもう中にいるんだ。どうしてこんなふうなのかな。あたしが行けないとこに、なんでみんなは行けるのかな。わかんないや。

もうどうでもよかった。


「ほら、あそこよ」とマギー・ウォルシュが指差した。「あの娘《こ》よ。見えないの？」凍りついていたマギーはいきなり川を目指して駆けだした。でも、川に着くより先に、ラッセルとセス・モーリーに追い越された。走るのをやめ、立ちつくして泣きだすと、サッグとウェード・フレーザーがセス・モーリーとラッセルに追いつくのを水晶のような涙ごしに見守った。四名は、メアリー・モーリーを後ろにひきつれて、ゆっくりと向こう岸のほうへ漂っていく黒い物体を目指して、あわてて川に入っていった。

立ちつくしたまま、みんながベティー・ジョーのからだを水から引き揚げて陸にあげるのを見守った。死んでるわ。キチナリに入ろうか議論している間に。チクショウ。心は乱れきっていた。はっと我にかえって、ＢＪのからだのまわりにひざまずいて代わる代わるマウス・ツー・マウスの人工呼吸を行っている五人のほうに向かった。

たどりついた。そのまま立ちつくした。「見込みは？」

「ない」とウェード・フレーザー。

「チクショウ」という自分の声は、切れ切れで震えていた。「なぜ自殺なんか？　フレーザー、どうなの？」

「長期にわたって蓄積された何らかの抑圧だ」とフレーザー。

セス・モーリーは、いまにもつかみかかりそうな様子でフレーザーをにらみつけた。

「馬鹿野郎。この最低の馬鹿野郎」

「この娘《こ》が死んだのは私のせいじゃない。試験用機器も十分じゃなかったし、完全な試験は誰にもほどこせなかった。もし必要なものさえあったら、この娘の自殺傾向もわかったし治療もできたんだがね」フレーザーは不安そうにまくしたてた。

「居留地まで死体を運べるかしら」マギーは涙にかきくれた声で言った。ほとんど口がきけなかった。「もしキミたち四人で運べるなら——」

「水に浮かべて川を下れるなら、ずいぶん手間がはぶけるぜ。川を使えば時間を半分に切りつめられる」とサッグ。

「浮かべるって、乗せるものがないわ」とメアリー・モーリー。

ラッセルが言った。「川を渡っているとき、仮ごしらえのいかだのようなものを見かけましたよ。こっちです」と一同に合図して、川岸を先導していった。

あった。川の突出部にひっかかってとまっていた。流れのためにかすかにゆれている。まるで故意にここに置いてあるみたいだわ。死んだ者を一人、運んで帰るという目的のために。

「ベルスノアのいかだだ」とイグナッツ・サッグ。

「その通り」フレーザーが右耳をほじりながら言った。「確かここらでいかだを作ってるような話をしていた。そう、ほら、丸太を丈夫な電線でくくってある。安全といえるほどしっかり作ってあるのかね」

「グレン・ベルスノアがつくったんなら安全よ。乗せて」マギーは語気を荒らげた。それと神の名において、そっと乗せるのよ。うやうやしく。あなたたちの運んでいるのは聖なるものなんだから。

四人の男は、ぶつぶつ言って、何をしろだのどうやれだのお互いに指図しあいながらも、何とかようやくベティー・ジョー・バームの死体をベルスノアのいかだに移動させた。

ＢＪは仰向けに、手を腹のところで組んで寝かされていた。目はうつろに無情な真昼の空を向いていた。まだからだからは水が滴り、髪は敵にしがみついて二度と離れない黒スズメバチの巣のように見えた。

死に襲われたのね。死のハチに。そして残されたわたしたちは？　わたしたちには、死はいつ訪れるのかしら。次は誰に？　わたしかもしれない。そう、わたしかもしれない。

「みんないっしょにいかだに乗れます」とラッセル。そしてこちらにたずねた。「どこで川からあがればいいかわかりますか」

「私がわかる」フレーザーが、こちらの返事より先に答えた。

「ＯＫ。いきましょう」ラッセルは事務的な口調で言った。そしてマギーとメアリー・モーリーが川岸からいかだに乗るのに手を貸した。久しく出会ったことのない騎士道精神を発揮して、二人の女性に優しい態度で接してくれた。

「ありがとう」とラッセルに言った。

「見ろ」背後のビルのほうを眺めながら、セス・モーリーが言った。人工の背景がすでに形成されはじめていた。ビルは、現実のものなのに、ゆらぎだしていた。いかだが四人の男によって川に押し出されると同時に、ビルの巨大な灰色の壁がダミーの高原の遙かなブロンズ色に溶けこむのをマギーは見た。

川の中央の流れに乗ると、いかだは速度を増した。ベティー・ジョーの濡れたからだの横にすわったマギーは、陽射しの中、身ぶるいして目を閉じた。神さま、居留地に帰れるようお助けください。この川はどこを流れてるのかしら。前には見たおぼえがないわ。わたしの知る限りだと、居留地の近くは流れてないはずだけど。声にだして尋ねてみた。

「なぜこの川を使えば帰れるなんて思ったの？　みんな頭がどうかしたんじゃない？」

「だって死体を担《かつ》いではいけないだろう。遠すぎる」とフレーザー。

「でもこれじゃ離れる一方じゃない」絶対に確信があった。「おろして！」と、パニックに陥って立ち上がろうとした。いかだの動きは早すぎた。河岸の輪郭があまりに早く次々と通りすぎて行くのを見ると、囚われたような恐怖をおぼえた。

「水に飛びこんではだめ」とラッセルに腕をつかまれた。「大丈夫。みんな大丈夫だから」

いかだは速度を増し続けた。もう誰も口をきかなかった。おとなしく、陽を浴びながら、水を感じつつ……そして誰もがこれまでの出来事のために、こわがって冷静になっていた。それと、この先の出来事をもこわがっているんだわ。

「なぜいかだのことを知っていた？」セス・モーリーがラッセルに尋ねた。

「前にも言ったように、見たんですよ、川を――」

「他には誰も見ていない」セス・モーリーが割って入った。

ラッセルは何も言わなかった。

「あんたは人間か、それとも神の化身か？」とセス・モーリー。

「もし神の化身なら、この人が溺れるのを救ってましたよ」ラッセルは辛辣《しんらつ》に答えた。そしてこちらにたずねた。「あなたはわたしが神の化身だと思いますか」

「いいえ」でも、そうだったらどんなにいいか。わたしたちは本当に仲裁を必要としているの。

身をかがめ、ラッセルは死んだベティー・ジョー・バームの濡れた黒髪にさわった。みんな黙ったままだった。

トニー・ダンケルウェルトは、暑い部屋に閉じこもって、脚を組んで床にすわっていた。スージーを殺したのはぼくだ。

ぼくの奇跡だって、呼びかけに応えて現れたのは形相破壊者だったにちがいない。形相破壊者がパンを石に変え、それをスージーから奪って殺したんだ。ぼくのつくった石で。どう考えても、結局はぼくに戻ってくる。

耳を澄ましても、何の音も聞こえなかった。グループの半数はでかけてしまったし、残った半分も忘却の中に沈んでいた。ひょっとしてみんなでかけてしまったんだろうか。ぼくは一人きりだ……とり残されて、形相破壊者の恐るべき手中に落ちるに任されている。

「ぼくはケモシュの剣を受ける。そして形相破壊者を斬る」と声にだして、さしあげた手を思い切り剣のほうへのばした。瞑想中に見たことはあったけれど、一度も触れたことのない剣だった。

「ぼくにケモシュの剣をくれ。そうすれば、ぼくは剣の定めを成就する。暗黒の者を探し出して、永久に抹殺する。二度と活動しないようにする」

待ったが、何も見えなかった。

「お願いだ」と言って思いあたった。もっと宇宙的自我と深く交わらなくては。まだ切り離されている。目を閉じて、からだを弛緩《しかん》させるように努力した。受け入れるんだ。宇宙的自我がぼくのなかに注ぎこめるほど、清らかでうつろにならなくては。もう一度、空《から》の器《うつわ》になるんだ。これまで何度も何度もやってきたように。

でも今はそれができなかった。

ぼくは汚れてしまった。だから何も送ってこない。己《おのれ》の行いのために、受け入れる能力も、見る能力すらも失ってしまった。二度と神の上の神を見ることもないのだろうか。何もかも終わってしまったのだろうか。

これがぼくの罰か。

でもこれはあんまりだ。スージーはそんなに重要じゃなかった。いかれてたし。石がスージーを離れたのも、反発したからだ。そうとも。石は清らかで、あの人は汚れていた。

それでも、スージーが死んだなんて恐ろしいことだ。輝き、活動力、光——スージーは三つとも備えていた。でも、あの人が放ったのは壊れた切れ切れの光だった。人を焦がし、傷つけるような光だった。たとえばぼくなんかを。ぼくにとってはよくないものだった。だからぼくが何かしたとしても、それは身を守るためだ。当たり前じゃないか。

「剣よ、ケモシュの剣の怒りよ、ぼくのところに来い」と前後に身をゆすり、頭上の畏《おそ》れの空間に手をのばした。さらにのばすと、手が消えた。消えるところを見た。指は虚空をまさぐった。百万キロも離れた空虚、人智をこえた虚無を探った……なおも腕をのばし続ける。と、唐突に指が何かに触れた。

触れたが——つかめなかった。

誓うから。剣を与えられたら使う。あの人の死の復讐をする。

また触れたが、つかめない。あるのはわかってるのに。触るだけでわかる。「ぼくにくれ！ 使うって誓うから！」と叫んで、待った。すると空《から》の手に、なにか硬く、重く、冷たいものがおかれた。

剣だ。トニーはそれを握った。

用心しつつ剣を上空から引きおろした。熱と光で神々《こうごう》しく輝いている。その威厳が部屋にあふれた。トニーは剣をとり落としそうになるほどおもむろに立ちあがった。手に入れた、と嬉しそうにつぶやいた。部屋のドアに向かって駆けだすと、握力が弱いために剣はふらついた。ドアを押しあけると日中の陽射しの中に出た。あたりを見回す。「どこだ、強大な形相破壊者め、生を腐敗させるやつめ。出てきてぼくと戦え！」

ポーチをゆっくりとよたよた進む姿があった。背は曲がり、盲目のように這いまわっている。地球のなかの闇に慣れきっているかのようだ。そして膜がかかったような灰色の目でこちらを見上げた。そいつにからみついている塵の被膜が見てとれた。その塵が、曲ったからだから音もなくつたい落ち、宙に漂った。そして、そいつが動くにつれて、きれいな塵のすじができている。

ひどく腐っていた。黄ばんだ、しわだらけの皮膚が、もろい骨をくるんでいる。頬はくぼみ、歯がなかった。形相破壊者は前によろめき、こちらを認めた。よたよた前進しながら、ぜいぜい息をして、ことばにならないことばをキイキイ吐きだした。そしてその干からびた手がこちらに差しのべられ、きしるような声がした。「おい、トニー。おーい。ごきげんよう」

「ぼくに会いにきたのか？」

「そうですよ」そいつはあえいで一歩近づいた。匂うほどの距離だ。かび臭い息、何世紀ぶんもの腐臭。この先、ながくはあるまい。こちらをつかまえようとしながら、そいつは姦《かしま》しく笑った。あごを唾液が滴り落ちて床にたれた。それをそいつはカサカサした手の甲でぬぐおうとしていたが、うまくいかないようだ。「ちょっときみに――」とそいつが言いかけたところで、ケモシュの剣を柔らかな太鼓腹に突きたててやった。

剣を引き抜くと同時に、蟲《むし》が片手に余るほどじくじくと這い出してきた。白い、パルプのような蟲だ。そいつはまた姦しく笑った。ふらふらと立ったまま、片手片腕をこちらにのばしている……一歩さがって、そいつの前に蟲が山を成すのから目をそむけた。こいつには血がないんだ。腐敗のかたまりでしかなかったんだ。

片ひざをつきながらも、そいつはまだ笑い続けた。そして、なにやらひきつけでもおこしたように、髪の毛に手をやった。つかんだ指のあいだに、つやのない長い髪の毛が見えた。そいつは髪の毛を引きむしり、それをこちらに差し出した。なにかかけがえのないものをくれようとしているようでもあった。

もう一回そいつを突きさした。今度は倒れたまま、もはや目も見えなくなったらしい。まぶたは完全にはりつき、口がだらりと開いた。

その口から、まるで異様に大きなクモのような毛深い生き物が這い出してきた。それをふんづけると、足の下で潰れてとび散った。

ぼくは形相破壊者を殺したぞ、とつぶやいた。

遠くのほう、複合施設の向こう側から、声がこちらに渡ってきた。「トニー!」人影が駆け寄ってくる。それが誰だか、何だか、はじめはわからなかった。手で陽射しをさえぎり、目をすがめた。

グレン・ベルスノアだ。全速力で走ってくる。

「形相破壊者を殺したよ」ベルスノアが息をきらせてポーチに駆けあがってくるとトニーはこう言った。「ほら」と剣で二人の間に横たわっているねじけた死体を示した。死の間際に、そいつは脚を縮めて胎児の格好になっていた。

「これはバート・コスラーじゃないか！」ベルスノアは叫び、はあはあと息をついた。

「こんな老人を手にかけるなんて！」

「ちがう」と見下ろした。と、目に入ったのはバート・コスラー、入植地の管理人の死体だった。「この人は形相破壊者にとりつかれていたんだ」と言ってみたが、自分でもそんなことは信じていなかった。自分が何をしでかしたかが目に映った。何をしでかしたかを認めた。「ごめんなさい。神の上の神に頼んで生き返らせてもらう」トニーは身をひるがえして部屋に駆けこんだ。ドアに鍵をかけながら、身ぶるいして立ちつくした。吐き気がのどにこみあげてきた。口を手で覆い、涙をはらった。えぐるような痛みが腹を満たし、トニーはからだを折って苦痛にうめいた。剣がずしんとトニーの手から床に落ちた。その金属音におびえ、剣を残して二、三歩あとずさりした。

「ここを開けろ！」グレン・ベルスノアが外から怒鳴った。

「いやだ」歯がガチガチ言った。ものすごい寒気が四肢を走りぬけた。その寒気は腹のなかの吐き気と結びあわさり、苦痛が一層増した。

ドアでものすごい衝突音がした。ドアはたわんできしみ、突然ばたんと開いた。

グレン・ベルスノアがそこに立っていた。髪は灰色、厳しい表情で、手にした軍用拳銃をまっすぐ室内に向けている。まっすぐこちらに向けている。

身をかがめて、トニー・ダンケルウェルトは手をのばし、剣を拾おうとした。

「よせ。撃つぞ」とグレン・ベルスノア。

トニーの手が、剣のつかを握った。

グレン・ベルスノアが撃った。直撃だった。

10

いかだが下流へと漂う間、ネッド・ラッセルは腹に一物《いちもつ》あるらしく、彼方《かなた》を一心に見つめて立っていた。

「なにを探してる?」とセス・モーリーはきいてみた。

ラッセルは指をさした。「あそこに一つ見える」そしてマギーに向きなおった。「あれもそうでしょう?」

「ええ。大テンチ。あるいはそれに匹敵する大きさのやつね」

「いままで連中に何をきいてみたんですか?」

びっくりしたようすでマギーは言った。「なんにもきいたりしないわ。だって意思の疎通の方法がないもの。向こうにはことばもないし、発声器官もないのよ、こちらのわかる範囲でだけど」

「テレパシーは?」とラッセル。

「やつらにはテレパシーなどない。それはこっちも同じだが。やつらにできることといえば物の複製を作ることだ……それも数日で溶けてしまうような代物《しろもの》だ」とウェード・フレーザー。

「意思の疎通は可能です。いかだを浅瀬につけましょう。このテンチとやらに相談してみたい」とラッセルはいかだから下りて水に入った。「みんな下りて引っ張るのを手伝ってくださいよ」決然としていたし、顔も比較的断固としていた。だから、一人、また一人と水に入り、いかだに残ったのはBJの物言わぬ死体だけとなった。

ものの数分で一同はいかだを草に覆われた岸につけた。灰色の泥に深く突っ込ませて、しっかり係留すると、岸によじのぼった。

ゼラチン状の塊でできた立方体は、近づくにつれてそびえたつように思えた。太陽光線が内部で何重にも反射を繰り返し、中に囚われてしまっているように見えた。有機体の内部は活動していて、光を放っている。

思ったよりでかい、とセス・モーリーはつぶやいた。まるで——永遠にここにいるみたいだ。寿命はどのくらいなんだろう。

「なんかブツを前においてやるんだ」とイグナッツ・サッグ。「そうするとこいつが何やら塊を吐き出して、その塊が変形してって複製になる。見せてやろう」サッグは濡れた腕時計をテンチの前の地面に放り投げた。「そいつを複製しな、ゼリー野郎め」

ゼラチンがうねり、やがてサッグの予告どおり、その一部がにじみ出してきて、腕時計の横で固まった。その産物の色が変化した。銀色っぽくなってきたのだ。それから平べったくなった。銀色の材質にデザインが現れだした。そのまま数分が過ぎて、まるでテンチは眠っているみたいだったが、いきなり吐出物は革ベルトのついた円盤の形へと変化した。横の本物の時計とそっくりだった……というか、ほとんどそっくりだ、とセス・モーリーは思った。本物ほどピカピカしていない。質感が全体に鈍くなっている。それでも——ほぼ成功していると言ってよかろう。

ラッセルは草の中にすわりこんで、ポケットを探りはじめた。「濡れていない紙が欲しいんですが」

「わたしのバッグの中のやつは濡れてないはずよ」とマギー・ウォルシュはバッグをかき回して、小さなメモ用紙の束を渡した。「ペンはいる？」

「ペンならあります」ラッセルは一番上の紙に黒々とした字でなにか書いた。「こいつに質問を出してみます」書き終えると、その紙を掲げて読みあげた。「『このデルマク・Oであと何人死ぬか？』」それを折りたたむと、二つの腕時計に並べてテンチの前に置いた。

テンチのゼラチン質がぶくぶくと出てきて、ラッセルの紙きれの横に山をなした。

「質問を複製するだけじゃないの？」セス・モーリーはたずねた。

「さあ。いまにわかります」

サッグが言った。「お前、頭おかしいんじゃねえの？」

サッグをにらみつけてラッセルは言った。『『頭おかしい』のとそうでないのと、あなたの基準もずいぶん変わってますね」

「なんでえ。アヤつける気かよ」サッグの顔が怒りで紅潮した。

マギー・ウォルシュが言った。「見て、紙の複製ができてきた」

テンチのまん前には折った紙が二枚横たわっていた。ラッセルはしばらく待って、それからどうやら複製プロセスが完了したと心得たようで、二枚の紙を拾いあげ、長いことそれを見つめていた。

「答えた？　それとも質問を繰り返しただけ？」とセス・モーリー。

「答えました」ラッセルは紙の一枚をよこした。

中身は簡潔で、誤解の余地はなかった。**「自分の租界に赴いても、同族の人々と会うことはないだろう」**

「私たちの敵は誰なのかきいてくれ」とセス・モーリー。

「ＯＫ」ラッセルはまた書いて、紙を折るとテンチの前に置いた。『わたしたちの敵は誰か？』言わば究極の質問ですね」

テンチが解答票をひねりだすと、ラッセルがただちにそれをつかんだ。そしてためつすがめつ眺めまわしてから、読みあげた。**「有力な集団」**

「それだけじゃどうしようもないわね」とマギー・ウォルシュ。

ラッセルは言った。「おそらくそれ以上のことは知らないんでしょう」

『私たちはどうするべきか』ときいてくれ」とセス・モーリー。ラッセルはそれを書いて、また質問をテンチの前に置いた。しばらくして答えが再度かえってきた。再度ラッセルは読みあげようとした。「ちょっと長いですよ」とすまなそうに言った。

「結構。質問の内容的にいって当然だろう」とウェード・フレーザー。

「**秘密の力が作用して、共にあるべき者たちを引き合わせようとしている。この力には抗**《あらが》**うべからず。そうすればまちがいはない**」読んでからラッセルは考えこんだ。「二手にわかれたのはまずかった。わたしたち七人は居留地を離れるべきじゃなかった。居留地に残っていれば、バームさんも死ななくてすんだかもしれない。明らかに今後は、みんなお互いの視界内にいるようにしないと――」そこでかれは口をつぐんだ。追加のゼラチンの山が、テンチから出てきつつあった。それまでと同様、それは折った紙きれになった。ラッセルはそれを取って開くと読んだ。「モーリーさん、あなた宛です」とそれをこちらによこした。

「**他人と連帯したいと思っても、周囲の人々がすでにグループを形成していて、孤立したままでいるほかないことはよくある。そんなときは、そのグループの中心に近い立場にいて、その閉じた集団への加入に力を貸してくれるような人物と渡りをつけるべし**」セス・モーリーは紙を丸めて地面に落とした。「というと、ベルスノアか。中心に近い立場の人物というと」その通りだ。私は外にいて孤立している。しかしそれを言うなら私たちすべてがそうだ。それはベルスノアとて同じこと。

「わたしのことかもしれませんよ」とラッセル。

「いや、ベルスノアだ」とモーリー。

ウェード・フレーザーが「私もききたいことがある」と手を差し出した。ラッセルがペンと紙を渡した。フレーザーは書きなぐって、書き終えてからみんなに質問を読みあげた。

「『ネッド・ラッセルと名乗るこの人物は何者か、または何物か』」そしてその質問をテンチの前に置いた。

答えが出てくると、ラッセルがそれを取った。無理なく自然に取った。一瞬前までそこにあったものが、次の瞬間にはラッセルの手の中にあった。落ち着きはらって、かれはそれを読んでいた。それからやっと、それをこちらによこした。「モーリーさん、あなたが読んでやってください」

そこでそうした。「**進むにせよ退くにせよ、打つ手はすべて危険へとつながる。そこからは逃げ出せない。危険が訪れるのは、一人があまりに野心的であるため**」その紙をフレーザーにまわした。

「全然意味が通ってねえじゃねえか」とイグナッツ・サッグ。

「ラッセルのおかげでどう動いてもうまくいかないような状況ができあがってるという意

味だ。危険はいたるところにあって、我々は逃げ出せない。その原因がラッセルの野心なんだ」とウェード・フレーザーはラッセルをじろじろとにらみつけた。「君の野心っていうのは何のことだ？　なぜ危険を承知でその方向に我々を引っ張っていくんだ？」

ラッセルは答えた。「別にわたしがみなさんを危険なほうへ引っ張っているとは言っていないでしょう。単に危険が存在すると言ってるだけですよ」

「野心のことはどうなんだ。こっちは明らかに君のことだぞ」

「わたしの唯一の野心は、有能な経済学者になって役にたつ仕事をすることです。それだから異動願いを出したんです。わたしのやっていた仕事は——わたしのせいではありませんが——無味乾燥で無価値なものでした。だからデルマク・Oに配置がえとなったときは嬉しかったですよ」とラッセル。そしてこうつけくわえた。「その考えも、ここに来てからいささか変わりましたがね」

「それは私たちも同じだ」とセス・モーリー。

「OK。テンチから何も得られなかったとは言わないが、大して学べたわけじゃない。我々はみんな殺されてしまう」不満そうに言いながら、フレーザーはニヤッとした。陰気で苦い笑いだった。「敵は『有力な集団』だ、と。みんな離れないようにかたまっていないと、やつらに一人ずつ倒されてしまう」ここで躊躇《ちゅうちょ》した。「それと、我々は危険にさらされている。それもあらゆる方向から。何をやってもここからは脱け出せない。それと、ラッセルは野心をいだいていて、我々にとっての危険要因だ」そしてこちらに向きなおるとこう言った。「モーリー、気がついただろう。ラッセルは早くも我々六人のリーダーの座についてしまっている。さも当然のことのような顔をして」

「わたしに言わせれば至極当然ですがね」とラッセル。

「ほら、テンチの言うとおりだ」とフレーザー。

ためらってから、ラッセルはうなずいた。「そうかもしれません。ええ。でも誰かがリーダーにならざるを得ないでしょう」

「居留地に戻ったら、その座をあけ渡してグレン・ベルスノアをリーダーとして認めるんだろうね」とセス・モーリー。

「有能なら」

フレーザーが言った。「我々はグレン・ベルスノアを選んだんだ。君の気に入ろうと入るまいと、かれが我々のリーダーなんだ」

「でもわたしには投票する機会がなかったんですよ」とラッセルはニッコリした。「だからそれに縛られる必要もないと思います」

「わたしもテンチに少しきいてみたいことがあるわ」とマギー・ウォルシュは、ペンと紙を受け取って苦労しながら書いた。『なぜわたしたちは生きているのか』ときいてみる」そして紙をテンチの前において待った。

出てきた答えはこんなものだった。「完全な自制の状態と、力の高みに到達するため」ウェード・フレーザーが言った。「謎めいているな。『完全な自制の状態と、力の高み』か。人生ってそういうものかねえ」

もう一度マギーが書いた。「今度はこうきくわ。『神は存在するか』」そして紙きれをテンチの前においた。みんな、イグナッツ・サッグさえもが息をひそめて待った。

答えがきた。

「何を言っても信じまい」

イグナッツ・サッグが吐き出すように言った。「何のことだ？　全然無意味だ。そういう意味かよ。意味しないって」

「でも、このとおりでしょう。これがノーと答えても、信じないでしょう。どうです」とラッセルは指摘して、問いただすようにマギーに向きなおった。

「そのとおりよ」

「では存在すると答えたら？」

「いまだって信じてる」

ラッセルは満足して言った。「つまりテンチは正しいわけです。わたしたちの誰にとっても、ああいう質問にこいつがどう答えようとなんのちがいもない」

「でもイエスと言ってもらえれば確信がもてたわ」とマギー。

「いまだって確信はあるんでしょう」とセス・モーリー。

「こりゃまたなんと。いかだが燃えてる」とサッグ。

とびあがった一同に見えたのは、舞い踊る炎だった。熱せられ、燃えあがり、輝く灰と化す木のはじける音が聞こえてきた。六人は川に向かってはじかれたように駆けだした……が、もう手遅れだ、とセス・モーリーは悟った。

川岸に立って、みんななすすべもなく見守っていた。燃えるいかだは川の中央に向かって漂いはじめていた。中央の流れに乗ると、火に包まれたまま下流に漂い、遠ざかって小さくなり、とうとう黄色いきらめきでしかなくなった。もう見えない。

しばらくしてラッセルが言った。「まあ、そう気を落とすこともないですよ。あれは死を祭る北欧式のやりかたです。ヴァイキングは死ぬと自分の盾《たて》に寝かされ、自分の船に乗せられたんです。そしてその船に火がつけられて、海に流されるんです」

もの思いにふけりながら、セス・モーリーは思った。ヴァイキングか。川と、その彼方には謎の建物。川はライン河で、建物はさしずめヴァルハラか。ベティー・ジョー・バームの死体を乗せたいかだが火に包まれて流れていったのも、それで説明がつく。面妖な、と思って身ぶるいした。

「どうかしましたか？」ラッセルがこちらの顔を見てたずねた。

「一瞬何もかも了解できたと思ったんだが」でも、そんな馬鹿な。他に説明がつくはずだ。

すると質問に答えるテンチは——その女神の名前が思い出せなかった。そうだ、エルダだ。未来を知る地球の女神。ヴォータンによってもたらされた質問に答えた女神。そしてヴォータンは、人間たちのなかに変装してまぎれこんでいるんだっけ。見破る方法は一つ。片目しかないことだ。だから放浪者ヴォータンとも呼ばれる。

「視力はどのくらい？　両目二・〇とか？」とラッセルにたずねてみた。

　慌てたようにラッセルは言った。「いえ——そんなことはありませんけど。なんでですか」

「片目が義眼だよ。前から気になっていた。右目は人工物だ。何も見ちゃいないが、眼球筋肉で動きはする。まるで本物みたいに」とウェード・フレーザー。

「それ本当？」とセス・モーリーは尋ねた。

　ラッセルはうなずいた。「ええ。でも関係ないことでしょう」

　そうだった、それとヴォータンは神々を破滅させたんだ。己の野心のために『神々の黄《たそ》昏《がれ》』をもたらしたんだったな。どんな野心だったろうか。神々の城ヴァルハラを築くことだった。なるほど、そういえばヴァルハラが築かれていたっけ。「ワイナリ」の看板を掲げて。でも、ワイナリではなかった。

　そして最後に、ヴァルハラはライン河に沈んで消えるんだった。そしてラインの黄金はラインの乙女たちのもとに戻る。

でもそれはまだ起こっていない。

スペクトフスキーもこのことは本で言っていなかった！

震えながら、グレン・ベルスノアは拳銃を右手のたんすの上に置いた。目の前の床には、まだ黄金の剣を握ったまま、トニー・ダンケルウェルトが横たわっていた。その口から血が一すじ頬をつたい、プラスチックの床に敷かれた手製の敷き物に滴っていた。

銃声を聞いて、バブル医師が駆けつけてきた。息を切らせながら、ポーチのバート・コスラーの死体で立ち止まり、しなびた老人の死体を仰向けにして刀傷を調べた……そして、グレン・ベルスノアを認め、部屋に入った。二人は立ちつくして床を見下ろした。「僕が撃った」とグレン・ベルスノア。銃声はまだ耳に残っていた。大昔の鉛弾式拳銃だった。ポーチのどこへ行くにも持ち歩いているがらくたのコレクションの一つだった。ポーチのほうを指差した。「バートじいさんにこの子が何をしたか見ただろう」

「それであんたも刺そうとしたのか」とバブル。

「ああ」グレン・ベルスノアはハンカチを取り出して鼻をかんだ。手はふるえ、とてつもなく惨《みじ》めな気分だった。「とんでもないことをしてしまった」と言った自分の声は、悲嘆《や》でふるえていた。「こんな子供を手にかけるなんて。でも、そうしなきゃこの子は僕を殺っていたろうし、それからおたくも、そしてロッキンガムさんも」あの偉大な老婦人を誰かが殺すという考え——それが、他の何にも増して、自分をつき動かしたのだった。自分なら逃げられた。あるいはバブルでも。だが、ロッキンガムさんは無理だ。

バブルが言った。「明らかに、スージー・スマートの死で精神に異常をきたしたんだな。現実世界との接触が切れてしまったんだ。死の責任が自分にあると考えたのはまちがいない」そしてかがみこんで剣をひろいあげた。「こんなものをどこで手に入れたんだろう。初めてお目にかかる」

「トニーはいつも精神崩壊の瀬戸際にいた」とグレン・ベルスノア。「あんなどうしようもない『トランス状態』とやらに没入したりして。今度だってバートを殺せという神のお告げでも聞いたんだろう」

「なにか言ってたか？　あんたが殺す前に」

「『ぼくは形相破壊者を殺した』そう言ってた。そしてバートの死体を指して『見てくれ』とかなんとか」ベルスノアは弱々しく肩をすくめた。「確かにバートはずいぶん歳をとっていた。弱っていた。形相破壊者の技が全身に及んでいた。だが神のみぞ知る、だ。トニーは僕のことはわかったらしい。でも、どのみち完全に気が狂っていた。言ってることがまるで意味をなさなくて、いきなり剣をとろうとした」

両者はしばらく黙っていた。

「これで四人死んだ。あるいはもっとかもしれない」とバブル。

「『あるいはもっと』と言うと？」

「今朝、居留地からでかけた連中のことだよ。マギー、新入りのラッセル、セスとメアリー・モーリー夫妻――」

「かれらなら大丈夫だろう」だが、自分でもそうは思わなかったので、腹立たしそうに言った。「いや。大方みんな死んだだろう。おそらく七人とも」

「落ち着いてくれ」とバブル。少しおびえているようだった。「あんたのその銃はまだ弾があるのか？」

「ああ」グレン・ベルスノアはそれをとりあげて、弾倉を空《から》にすると弾をバブルに渡した。

「持っててくれ。何があろうと今後は誰も撃たない。誰かを救うためでも皆を救うためでもね」椅子に向かうと座り、不器用にたばこを取り出して火をつけた。

「もし査問会議があったら、トニー・ダンケルウェルトが精神医学的に見て狂っていたとは証言するよ。でもバート老殺しや、あんたを攻撃したことについては証言できない。つまりそれはあんたから聞いただけだからね」そう言ってから、バブルは急いでつけ加えた。

「でももちろん、私はあんたを信じてるがね」

「査問はないよ」それは確実にわかっていた。その点については疑問はまったくなかった。

「もちろん死後裁判ならあるかもしれないけど。どのみち我々には関係ない」

「何か日誌でもつけているかね」

「いや」

「つけたほうがいい」

「わかったよ。そうする。だからほっといてくれ、ちくしょう!」怒りで息をきらせてバブルをにらみつけた。「しつこいぞ!」

「すまん」バブルは小さな声で言って、目に見えるほど縮みあがった。

「生き残ってるのは僕とおたくとロッキンガムさんだけかもしれない」ふとそう思った。急にそれが確実のような気がしてきた。

「二人でロッキンガムさんを囲んで一緒にいたほうがいいかもしれん」バブルはおもねるようにドアに向かった。

「わかった」いらいらしてうなずいた。「僕はこうしよう。おたくはロッキンガムさんについてってくれ。僕はラッセルの持ち物とノーザーをあらってみる。昨晩おたくとモーリーがあいつを連れてきて以来、あいつのことは気になっていた。どこかおかしい。おたくはそういう気がしないか?」

「新入りだというだけだろう」

「ベン・トールチーフのときはこんな感じじゃなかった。モーリー夫妻のときも」突然立ち上がった。「そうだ。いま思いついた。あいつは衛星からの中断した信号をひろったのかもしれん。あいつの送信機と受信機をよく調べてみたい」これなら僕の知ってる分野だ。

こんな孤独に悩むこともない。

バブルを後に、ノーザーが全機停めてある区域に向かった。ふりむかなかった。

考えはこうだった。衛星からの信号は短かったが、それがあいつをここに向かわせたのかもしれない。すでにこの星域にいたんだろう。ここに向かっているのではなくて、重力加速を利用したフライバイをしようとしていたんだ。でも、辞令を持っていたな。ええい、かまうもんか、とラッセルのノーザーの無線装置をばらしはじめた。

十五分後に答えが知れた。標準送受信機だ。ほかのノーザーに搭載されているのとまったく同じ。ラッセルには衛星からの微弱な信号を受信することはできなかったはずだ。あれを傍受できるのは、デルマク・O上にあるような大型受信機だけだ。ラッセルはみんなと同様に自動操縦で着陸した。交通手段も他のみんなと同じ。

この線ではこれまでだな。

ラッセルの持ちものはほとんどノーザーに積んだままだった。ラッセルがノーザーから居住区に運んだのは、個人的なものだけのようだ。大きな本の箱がある。本なんて誰でも持っている。グレン・ベルスノアはあてもなく本をひっかきまわして、段ボールをどんどん探っていった。経済学の教科書が続々と出てきた。これはわかる。偉大な古典のマイクロテープ数本。トールキン、ミルトン、ヴァージル、ホメロスなど。叙事詩はなんでもあるな。それに『戦争と平和』それとジョン・ドス・パソスの『USA』のテープ。僕がずっと読もうと思っていた本だ。

本やテープで特に奇妙なものはなかった。ただ――

スペクトフスキーの本がない。

ラッセルも、マギー・ウォルシュみたいに、全部暗記してしまったのかもしれない。

あるいはそうでないかもしれない。

スペクトフスキーの本を持っていない人種がひとつだけある。読むことが許されていないので持っていないのだ。地球という惑星規模の収容所に収容されている逃避主義者たちだ。移民中にのしかかる膨大な精神的圧迫のために精神が崩壊して、砂杭の中に住むようになった連中。太陽系では地球以外の星で居住可能なものがないため、移民ということは他の星系への旅を意味する。

そして多くの人々にとって、それは孤独と故郷喪失感から成る宇宙酔いの潜伏開始を意味する。

もちろんラッセルは治ったのかもしれない。それで退院したのかも。でも、それならまちがいなくスペクトフスキーの本を持たされたはずだ。そういうときにこそ、あの本は一番必要なんだ。

ラッセルは逃げ出したんだ。

でもなぜここへ？

それからこう考えた。西惑星間連合の本部、トリアトン将軍が職に就いているところも地球上にあるんだ。それも収容所の隣に。なんという偶然か。デルマク・Oにいる非生物有機体はまちがいなくその本部で作られたんだ。ビルの小さなレプリカの刻印がその証拠だ。

これですべて説明がつくと言えるな。しかし何一つ説明できていないとも言える。何一つ、まったくなし。

みんなの死のせいで頭がおかしくなりそうだ。哀れなトニー・ダンケルウェルトもそれで発狂した。しかし、こう考えてみよう。西惑星間連合の運営する心理学研究所が、逃避主義の人間を被験体としていたんだ。それで一山いくらでまとめて連れてきて——あの連中ならやりかねん——その一人がネッド・ラッセルだった。まだ気は狂っているが、教育することはできる。気狂いだって学習することはできる。職を与えてそれをやらせるために送り出す——たとえばここに。

そのときゾッとするような恐ろしい考えがむくむくと頭をもたげた。我々全員が収容所からの逃避主義者だったとしたらどうだろう。自分では知らないだけなのかもしれない。西惑星間連合が我々のクソッたれな脳ミソの記憶コンジットを一本切断したのかもしれない。それで我々が集団として機能できないのも説明がつく。それでお互いまともに話さえ通じないのも説明がつく。気狂いは学習できても、集団として機能することはできない……

…もちろん、愚衆としてなら別だが。でも、それでは機能しているとは言えまい。単に集団狂気というだけだ。

すると我々は本当に実験台なのか。これで知りたいことがわかった。僕の足の甲にある、ペルサス9という刺青《いれずみ》もこれで説明がつくかもしれない。

でもこれは全部、貧弱なデータ一つに基づいたものだ。つまり、ラッセルがスペクトフスキーの本を持っていないという事実に。

それとも居住区のほうに持ってやがるのかな、といきなり思いついた。なんだ、当たり前じゃないか。向こうにあるに決まってる。

ノーザーの列をあとにした。十分後、共同区域にたどりつき、ポーチへと階段を昇っていた。スージー・スマートの死んだポーチだ。トニー・ダンケルウェルトとバートの死んだポーチの対面になる。

埋めてやらなきゃ！　と気がついた――そしてちょっとひるんだ。

でも、まずはラッセルの残りの持ちものを見なくては。

ドアには鍵がかかっていた。

金テコで――これもまた世界中の品々の寄せ集め、カラスみたいなガラクタ収集の山の中から持ってきたものだった――ドアをこじあけた。

一瞥《いちべつ》した視界の中の、乱れたベッドの上には、ラッセルの財布と書類とが並んでいた。

辞令から、その他なにもかも、出生証明書まで。それをめくりながら、グレン・ベルスノアはついに尻尾《しっぽ》をつかんだと確信した。みんな、スージーの死にともなう混乱にのまれてしまった。むろんラッセルだって書類を残していくつもりはなかったのだろう。しかし、身につけておくのに慣れていなかったので忘れてしまったんだ……そして収容所の逃避主義者たちは身分証明書類は一切持ち歩かない。

戸口にバブル医師が現れた。声はパニックでひきつっていた。「ロ、ロッキンガムさんが見つからない」

「会議室は？　カフェテリアは？」散歩にでかけたのかもしれない。だがそんなはずはない。ロバータ・ロッキンガムはほとんど歩けない。慢性の循環器系疾患のため、どこへ行くにも杖なしではいられない。「僕も探そう」と不機嫌に言った。二人は急いで共同区域を横切って、あてもなくうろつきはじめた。自分たちが単に恐怖にかられて駆けまわっているだけなのに気がついて、グレン・ベルスノアは立ちどまった。「まず考えなくちゃ。ちょっと待った」いったいどこにいるだろう。絶望で逆上してベルスノアは言った。「あんな立派な女性なのに。いままで誰一人傷つけたことのない人なのに。ちくしょう、なんてやつらだ」

バブルはむっつりとうなずいた。

読書中だった。物音を耳にして、目をあげた。目に入ったのは男、それも見慣れない男で、きちんと整頓されたこの小さな部屋の入口に立っている。

「なにか？」と礼儀正しくマイクロテープ・スキャナーをおいた。「居留地の新しいメンバーの方ですか？　お会いするのはこれが初めてでございましょ？」

「ええ、ロッキンガムさん」男の声は親切そうでとても心地よかった。革の制服を着こんで、巨大な革手袋まではめている。その顔はほとんど照り映えるようだった……それとも自分の眼鏡がくもっているだけなのかしら。髪は短く刈りこまれていて、ちょっと光っているのは確かだわ。表情がとても素敵だわ。思慮深くて、これまでにいろいろすばらしいことを考えたりやったりしてきたみたい。

「バーボンの水割りでも召しあがります？」午後になるといつも一杯だけ飲むのだ。脚の絶え間ない痛みを少し和らげてくれる。でも今日は、オールド・クロウ・バーボンを少し早めに味わってもいいわね。

「いただきます」男は背が高く、とてもスリムだった。戸口に立ったまま、部屋に完全に入ってはこなかった。なにやら外と接続されているような感じ。そこから完全に逃《のが》れられず、じきにそこへ完全に戻らなくてはならないような感じ。ひょっとして、この孤立した地の神学好きな人たちの言う神の化身じゃないかしら。もっとはっきり見きわめようとして目を細めて男を見たが、眼鏡についたほこり――だかなんだか知らないけれど――が男の姿を歪めていた。どうしてもまともにはっきりとは見えない。

「あなた、取っていただけますか？　そのベッドの横の、ちょっとぼろの机があるでしょう。その引き出しに、オールド・クロウのびんと、グラスが三つありますから。あらどうしましょう、ソーダ水がないわ。水道水をびん詰めしただけのものでいいかしら。氷もございませんの」

「かまいませんよ」と男は軽快に部屋を歩いて横切った。深いブーツをはいているわ。とても魅力的ね。

「お名前は？」

「イーライ・ニコルス軍曹です」かれは引き出しをあけ、バーボンとグラスを二つ取り出した。「この入植地は救助されました。私はあなたを収容して故郷に連れて帰るために派遣された者です。人工衛星のテープ送信の故障はすぐにこちらにわかったんです」

「じゃあ、もう終わったんですのね？」喜びで一杯になってたずねた。

「すべて終わりました」男は二つのグラスにバーボンと水を入れて、一つこちらに持ってきて、正面の背がまっすぐの椅子に座った。男はほほ笑んでいた。

11

グレン・ベルスノアが空しくロバータ・ロッキンガムを探していると、人が数名居留地のほうへとぼとぼと歩いてくるのが目に入った。でかけた連中だ。フレーザーとサッグ、マギー・ウォルシュ、新人のラッセル、メアリーとセス・モーリー……みんないる、のかな?

心臓が高鳴った。「ベティー・ジョー・バームの姿が見えない。怪我でもしたの? まさか放ってきたのか、きさまら」と一行をにらみつけた。どうしようもない怒りであごがふるえるのがわかった。「そうなんだな?」

「死んだよ」とセス・モーリー。

「どうして?」そこへバブル医師が隣にやってきた。二人は、男四人と女二人が近づくのを待った。

セス・モーリーは言った。「入水自殺だ」そしてあたりを見回した。「あの子はどこだ、トニー・ダンケルウォルドは」

「死んだ」とバブル医師。

マギー・ウォルシュがたずねた。「それとバート・コスラーは」

バブルもベルスノアも答えなかった。

「するとかれも死んだのか」とラッセル。

「そうだ。残ったのは八人。ロバータ・ロッキンガムは――失踪。たぶん死んだんだろう。死んだと考えざるを得まい」

「あなたたちがいっしょについてたんじゃないんですか？」とラッセル。

「おたくらは？」グレン・ベルスノアがやりかえした。

またもや無言。どこか遠くから、暖かい風が塵や枯れた地衣類を運んできた。居留地の主建築上空につむじが巻きあがり、よじれるように移動してやがて消えた。グレン・ベルスノアが騒々しく吸いこんだ空気はひどい匂いだった。まるで死んだ犬の皮をどこかで干しているみたいだ。

死か。もうこれ以外のことが考えられない。それももっともなことだ。我々にとって、死はそれ以外のすべてを覆い尽くしてしまった。二十四時間もしないうちに、死が我々の生の最大関心事になってしまった。

「BJの死体は持ってこられなかったの？」とみんなにきいた。

「下流に流れてしまったんだ。それに燃えていた」セス・モーリーはベルスノアの横にやってきた。「バート・コスラーはなぜ死んだ?」

「トニーに刺されたんだ」

「トニーはなぜ?」

「僕が撃った。殺される前に」

「ロバータ・ロッキンガムはどうなんだ? またあんたが撃ったのか」

「ちがう」ベルスノアは短く答えた。

「リーダーを選びなおす必要があると思うね」とフレーザー。

ベルスノアはぎこちなく言った。「撃たざるを得なかった。さもないとトニーは残り全員を殺していただろう。バブルに聞いてみろ、この通りだと言うから」

「その通りだとは言えんよ。他のみんな同様、なにも証拠がない。あんたの証言だけだ」とバブル。

セス・モーリーが言った。「トニーの使った得物は?」

「剣だ。見てみるといい。まだ死体といっしょに部屋にあるから」

「トニーを撃った拳銃はどっから手にいれたんです?」とラッセル。

「僕のだ」苦しい弱々しい気分だった。「そうするしかなかった。それしかなかったんだ」

「つまり死は全部が『やつら』の責任ではないわけだ。トニーの死はあなたのせいで、バートの死はトニー・ダンケルウォルドのせいだ、と」とセス・モーリー。

「ダンケルウェルトだよ」特に意味もなくベルスノアは訂正した。

「それにロッキンガムさんだって死んだかどうかわかりゃしない。ふらっとでかけただけかもしれない。恐怖にかられてとかで」

「それは無理だ。そこまで元気じゃない」とベルスノア。

「フレーザーの言うとおりだと思う。別のリーダーが必要だ」とセス・モーリーはバブルに向きなおった。「ベルスノアの拳銃はどこ？」

「トニーの部屋に置きっぱなしだ」とバブル。

ベルスノアは一同からスッと離れて、トニー・ダンケルウェルトの居住区のほうに向かった。「やつを止めろ」とバブル。

イグナッツ・サッグ、ウェード・フレーザー、セス・モーリー、バブルが慌ててこちらを追いこした。みんな一団となって階段を駆けあがり、ポーチに上がってトニーの居住区に入った。ラッセルはそれを敬遠するように立って、ベルスノアとマギー・ウォルシュといっしょに残っていた。

トニーの部屋のドアから出てきたときに銃を手にしていたのはセス・モーリーだった。

「ラッセル、私たちのやってることが正しいとは思わないのか？」

「この人に銃を返しなさいよ」とラッセル。

びっくりしてセス・モーリーは立ち止まった。でも銃をこちらに持ってきはしなかった。

「ありがとう。支持してくれて助かる」とベルスノアはラッセルに言うと、みんなに向きなおった。「銃を返してくれ。ラッセルの言う通り。どのみち空《から》だから。さっき弾をぬいたんだ」と手を差し出して待った。

ポーチから階段を下りながら、まだ銃を手にしたまま、セス・モーリーは重々しく態度を保留してこう言った。「しかし人を一人殺している」

「やむを得なかったんですよ」とラッセル。

「銃は私が預かる」とセス・モーリー。

「夫がみんなのリーダーになるのよ。すごくいい考えだと思うわ。優秀なのがいずれわかるはずよ。テケル・ウパルシンではとても権限のある地位にいたんだから」とメアリー・モーリー。

「なぜ僕に肩入れする?」とラッセルにたずねた。

「何が起こったかわかるからですよ。あなたがああするよりほかなかったのもわかる。みんなにもわたしの話をどうにか聞いてもらえれば――」そこでラッセルは口をつぐんだ。

ベルスノアは、何事かと男たちのほうを振り返った。

イグナッツ・サッグが銃を持っていた。セス・モーリーからもぎとったのだ。そして銃口をこちらに向けていた。顔には下衆《げす》なひねくれた笑いが浮かんでいる。

「返せ」セス・モーリーがサッグに言った。みんな一斉にサッグに向かって叫んだが、かれはまったく動じることなく、銃口をこちらに向け続けた。

「おれがあんたらのリーダーだ。投票なんか関係ねえ。やりたきゃおれに投票してもいいが、どうでもいいことだ」サッグはまわりの男三人に言った。「おめえら向こうの他の連中のとこへ行け。あんましおれに近づくんじゃねえぞ。わかったか」

「弾が入っていないぞ」ベルスノアが繰り返した。

セス・モーリーはうちひしがれた様子だった。顔は蒼白で血の気のない色あいをしていた。まるでサッグが銃を手に入れたことに関する責任が自分にあるとわかっているみたいだ。いや、もちろんわかっているのだろう。

マギー・ウォルシュが「こうしましょう」と言うと、ポケットを探ってスペクトフスキーの本を取り出した。


女は内心、イグナッツ・サッグから銃を取り上げる方法がわかったものと確信していた。例の本を適当に開くと、サッグのほうに向かって歩きながら、本から朗読を始めた。

「『以上から、歴史のなかの神は幾つかの段階を示すと言えよう』」女は詠唱した。「『一〉、清らかな時代。形相破壊者が目覚めて活動をはじめる以前の時期。一〉、呪いの時代。神の力がもっとも弱く、形相破壊者の力がもっとも強かった時期。これは神が形相破壊者の存在を認識していなかったため、不意を突かれたためだ。三)、地上の神の誕生。圧倒的な呪い、神との相反の時代の終わりを告げる徴《しるし》。四)、現代——』」ほとんどサッグのところまでたどりついていた。サッグは動かずに、銃を持ったままだった。女は聖なる書物を読み続けた。「『現代。神は人間世界に下り立ち、苦しんでいる者を贖《あがな》い、後にはあらゆる生命を仲裁神の姿で贖う。仲裁神は——』」

「あっちへ戻れ。でないと殺すぞ」とサッグ。

「『——まちがいなくまだ生きているが、神の力の輪の中でこの部分にはいない。五)、続く最後の時代——』」

ものすごい爆発音が鼓膜のところで炸裂した。耳が遠くなって数歩退くと、胸に激痛が走った。その激しい苦痛に満ちたショックで肺が機能を停止するのが感じられた。まわりの風景がどんよりとしてきた。光が褪《あ》せて、見えるのは暗闇ばかり。セス・モーリー、と呼ぼうとしたが、声はでなかった。それなのに、なにか音が聞こえた。遠くのほうで何か巨大なものが、暗闇のなかでしゅっしゅっと激しく動いているのが聞こえるのだ。

ひとりぼっちだった。

ズン、ズン、と音が響いてきた。虹色が見え、それが混ざりあって光になり、液体のように流れていった。そして丸のこや風車《かざぐるま》のかたちになって、からだの両側を上昇していった。まっ正面には巨大な代物《しろもの》が脅迫するかのように脈打っていた。それが発する厳然たる怒りの声が、自分を上方へと召喚するのが聞こえた。その活動の切迫感が恐ろしかった。そいつは頼むのではなく、命令するのだ。なにかこちらに伝えようとしている。そのとてつもない鼓動が何を言わんとしているのかはわかった。ワーン、ワーン、ワーンとそれはうなり、怯えて肉体的苦痛にあえいで女はそれに呼びかけた。「Libera me, Domine. De morte aeterna, in die illa tremenda.」

それは脈動し続けた。どうすることもできず、女はそれに向かって滑空していった。すると、視界の隅にすばらしいスペクタクルが見えた。大きなクロスボーがあり、それに仲裁神がかけられていたのだ。弦が引きしぼられた。仲裁神はそこに矢のようにつがえられている。そして、音もなく仲裁神は上へとうちあげられ、存在の位階の同心円の最小のもののなかへと向かった。

「Agnus Dei, qui tollis peccata mundi.」どうしても脈打つ渦を見つめ続けられなくて、目をそらすと下と後ろを見た……するとはるか下方に見えたのは、雪と玉石の凍りついた広大な風景だった。強風が吹きすさんでいる。岩のまわりには見る間に雪がもっと降り積もっていった。新しい氷河期のはじまりかな、と思ったときに気がついたのだが、英語で話すことはもとより、考えることさえも難しくなっていた。「Lacrymosa dies illa.」苦痛にあえぎながら言った。胸全体が苦悶のかたまりになったような気分。「Qua resurget ex favilla, judicandus homo reus.」ラテン語でものを言わなくてはならなかったが、それが痛みを和らげるようだった。ラテン語なんか勉強したこともないし、全然知らないことばなのに。「Huicergo parce, Deus! Pie Jesu Domine, dona eis requiem.」脈動は続いた。

足元に亀裂が生じた。女は落ちていった。下の八寒地獄が近づいてきた。もう一度叫んだ。「Libera me, Domine, de morte aeterna!」それでも落ち続けた。ほとんど地獄の世界に落ちこみかけているのに、何も救い上げてくれはしない。

巨大な翼を持った何かが舞い上がった。頭にトゲを生やした金属のトンボみたいだった。それが横を過ぎて、その後ろから暖かい風が吹いていった。「Salve me, fons pietatis.」とそれに呼びかけた。それが何だかわかったし、それが現れても驚かなかった。仲裁神だ。地獄から飛翔して、もっと小さな内側の輪の炎へと向かっているのだ。

光が、様々な色で女を包んだ。赤い、煙るような光が間近で燃えているのが見え、どうしていいかわからないまま、そちらに向かった。でも、なんとなく思いとどまった。あの色じゃないわ。澄んだ白い光を探さなきゃ、それがわたしの生まれかわるための然るべき子宮なのよ。女は仲裁神の暖かな風に運ばれて上方に漂っていった……煙たい赤い光は後ろに取り残されて、そのかわり、右手のほうに強力なちらつかない黄色の光が見えたので、精一杯そちらの方へと進んでいった。

胸の痛みがおさまってきたようだった。というよりも、からだ全体が希薄になったような感じだった。不快感を和らげてくれてありがとう。感謝するわ。とうとう見たのね。仲裁神を見たのよ。おかげでわたしにも生きのびる可能性が出てきたわ。導いて。正しい色の光へ連れていって。然るべき再生へ。

澄んだ白い光が現れた。そちらのほうへ行きたいと願うと、なにかが進むのを手伝ってくれた。わたしのことを怒ってるの？　脈打つ巨大な存在のことを言ったつもりだった。まだ脈動は聞こえたけれど、それはもうこちらに向けたものではなかった。あれは永遠に脈打ち続けるのだ。だって、時間を超えた、時間の外にあるもので、決して時間に囚われたことのないものだから。そして――空間も存在しなかった。何もかもが平たく押し込められていた。まるで子供か原始人の描くような、力強いけれど下手な絵みたいだった。明るくカラフルだけれど、とことん平べったい……そしていじらしい風景だった。

「Mors stupebit et natura. Cum resurget creatura, judicanti responsura.」と口にすると、また脈動が弱まった。許してくれたんだ。仲裁神がわたしを然るべき光へと導くのを認めてくれたんだ。

澄んだ白い光に向かって女は漂い、まだときどき敬虔《けいけん》なラテン語の文句をつぶやいていた。胸の痛みは完全に消え、もう体重もまったく感じなかった。肉体は時空間を占めなくなっていたのだ。

やっほう。すごいじゃない。

ズン、ズンと第一存在はまだいっていたが、もうこちらに向かってではなかった。いまは他の者たちに向かって脈打っている。

最後の審判の日がわたしにやってきたんだわ。やってきて、去った。裁かれて、裁きはわたしに好意的だった。女は圧倒的で絶対的な歓びを味わった。そしてノヴァの間を翔びまわる蛾のように、然るべき光に向かって舞い上がり続けた。

「殺す気はなかったんだ」イグナッツ・サッグはかすれ声で言った。かれはマギー・ウォルシュの死体を見下ろして立っていた。「何する気なのかわかんなかったんだ。だって、ずんずん歩いてきやがってよ。銃を取りにきたのかと思ったんだよ」そして責めるようにグレン・ベルスノアのほうを肩で示した。「それに空《から》だって言ったじゃねえかよ」

ラッセルが言った。「あの女《ひと》は銃を取りにいったんです。あなたの言うとおり」

「ならおれのやったことは正しいんじゃねえか」

しばらく誰も口をきかなかった。

「銃は渡さねえぞ」しばらくしてサッグが言った。

「そうともサッグ。持ってるといい。罪のない人をあとどれだけ殺したいのか見届けてやる」とバブル。

「殺したくはなかった」サッグは銃をバブルに向けた。「殺しはこれが初めてだった。まだ銃の欲しいやつはいるか」サッグは殺気だって一同を見まわした。「おれのやったことはベルスノアといっしょだ。それ以上でもそれ以下でもねえ。おれとあいつは同じなんだ。だからあいつには絶対渡さねえぞ」気管がぜいぜいいうほど荒い息をしながら、サッグは銃を握りしめ、目をむいて一同を見つめた。

ベルスノアがセス・モーリーのところに動いた。「なんとかしてあれを取りあげないと」

「わかってる」とは言ったものの、どうすればいいのかはさっぱりわからなかった。例の本を読みながら誰かが——それも女が——近づいてきただけで殺すやつだ。ちょっとでも口実があれば、誰でも、場合によっては全員を撃ち殺すだろう。

今やサッグは精神異常を露骨にむきだしにしていた。もう明らかだった。サッグはマギー・ウォルシュを殺したかったんだ。そしてセス・モーリーは、それまで見落としていたことに気づいた。ベルスノアは殺したくなかったけれどやむを得ず殺したのに、サッグは面白半分で人を殺したんだ。

ちがいはそこにある。ベルスノアに危害を加えられることはない——ただしこちらが殺意を抱かない限り。その場合はむろん、ベルスノアは撃つだろう。でも挑発するようなまねさえしなければ——

「よしなさいよ」妻のメアリーが耳元で囁いた。

「銃を取りかえさないと。それにあいつの手に渡ったのは私の責任だ。あいつに奪うすきを与えてしまったんだから」セス・モーリーは手をイグナッツ・サッグのほうに差し出した。「そいつをよこせ」と言うと、怖くてからだが縮みあがるのがわかった。からだが死ぬ覚悟を決めたのだ。

12

「殺されますよ」とラッセルもイグナッツ・サッグのほうに歩きだした。他のみんなは見守っていた。「その銃をこっちにもらわないと困るんだ」ラッセルはサッグに呼びかけた。そしてセス・モーリーに、「たぶんわたしたちの片方しか撃てないですよ。あの銃は知っている。連射ができないんです。一発撃ったところでおしまいでしょう」と言って、サッグの後ろ側にまわりこんだ。「よーし、サッグ」と手を差し出した。

サッグはとまどいながらそちらを向いた。セス・モーリーが素早く前進して手をのばした。

「ちくしょう、モーリーめ」とサッグ。銃身がこちらに向きなおったが、セス・モーリーはそれまでの勢いで前進を続けた。そしてイグナッツ・サッグのやせた筋肉質のからだとぶつかった。ポマードと尿と汗の匂いがした。

「今だ、かかれ」ベルスノアが叫んだ。かれもサッグに向かって駆け出し、とっ組みあうべくつかみかかった。

悪態をつきながら、サッグはセス・モーリーから身をふりほどいた。顔は精神異常特有の何も示さない白紙だった。目をつめたくぎらつかせ、口をへの字に歪ませて、サッグは撃った。

メアリー・モーリーが金切り声をあげた。

左手をのばして右肩をさわると、シャツの生地ごしに血がにじみだしているのがわかった。銃声の轟音でからだが麻痺していた。へなへなと崩れおちて、激痛に身をよじりながら、そうか、サッグに肩を撃たれたのか、と他人事のように思った。血が出てる。神さま、銃は取り返せなかったんだ。むりやり目をあけた。走るサッグが見えた。急いで逃げながら、一、二回立ちどまっては撃っていた。でも、誰にも当たらなかった。全員散開してしまっていて、ベルスノアさえそばにいてくれなかった。「助けて」セス・モーリーがうめくと、ベルスノアとラッセルとバブル医師はサッグを警戒しつつ、じりじりとこちらに近づいてきた。

施設の向こうはじの、会議室の入口の横で、サッグは立ち止まった。息をきらせながら、こちらに狙いをつけてもう一発撃った。それがモーリーをかすめた。当たりはしなかった。そして、身ぶるいすると身をひるがえし、みんなを残して駆け去った。

バブルが叫んだ。「フレーザー！　モーリーを診療室に運ぶ。手伝え！　はやく！　おそらく動脈出血だ」

ウェード・フレーザーが急いでやってきた。かれとベルスノア、ネッド・ラッセルがセスをかかえあげて、医師の診療室に運びこみはじめた。

「大丈夫だ」金属張りの長いテーブルの上にセス・モーリーのからだをのせながらベルスノアが言った。「マギーはやられたけど、おたくは大丈夫」テーブルから一歩さがって、ベルスノアはハンカチを取り出すと、ふるえながら鼻をかんだ。「あの拳銃は僕の手元にあるべきだったんだ。これでわかっただろう」

「うるさい。出てってくれ」とバブルは煮沸消毒装置のスイッチを入れて手術用具をそのなかに手ばやく入れた。それから負傷した肩に止血帯を巻いた。血は流れ続けた。テーブルには、セス・モーリーの横のところに血溜りができていた。「切開して動脈の両端を取り出してくっつけないと」バブルは止血帯をうっちゃると、人工血液供給装置のスイッチを入れた。小さな外科器具でわき腹に穴をあけると、人工血液の流入パイプを器用に固定した。「出血は止められない。切開、動脈摘出《てきしゅつ》、接合に十分間かかる。でも出血多量で死ぬことはないだろう」と消毒装置のふたをあけて、湯気をたてる手術用具のトレーを取り出した。上手に手ばやく、バブルはセス・モーリーの衣服を切り裂いて、負傷した肩を検分しはじめた。

「サッグの警戒は怠らないようにしないと。ちくしょう、他に武器があればいいのに。たった一つの銃があいつの手にあるなんて」とラッセル。

バブルが言った。「トランキライザー銃がある」そして鍵束を取り出して、ベルスノアに投げてよこした。「あの鍵のかかったキャビネットだ。鍵はダイヤモンド型の頭がついてる」

ラッセルはキャビネットの鍵を開けて、望遠スコープのついた長い管を取り出した。

「これはこれは。なかなか使えそうだ。でもトランキライザー以外の弾はない？　こいつらのトランキライザーの量は知ってる。せいぜい気絶させる程度だ。でも――」

「あいつを始末したいのか」バブルはモーリーの肩を調べる手をとめてきいた。

しばらくしてベルスノアが言った。「ああ」ラッセルもうなずいた。

「他の弾もある。殺せるような弾が。モーリーの片がついたら出そう」

テーブルに横たわって、セス・モーリーはなんとかバブルのトランキライザー銃を見ることができた。あれが守ってくれるだろうか。それともサッグが忍びこんできて、私たち全員を殺してしまうんだろうか。あるいは寝たきりで身動きのとれない私だけを殺すということも考えられる。

「ベルスノア、サッグが今夜にでも戻ってきて私を殺すんじゃないだろうか」モーリーはうめいた。

「大丈夫。ついててやるから」とベルスノアは手の先でモーリーをとんと叩いた。「それにこっちにも武器がある」かれは手にしたバブルのトランキライザー銃を眺めまわしていた。ずいぶん気が大きくなったようだった。それは他のみんなも同様だった。

「モーリーにデメロールは射った？」ラッセルがバブル医師にたずねた。

「そんな暇はない」とバブルは作業を続けた。

「私がやろう。薬と注射器はどこだ」とフレーザー。

「あんたにそんな資格はない」とバブル。

「そう言うあんただって外科の資格はなかろうに」

「私はやらざるを得ない。やらなきゃかれは死ぬ。でも鎮痛剤なしでも死にはしない」

メアリー・モーリーはひざまずいて顔を夫によせた。「痛いのがまんできる？」

「うん」セス・モーリーはしっかりと答えた。

手術は続いた。


薄暗がりのなかでかれは横になっていた。とにかく銃弾は摘出されたんだ、とぼんやり考えた。それに血管と筋肉の両方にデメロールが効いている……だから何も感じない。バブルはうまいこと動脈をぬいあわせたのかな、とモーリーは思った。

複雑な機械がからだの内部の動きをモニターしていた。血圧、脈拍、体温、呼吸器系統を記録し続けていた。でもバブルはどこだろう。それとベルスノアだ、あいつはどこだ？

「ベルスノア！　どこにいる？　ずっといてくれるって言ったろう！」あらんかぎりの声

を張りあげてモーリーは言った。

黒い人影が現れた。ベルスノアだ。両手でトランキライザー銃をかかえている。「ここだ。落ち着け」

「ほかのみんなは？」

「死者を埋めてる。トニー・ダンケルウェルト、バート老、マギー・ウォルシュ……居留地建設のときに残してったでかい穴掘り装置を使ってる。それとトールチーフ、最初に死んだやつもだ。それとスージー。かわいそうな、マヌケのスージー」

「とにかく私は殺されなかった」とセス・モーリー。

「サッグは殺したがってたぜ。おしいとこまでいった」

「あんたから銃を取り上げようとなんかするんじゃなかった」とセス・モーリー。いまになってそれがわかった。それなりの代償を払ってのことだったが。

「ラッセルのいうことを聞けばよかったんだ。あいつにはわかってた」とベルスノア。

「後悔先に立たず」とセス・モーリー。でもベルスノアは明らかに正しかった。ラッセルは正しい道を示していたのに、みんなはパニックに陥って聞く耳もたなかったのだ。「ロッキンガムさんの消息は？」

「全然。居留地中を探したんだけどね。消えてしまった。それにサッグも消えた。でもあいつが生きてるのはわかってる。それも武装して精神異常性向を持ってね」

「生きてるかどうかはわからないぞ。自殺したかもしれない。あるいはトールチーフやスージーを殺ったやつらに殺されたかもしれない」

「かもね。でも確実じゃない」ベルスノアは腕時計を見た。「僕は外にいるから。穴掘りも見張れるし、おたくにも目が届く。じゃあな」かれはモーリーの左肩を叩くと、音もたてずに部屋をでて、すぐに視界から消えた。

セス・モーリーは疲れきって目をとじた。どこもかしこも死の匂いだ。私たちはそれにどっぷり漬かってしまっている。もう何人失ってしまったんだっけ。トールチーフ、スージー、ロバータ・ロッキンガム、ベティー・ジョー・バーム、トニー・ダンケルウェルト、マギー・ウォルシュ、バート・コスラー老。七人死亡。残り七人。二十四時間たらずで、半分が殺《や》られてしまった。

こんなことのために私たち夫婦はテケル・ウパルシンを出てきたのか。考えてみればすごい皮肉だ。みんなここに、もっと満ちたりた生を送ろうと思ってやってきたのに。みんな役にたちたいと思ってた。この入植地の誰もが夢をもっていた。私たちはみんな、自分だけの夢の世界に浸りこみすぎていたんだ。そしてそこから出てこられないでいる。だから集団行動ができない。それに数名は、サッグやダンケルウェルトみたいに、ひたすら気が狂っている。

銃口が頭の横に押し当てられる。声が言った。「静かに」

黒レザー姿の二人目の男が、診療室正面へと歩き、エルグ銃をかまえた。「ベルスノアは外だ。おれに任せろ」とモーリーの頭に銃をつきつけた男に言った。銃の狙いをつけて、かれはアークを放電した。銃の陽極コイルから放たれたアークはベルスノアに当たり、かれのからだを一瞬陰極端子にかえた。ベルスノアはぶるっと震えて、崩れおちた。そして横倒しになってしまった。トランキライザー銃はその横に転がっていた。

「他にもいるぞ」セス・モーリーの横にしゃがんでいる男が言った。

「ホトケを埋めてる。気がつきゃしない。こいつの女房だってここにはいないんだから」

男はセス・モーリーのそばに来た。横の男も立ち上がり、二人ともしばし立ったままセス・モーリーを眺めまわしていた。二人とも黒いレザーを身にまとい、モーリーは、こいつら誰だ、何だ、と思った。

最初の男が口を開いた。「モーリー、きみをここから連れだす」

「なんで」とモーリー。

「きみの命を助けるためだ」と二人目の男。二人は手ばやく担架を持ってきて、それをモーリーのベッドの横においた。

13

診療室の裏には小さなスクウィブ船が停められ、夜の月あかりのなかで輝いていた。黒レザーの制服を着た男二人は、モーリーを担架にのせてスクウィブのハッチまで運んできた。そこで担架を下ろした。一人がハッチを開けた。二人はまた担架を持ち上げて、慎重に船内に運びこんだ。

「ベルスノアは死んだのか」モーリーはたずねた。

最初の男が答えた。「気絶しただけ」

「これからどこへ?」

「あなたの行きたがってたところですよ」と二人目の革装束の男は操縦盤の前にすわった。スイッチをいくつか「入」側にたおすと、ダイヤルやメーターを調整した。スクウィブは上昇して、夜空へと舞い上がった。「そこで居心地は悪くないですか、モーリーさん。床に寝かせたりして悪いんですけどね。そう長い道のりでもありませんし」

「あなたたち、誰なんです」

「居心地はどうかだけ言ってくださいよ」と最初の男。

「大丈夫です」スクウィブのモニタースクリーンが見えた。まるで外が真昼であるかのように、木々や小さな草花が見えた。茂み、地衣類、そしてなにかがキラッと光った。あの川だ。

そして、スクリーン上に、あのビルが映った。

スクウィブは着陸をはじめた。それもあのビルの屋上に。「ほら、行きたがってたところでしょう」黒レザーの最初の男が言った。

「ええ」モーリーはうなずいた。

「今でも行きたいですか？」

「いえ」

「ここを覚えてないようですね。どうです」と最初の男。

「いえ」モーリーは浅い呼吸をして横になり、力を温存しておこうとした。「きょう初めて見たんです」

「いやいや。前に見てるはず」と二人目。

スクウィブは下手な着陸のせいでどしんと跳びはね、ビル屋上の警告灯がついた。

「クソッ、あのRKビームのせいだ。また調子がおかしい。だから言ったろう。手動で着陸させたほうがいいって」

「おれはこんな屋根に着陸させせんの無理だもん。邪魔が多すぎる。あの水タンクにぶつけちまうよ」と二番目。

「そんなんじゃお前とはもう組めないね。たかがBサイズの船をこんな広い屋根に着陸させられないなんてよ」

「この際サイズは関係ない。おれが言ってるのは不規則な障害物のことだよ。それがこんなにたくさんあっちゃあね」と二番目の男はハッチに向かい、手動クランクでそれを開けた。スミレの香りの夜の空気が流れこんできた……そして同時にビルの鈍くうめくようなうなりも。

セス・モーリーは必死で立ちあがった。同時にハッチの男が甘い持ちかたをしていたエルグ銃に手をかけようと全力を尽くした。

相手の反応はおそかった。一瞬セス・モーリーから目を離して、操縦盤の相棒に何かきいていたのだ――とにかく、セス・モーリーに気がついた時には手遅れだった。かれが反応するより先に、その相棒が声をかけていた。

セス・モーリーの手のなかで、エルグ銃はすべって手からとび出した。モーリーはわざとその上に身を投げ、なんとかもう一度それをつかもうとした。

高周波電気インパルスがからだをかすめた。操縦盤の男が撃ったのだ。そして外した。セス・モーリーは良いほうの肩をついて起きあがり、腰をおとして中腰になると撃ちかえした。

ビームは操縦盤の男に当たった。ちょうど右耳の上のところだ。同時にモーリーは身をひるがえし、空しく跳びかかってきた男をふりむきざま撃った。至近距離での命中だったので、ビームの衝撃も大きかった。男は痙攣して、後ろにふっとび、スクウィブの反対側の壁一杯の複合機器類に、大音響とともに激突した。

モーリーはハッチを叩きつけるように閉めてから、床に崩れおちた。肩の包帯から血がにじみだして、まわりを汚した。頭がガンガンした。一、二分のうちに完全に気絶してしまうのは自分でもわかった。

操縦盤の上に取りつけられたスピーカーのスイッチがカチッと入った。「モーリーさん、あなたがスクウィブを占拠したのはわかっている。こちらの部下が二人とも意識がないのもわかっている。どうか離陸しないでほしい。きみの肩の手術は不完全だ。動脈のちぎれた部分の接続はうまくいっていない。きみがハッチをあけて、大規模な医療処置を受けない限り、きみの命はあと一時間ももつかもたないかだ」

誰がきくかよ、とセス・モーリーは思った。操縦盤のほうににじりよると、二つある座席の片方に手をのばした。無傷のほうの腕でからだを引き上げ、バランスを崩してばたばたしながらも、徐々に定位置にからだをおさめていった。

「きみは高速スクウィブの操縦訓練を受けていないだろう」とスピーカーが言った。明らかになんらかのモニターが船内にあって、こちらの行動を外に伝えているのだ。

「飛ばせるとも」とモーリーは鼻を鳴らして息を吸った。胸に重しが乗せられたようで、息をするのがかなり困難だった。ダッシュボードのスイッチのグループには、テープ・プログラム済み飛行パターンと記されていた。全部で八パターン。その一つを適当に選び、スイッチを押しこんだ。

何も起こらなかった。

まだ牽引ビームに乗ってるからだ、と気づいた。ビーム・ロックを解除しなくては。ロックを見つけて、カチッと切った。スクウィブは機体をふるわせ、それから徐々に夜空へと上昇した。

何かおかしい。スクウィブがうまく動いていない。フラップが着陸位置のままなんだろう。

もうほとんど目が見えなかった。操縦席もまわりで霞みはじめた。目を閉じ、身ぶるいしてもう一度目をあけた。神さま、気絶しそうだ。この船は私が見てないと落っこちてしまうだろうか。それともどこかへ自動的に向かうんだろうか。もしそうなら、どこへ？

そこで倒れ、椅子から床へと転がり落ちた。まわりを闇が取り巻いて、モーリーをも包んでしまった。

モーリーが気を失ったまま床に横になっている間も、スクウィブはどんどん飛び続けた。

悪意に満ちた白い光が顔を激しく照らした。焼けつくようなまばゆさを感じて、もう一度きつく目を閉じた——が、光をさえぎりきれなかった。「やめろ」と言って腕をあげようとしたが、腕が動かせない。そこでなんとか目があいた。あたりを見回すと、からだが虚脱感でふるえた。

黒レザー制服の男二人は静かに横たわったままだった……それも最後に見たままの姿勢で。わざわざ調べるまでもなく、二人とも死んでいるのは明らかだった。ということは、ベルスノアも死んだんだ。あれは気絶させる武器じゃない——殺す武器なんだ。

いま、どこだろう。

スクウィブのモニタースクリーンはつけっぱなしだったが、レンズのまっ正面になにか障害物があるらしかった。見えるのは白い平らな表面だけ。

モニタースクリーンの表示範囲を動かすトラックボールをまわしながら、モーリーはつぶやいた。ずいぶんたったようだ。怪我をした肩をそっとさわってみた。出血はとまっていた。するとあいつら、ウソをついたんだろうか。バブルが意外にもまっとうな手当てをしてくれたんだろうか。

モニタースクリーンに映ったのは——

巨大な都市の廃墟だ。それも船の真下に。スクウィブは都市の網の目のような建築物のてっぺんにある着陸ポートにとまっていた。

動きもない。生命もない。誰もこの都市には住んでいない。モニタースクリーンに見えたのは衰退と圧倒的な果てしない崩壊だけだった。まるで形相破壊者の都市のようだ。操縦盤の上のスピーカーは何も言わなかった。あいつらからも助けは得られないわけだ。一体全体ここはどこだ？　これだけの規模の都市が、うち捨てられ崩壊するに任されたところなんて、この世にあったっけ。腐食と腐敗にまかされるなんて。もう一世紀も放棄されたままにちがいない！　そう思うとモーリーは啞然とした。

よろよろと立ち上がって、船のハッチに向かった。それを電動で開けると――手動クランクであければもっと速いのだがそれだけの体力がなかった――外をのぞいた。

空気はよどんで冷たかった。きき耳をたてた。音もない。

残った体力をかき集め、脚をひきずりつつスクウィブの外によろめき出ると、屋上に出た。

誰もいないんだ。

わたしはまだデルマク・Oにいるんだろうか。ふとそう思った。

デルマク・Oにはこんなところはない。だって、デルマク・Oは人類にとって新世界のはずだ。まだ入植していないんだもの。私たち十四人の小入植地がはじめてだったんだ。

それなのに、こいつはえらく古い！

這うようにしてよたよたとスクウィブ船内にもどり、操縦盤のところへ転がりこむと、ぶきっちょに席についた。しばらくすわったまま考えこんでいた。どうしよう。なんとかデルマク・Oに戻る方法を見つけなくては。まず時計を見た。あれから十五時間。黒レザーの制服を着た二人組に誘拐されてから、ざっとそのくらいだ。グループの他のみんなは無事だろうか。それともみんな殺《や》られてしまったろうか。

自動操縦があった。音声コントロール・ユニットがついていたっけ。

そのスイッチを入れて、マイクにこう告げた。「デルマク・Oに行ってくれ。いますぐ」マイクを切り、後ろにもたれて、待った。

船は何もしなかった。

「デルマク・Oの場所は知ってるか」とマイクに言った。「そこへ連れてってくれ。十五時間前にこの船はそこにいたんだ。覚えてないか？」何もなし。答えもないし、船も動かない。イオン推進エンジンが点火する音も聞こえなかった。そうか、デルマク・Oへの飛行パターンは登録されていないんだ。レザーの二人は手動でスクウィブを操縦していったにちがいない。あるいは私が装置をちゃんと使えていないだけか。

動かない頭をふりしぼって、操縦盤を調べてみた。スイッチやダイヤル、ノブ、トラックボール……表示のあるものはすべて読んだ。手掛かりなし。何もわからなかった——まして、手動で操縦する方法なんてわかるわけがない。それにどこにいるかわからないから、どこへも行けない。でたらめに飛びまわるのがせいぜいだ。それもこいつを手動で動かす方法がわかったとしての話だが。

ふとスイッチが目にとまった。最初に見たときは見過ごしていたものだった。「説明」と書かれたスイッチだ。それをパチッとつけた。しばし、何も起こらなかった。それから操縦盤上部のスピーカーが作動してしゃべりはじめた。

「ご質問は」

「現在位置は」

「それはフライト情報へどうぞ」

「操縦盤にはそれらしきものは見当たらない」

「操縦盤にはありません。操縦盤右手天井についております」

なるほどその通りだった。

フライト情報ユニットのスイッチを入れてからこう言った。

「いまどこだか教えてくれ」

ノイズが聞こえた。何かが作動している様子だ。かすかにザザザッという音がきこえ、ほとんどうなりのようだった。機械装置が始動した。そしてスピーカーからボコーダによる声が響いた。電子的に合成した人間の音声だ。「かぁぁぁしこまりまぁぁぁしたぁぁぁ。あぁぁぁなたはロンドンにいぃぃぃぃますぅぅぅ」

「ロンドンだと!」モーリーは仰天しておうむ返しに言った。「何でまた?」

「飛んんんで来たからですぅぅぅ」

そう言われて考えこんでしまったが、まるで見当がつかなかった。

「お前の言ってるのは地球《テラ》はイギリスのロンドン市のことか」

「そぉぉぉうですぅぅぅ」

しばらくしてやっと気をとりなおし、次の質問をしてみた。「このスクウィブでデルマク・Oまで飛べるか」

「そぉぉぉれですとぉぉぉ六年の飛行にぃぃぃなりますぅぅぅ。こぉぉぉぉのスクウィブはそのような飛行用の装備をしておりませぇぇぇん。たぁぁぁとえばぁぁぁ惑星重力脱出速度が得ぇぇぇぇられるほどのぉぉぉ推進出力がぁぁぁありません」

「地球《テラ》ね」まあそれで廃墟の都市は説明がつく。地球《テラ》の大都市はすべて放棄されたと聞いた。もはや何の役割も果たしていない。そこに居住する者もいない。逃避主義者たち以外はみんな移住してしまったからだ。

「するとこのスクウィブは、近距離用高速シャトルで、単一惑星上での飛行専用なのか」

「はいぃぃぃ」

「するとこの船でロンドンに来たとすれば、同じ惑星上の別の地点からということになるな」

「はいぃぃぃ」

頭が割れるように痛かった。顔はグリースのようにべとつく冷汗にまみれていた。「私の来たコースを逆算できるか。私がどこから来たのかわかるか」

「はいぃぃぃ。ここへ来たときの出発地点はぁぁぁ、座標#3R68・222B。その前はぁぁぁ――」

「その座標表現ではわからん。ことばで説明できないか」

「いぃぃぃぃいえ。表現すぅぅぅることばがあぁぁぁありませぇぇぇん」

「そこに戻るようスクウィブをプログラムできるか」

「はいぃぃぃ。座標をフライト制御装置に入力しますぅぅぅ。緊急時に自動制動をかけるようフライトォォォをモニタァァァすることもできますぅぅぅ。いぃぃぃかがでしょぉぉぉぉう」

「ああ」と言ってモーリーは、疲れきって痛みに襲われながら、操縦盤の垂直フレームにつっぷした。

フライト情報が言った。「いぃぃぃ医療処置がご入り用ですかぁぁぁ」

「ああ」とモーリー。

「スゥゥゥクウィブをぉぉぉ最寄りの医療ステェェェエションに向かわせましょうかぁぁぁぁ」

モーリーはためらった。意識の奥底でまだ動いている何かが、断れと告げた。「大丈夫だ。どうせ短い旅だろう」

「はいぃぃぃ。そぉぉぉれでは#3R68・222Bへの飛行用にぃぃぃ座標を入力いたしますぅぅぅ。そぉぉぉれとぉぉぉ緊急時の自動制動モニタァァァもつけますぅぅぅ。いぃぃぃ以上でよぉぉぉろしいですかぁぁぁ」

答える力もなかった。肩の出血がまた始まった。どうやら思ったよりたくさん出血したようだ。

まるでプレイヤー・ピアノにあるようなランプが点滅しはじめた。明滅する明かりのぬくもりが何とか感じられた。スイッチが自動的についたり消えたりした……まるでボーナス・ゲームが始まろうとしているピンボール・マシンの上に伏せているみたいだった。今回のやつは、黒くわびしいボーナス・ゲームだった。するとスクウィブはなめらかに真昼の空へと上昇した。そしてロンドン上空――これが本当にロンドンだったらの話だが――を旋回すると、西に向かった。

「着いたら呼んでくれ」モーリーはぼそっと言った。

「はいぃぃぃ。起こしますぅぅぅ」

「本当に機械相手にしゃべってるのかね」モーリーはつぶやいた。

「技術的に言えば、わたくしはプロト・コンピュータ上の無生物人工構築物ですがぁぁぁ

――」それはしゃべり続けたが、モーリーには聞こえなかった。セス・モーリーは再び気を失ったのだ。

スクウィブは短い飛行を続けた。


「まもなく座標#3R68・222Bに到着いたします」かん高い声が耳もとでわめき、モーリーは跳び起きた。

「ありがとう」と言って重い頭をもたげ、まだ焦点の定まらない目でモニタースクリーンを見た。巨大な物体がスクリーンいっぱいにひろがった。一瞬、なんだかわからなかった――居留地でないのは確かだ――その時、スクウィブがあのビルに戻ってしまったのに気がついて、モーリーは震えあがった。

「待った。着陸するな」とモーリーは逆上して叫んだ。

「でもここが座標#3R68――」

「その命令は取り消す。その前の座標位置に連れてってくれ」

少し間をおいて、フライト情報ユニットはこう言った。「そぉぉぉれ以前のフライトは手動で位置をプロットしたものですぅぅぅ。しぃぃぃたがって、誘導装置にはぁぁぁ記録がありませぇぇぇん。計算もぉぉぉできませぇぇぇん」

「わかった」予想はついていた。「OK」と言いながら、下のビルがどんどん小さくなっていくのを見守った。スクウィブは上昇してビルのまわりの旋回に入ろうとしていた。

「手動操縦に切り替えるにはどうしたらいいんだ」

「まぁぁぁずぅぅスイッチ10を押して自動操縦優先の取り消しを行います。それからぁぁぁ大きなトラックボールがありますねぇぇぇ。そぉぉぉれを前後左右にぃぃぃ動かしてください。船の航路が変わりますぅぅぅ。操縦をおまかせする前にぃぃぃ練習なさってはいかがでしょぅぅぅ」

「いいから切り替えろ」とモーリーは怒鳴った。はるか下のビルから、黒い点が二つ上昇してくるのが見えた。

「切り替え完了」大きなプラスチックのボールを転がした。スクウィブはいきなり跳びはね、のたうち、ガタガタ震えて下の乾いた土地へまっさかさまに突っ込んでいった。

「戻して、戻して。降下が速すぎますぅぅぅ」とフライト情報が警告するように言った。

ボールを少し戻して、こんどは比較的水平な飛行に入ることができた。

「追跡してくる二隻をふり落としたいんだが」

「あぁぁぁなたの操縦能力ではとぉぉぉうてい――」

「お前ならできるか」

フライト情報ユニットは言った。「わたしは数々のランダム飛行パターンを持っています。どれでもかれらをふり落とせる可能性は高いでしょぉぉぉう」

「どれでも選べ。それで使え」追跡船二隻はずっと接近していた。そして、モニタースクリーンに映ったそのノーズからはそれぞれ、八・八ミリ機関銃の銃身が突き出していた。いつ撃ってきてもおかしくない。

「ランダム飛行セット完了。シィィィトベルトをご着用くださいぃぃ」とフライト情報が告げた。

モーリーは片手でぶきっちょにシートベルトと格闘した。ようやくバックルをカチッとしめると、スクウィブはいきなり急上昇して、横転するとイメルマン・ループに入った……ループを完了したときには正反対の方向へ飛んでいて、追跡船のずっと上空にいた。

「さきの二隻がぁぁぁ、レェェェダァァァの照準をこちらにあわせています。フライト制御装置に適切な回避行動をとるようプログラムいたします。したがってしばし地表近くを飛ぶことになりますがぁぁぁ、ご了承ください」船はイカれたエレベータのように急降下した。気が遠くなって、腕に頭を乗せて目を閉じた。すると、またもや唐突に、スクウィブは水平飛行に入った。そして各瞬間ごとに、地形の高度変化にあわせて変化をつけながら飛んだ。

モーリーはすわったまま、船の上下旋回で気分が悪くなった。

なにか鈍い衝撃音がした。追跡してくる船が砲を撃ったか、空対空ミサイルを発射したのだ。一瞬で正気にかえり、モニタースクリーンを調べた。当たりは近かったのかな?

遠くのほう、荒れた地表面の彼方《かなた》に、黒煙が高く立ちのぼっていた。恐れていたとおり、ミサイルは船首をかすめたらしい。つまりいよいよ追いつめられたということだ。

「こっちは何か武装してないのか」とフライト情報にきいた。

フライト情報は答えた。「規定により、120Aタイプの空対空ミサイル二基を装備しております。追手の船に向けて発射するようにぃぃぃ発射装置をプログラムいたしましょうかぁぁぁ」

「ああ」とかれは答えた。ある意味で、つらい決断だった。相手に対して――かれらに限らず――初めて自発的に殺人行為に及ぼうというのだから。でも、砲撃を始めたのは向こうだ。向こうはこちらを殺すのに何のためらいもない。こちらが防御に出なければ、まちがいなく殺される。

「ミサイルゥゥゥ発射」別の新しいボコーダ音声が聞こえてきた。今度のやつは制御盤そのものから聞こえてきた。「弾道のぉぉぉビジュアル表示はぁぁぁ要りますかぁぁぁ」

「ごいぃぃぃりようですぅぅぅ」フライト情報が命じた。

スクリーンの画像が変わった。マルチ・スクリーンになって、両方のミサイルからそれぞれ画像が送られてきているのだ。

左スクリーンのミサイルは外れて、目標の横をぬけ、しだいに降下してやがて地面と衝突した。しかし二基目はまっすぐ標的に向かっていった。追跡船は旋回し、急上昇した……

……ミサイルも狙いを変え、そしてスクリーンは無音の白光にあふれた。ミサイルが爆発したのだ。追跡船の片方が消えた。

もう一方が、まっすぐこちらに向かって飛び続けた。それも速度を増しながら。相手のパイロットは、こちらが全火器を発射し尽くしたのを知っているのだ。戦闘面で、こちらはもう丸腰だった。残った相手もそれを承知している。

「砲はないのか」とモーリー。

フライト情報が告げた。「この船は小さいためぇぇ、そのようなぁぁぁ――」

「あるのかないのか」

「ありません」

「他に何かないか？」

「ありません」

モーリーは言った。「降参したい。こっちは怪我をしてるし、すわってるだけで出血多量で死にそうだ。できるだけすぐに着陸してくれ」

「かぁぁしこまりましたぁぁ」スクウィブは今度は下降した。そしてまた地面と平行に飛んだが、今回は制動をかけ、速度を落としながら飛んでいた。着陸用車輪をおろす機構が作動するのが聞こえ、ガタガタ揺れながらスクウィブは着地した。

スクウィブが跳びはね、振動し、タイヤをきしらせながらスピンするたびに、モーリーは苦痛でうめいた。

ようやく止まった。静寂。中央操縦盤にもたれ、追手の船の到着に聞き耳をたてた。そして待った。待った。無音。ただ空っぽの静寂だけ。

「フライト情報」と麻痺したように震えながら頭をもたげて言った。「向こうは着陸したか」

「通り過ぎていきましたぁぁぁ」

「なんで？」

「わかりませぇぇぇん。まだわたしたちから遠ざかりつつありますぅぅぅ。こちらのスキャナーが捕らえられる限界近くですぅぅぅ」しばらく間があった。「いまスキャナー探査範囲から出ました」

こちらが着陸したのに気がつかなかったのかもしれない。あの船――というよりそのパイロット――は、こちらの低空水平飛行をコンピュータ制御のレーダー攪乱用の戦術の一つと誤解したのだろう。

モーリーは言った。「また離陸してくれ。旋回して、その半径をだんだん広げていってくれ。このあたりにある居留地を探してるんだ」そして適当に方角を選んだ。「ちょっと北東寄りに飛んでくれ」

「かぁぁぁしこまりましたぁぁぁ」スクウィブは新しい動きで振動して、それからプロ式に上手に空に舞い上がった。

モーリーはまた休んだが、こんどはずっとモニタースクリーンを観察できるような位置で横になった。実は上手《うま》く見つけられるとは思っていなかった。小さな居留地だし、気の滅入る地勢のほうはといえば広大だ。でも――他にどんな道があるというのだ。

あのビルに戻る手があるか。でも、いまではあのビルに対してはっきりと生理的な反発をおぼえた。まえは入りたがっていたが、もう完全にその気が失せていた。

あれはワイン醸造所《ワイナリ》なんかじゃない。でも、それならあれは一体何なんだ？

わからなかった。わかりたくもなかった。

何かが右のほうでキラッと光った。何か金属だ。グロッギーになりながらも注意をそちらに向けた。操縦盤の時計を見ると、スクウィブが渦巻き飛行をすでに一時間近く続けているのがわかった。うとうとしちゃったかな。目をこらして、光ったのが何か見ようとした。小さな建物群だった。

「あれだ」

「あそこに着陸いたしますか」

「ああ」モーリーは身を乗り出し、凝視した。凝視して確かめようとした。

居留地だった。

14

セス・モーリーが電動ハッチ開放装置を作動させていると、小さな——悲しいほど小さな——男女の群れが、陰鬱にとぼとぼと停泊したスクウィブのほうに近づいてきた。よろめき出て、ふらふらと立ちつくし、弱りつつある精力を何とか保とうとしているモーリーを、一同は哀しげに見つめた。

みんなそろっている。厳しい表情のラッセル。妻のメアリーは、警戒して顔をこわばらせていた——それがこちらを認めて一気にほころんだ。疲れた様子のウェード・フレーザー。ミルトン・バブル医師は、無意識のうちにわけもなくパイプを嚙んでいる。イグナッツ・サッグはいなかった。

グレン・ベルスノアも。

重苦しくセス・モーリーは言った。「ベルスノアは死んだんでしょう」

みんなうなずいた。

ラッセルが言った。「戻ってきたのはあなたが最初だ。昨晩遅く、ベルスノアが警備についていないのに気がついた。診療室の戸口で見つけたよ。もう死んでいた」

「感電死だ」とバブル医師。

「それにあなたもいなくなってたし」とメアリー。その目は、夫が帰ってきたにもかかわらずうつろで絶望に満ちていた。

「あんた、診療室のベッドに戻ったほうがいい。まだ生きてるのが不思議なくらいだ。え、そんなに血だらけになって」とバブルが言った。

みんなに手を貸してもらって診療室に戻った。メアリーが必要以上に念入りにベッドを整えた。セス・モーリーはふらふらと立ったままそれが終わるのを待って、それからみんなが自分を横たえ、枕を置いてくれるのにまかせた。

バブルが言った。「あんたの肩にもう少し処置をしよう。たぶん動脈からの漏れがあって——」

セス・モーリーは言った。「ここは地球なんだ」

みんなこちらを見つめた。バブルは凍りついた。そしてセスに向きなおったが、すぐにまた手術用具での作業に機械的に戻った。時が流れた。誰も何も言わなかった。

「あのビルは何なんだ」とうとうウェード・フレーザーが言った。

「知らない。でも、私がかつてあそこにいたことがある、と言われた」すると心のどこかのレベルで、実は知っているわけだ。私たち全員が、実は知っているのかも。過去のある時点で、私たちすべてがあそこにいたのかもしれない。しかもいっしょに。

「なぜ我々を殺すんだ」とバブル。

「それもわからない」セス・モーリーは答えた。

メアリーが言った。「なぜ地球にいるとわかったの」

「しばらく前にロンドンにいた。この目で見たんだ、あの古代の遺棄された都市を。何キロも何キロも続く、何万もの崩れかけた廃屋や工場や街路。地球外では匹敵するもののない都市。かつては人口六百万を擁した都市だ」

ウェード・フレーザーが言った。「でも地球《テラ》には収容所しかないはずなのに！　逃避主義者しかいないはずなのに！」

「それと西惑星間連合の兵舎と研究施設ね」とセス・モーリーは言ったが、その声は消え入りそうだった。確信も熱意もない声だった。「私たちは実験体なんだ」とにかくこう言った。「昨晩推測したとおりだ。トリアトン将軍の実施している軍事研究だ」だが自分でもそんなことは信じていなかった。「黒レザーの制服を着るのは軍のどの部門だろう。それと長靴《ちょうか》……というのかな」

ラッセルが、落ち着いた、無関心な声で言った。「収容所看守だよ。士気を高めるお仕着せだ。なにせ逃避主義者にまじって働くのはとても気が滅入るからね。三、四年前に新しい制服を導入したおかげで、隊員の士気もずいぶん高まったんだ」

ラッセルに向きなおって、メアリーが探るようにたずねた。「いったいなぜそんなことを知ってるの？」

「だって、わたしもその一人だもの」ラッセルは平然と続けた。上着を探って、輝く小さなエルグ銃を取り出した。「わたしたちはこういう武器を持っている」とそれをみんなに向けて、かたまっているように身ぶりで指示した。「モーリーが逃げ出したのは万に一つの偶然だった」ラッセルは自分の右耳を指差した。「定期的に連絡をうけていたものでね。モーリーがこちらに向かっているのは知っていたけれど、でもわたしも――そして上官たちも――絶対たどりつけるとは思ってなかった」そしてにっこりした。優雅に。

鋭い、ズンッという音がした。それも大きな音だ。

ラッセルは半ばふりかえったところで、倒れ、武器を取り落とした。何だろう、とセス・モーリーはつぶやいた。身を起こして目をこらした。見えたのは何かの輪郭、それも人の輪郭で、それが部屋に歩いて入ってきた。歩む者かな？　地を歩む者が救いにきてくれたのかな？　その人物は銃を持っていた。鉛弾の出る旧式の拳銃だ。ベルスノアの銃だ、と気がついた。でもあれはイグナッツ・サッグが持っているはずだ。わけがわからない。

他のみんなも同様で、銃を持った男が踏み込んでくると、無秩序に散らばった。

イグナッツ・サッグだった。

床にはラッセルが倒れて死にかかっていた。サッグは身をかがめてエルグ銃を拾うと、自分のベルトにさした。

「戻ったぜ」サッグは残忍に言った。

「あれを聞いたか」とセス・モーリー。「いまラッセルの言ったことを聞い――」

「聞いた」サッグはためらったが、それからエルグ銃を取り出した。そしてそれをモーリーに渡した。「誰かトランキライザー銃を取ってこい。三つとも要る。他にねえか。スクウィブの中はどうだ」

「二丁ある」とセス・モーリーはサッグからエルグ銃を受け取った。お前は私たちを殺すつもりはないらしいな、と思った。イグナッツ・サッグの精神異常じみた表情はゆるんでいた。サッグ特有のわざとらしいびくついた様子も和らいでいた。サッグは落ち着いてすきがなかった。しかも正気だった。

「おれの敵はあんたらじゃない。こいつらだ」とサッグはベルスノアの銃でラッセルのほうをしゃくってみせた。「グループの中の誰かが敵なのはわかっていた。ベルスノアだろうと思っていたんだが、まちがっていた。すまねえ」しばらくかれは無言だった。のこりのみんなも無言だった。何が起こるのかと待っていた。間もなく何かが起きるのはみんなわかっていた。武器五丁。哀れな、とセス・モーリーは思った。相手は空対地ミサイルを持っている。八・八ミリ機銃も。他に何を持っていることやら。そんなのを相手に戦っても意味があるのだろうか。

「あるとも」とサッグ。こちらの表情を読んだらしい。

「たぶんその通りだな」とセス・モーリー。

「この実験の正体がわかったような気がする」とウェード・フレーザーが言った。他のみんなは続きを待ったが、かれは黙っていた。

「言ってくれ」とバブル。

「確かなことがわかるまでは言えない」とフレーザー。

私も知っているような気がする、とセス・モーリーは思った。でもフレーザーは正しい。絶対に確実となるまで、完全な証拠があがるまで、口にするのも避けたほうがいい。

「地球《テラ》にいるのは知ってたけど」メアリー・モーリーが静かに言った。「月でわかったの。地球の月の写真は見たことあったし……ずっと昔、子供のころだけど」

「それでそこからどう推測した？」とウェード・フレーザー。

メアリーは「あたし――」と言いかけてためらい、夫のほうをチラッと見た。「これ、西惑星間連合の軍事実験じゃないの？　みんなもそう思ってるんでしょ？」

「ああ」とセス・モーリー。

「もう一つ可能性がある」とウェード・フレーザー。

「言うな」とセス・モーリー。

「言うべきだと思うね。目をそむけず、大っぴらにして、それが正しいかどうか調べて、相手と戦うかどうかはそれから決めるべきだ」

「言ってくれ」バブルは緊張のあまりどもった。

ウェード・フレーザーが言った。「我々は犯罪性精神異常者なんだ。そして前に、おそらくはずっと、何年も、あの我々が『ビル』と称している施設のなかに収容されていたんだ」ここでためらった。「つまりあのビルは、監獄兼精神病院ということになる。監獄といっても――」

「この居留地はどうなる」とバブル。

「実験だ。でも軍のじゃない。監獄病院の担当による実験だ。我々が外に出しても機能できるかどうか試そうというんだ。うまくいけば、地球から離れた惑星にでも送り出すつもりだったんだろう。そして我々は失敗した。殺しあいを始めてしまった」フレーザーはトランキライザー銃を指差した。「トールチーフはこれで殺されたんだ。それがことの起りだった。君がやったんだ、バブル。君がトールチーフを殺した。スージー・スマートも君か？」

「それは私じゃない」バブルは弱々しく言った。

「でもトールチーフは君だな」

「なんでだよ」イグナッツ・サッグがバブルにきいた。

「私は——我々の正体の見当がついた。それでトールチーフがラッセルの任にあたっているのかと思ったんだ」

「スージー・スマートは誰が？」セス・モーリーはフレーザーにたずねた。

「わからん。そっちは手掛かりがない。バブルかもしれん。君かもしれんよ、モーリー。じゃあ君が殺したのか？」フレーザーはモーリーを見つめた。「いや、ちがうようだな。じゃあイグナッツかもしれない。でも、言いたいことはわかるだろう。つまり、我々全員がそうする可能性を持っているということだ。みんなにそういう傾向がある。それだからあのビルに収容されたんだ」

メアリーが言った。「スージーを殺したのはあたしよ」

「なぜ？」セス・モーリーには信じられなかった。

「だってあなたにあんなことをしてたじゃない」妻の声はまったく平然としていた。「それにあたしも殺そうとしたわ。あんなビルのレプリカを訓練してて。だから正当防衛よ。あの女がみんな仕切ってたのよ」

「信じられん」とセス・モーリー。

「そんなにあの女を愛してたの？　あたしがなぜ殺《や》ったかもわかんないの？」とメアリーは詰問した。

「知りあったばかりの人だったんだぞ」

「フン、あそこまで深入りする程度には――」

「もういい。今さらどうでもいいことだ。フレーザーに一理ある。おれたちみんな、やる可能性はあったし、実際にやったやつがいたわけだ」と言ったサッグの顔はピクピクひきつった。「おれはそんなの認めんぞ。そんなのは信じられん。おれたちが犯罪性の気狂いだなんて」

ウェード・フレーザーが言った。「殺人のことだが、私はずいぶん前からここの全員が潜在的な殺意を秘めているのに気がついていた。自閉が顕著に見られるし、然るべき情緒反応の欠如はまさに分裂病的だ」かれはメアリー・モーリーを冷酷に示した。「彼女がスージー・スマートを殺した話をするのを見たか。屁でもなかったように平然としている」そしてバブルを指した。「それにかれのトールチーフ殺害はというと――バブルはろくに知りもしない男を殺したんだぞ……相手が権力側の人間かもしれない――かもしれないというだけで！ それも権力側のどういう役目の人間かもわからずに殺したんだ」

しばらくだんまりが続いて、バブル医師が言った。「わからんのは、誰がロッキンガムさんを殺したかということだ。あの善良で立派な、教育もある女性……あの人は誰にも危害を加えたりしなかった」

「誰にも殺されていないのかもしれない」とセス・モーリー。「虚弱な人だったし、連中が連れだしたのかもしれない。私を連れだしたみたいに。死なずにすむようによそに移しに来たんだ。私が連れ去られたときにやつらのした説明はそういうことだった。バブルの肩の処置は不備だからこのままだとじきに死ぬというんだ」

「それ、信用するのかよ」イグナッツ・サッグがたずねた。

セス・モーリーは正直に答えた。「わからない。本当なのかもしれない。だって、殺すつもりならこの場で撃ち殺すことだってできただろう、ベルスノアみたいに」連中が殺したのはベルスノアだけなのか。残りは私たちが手をくだしたのか。するとフレーザーの理論を裏付けるわけか……それに、連中がベルスノアを殺すつもりだったのかは定かでない。急いでいたから、自分のエルグ銃が気絶の位置にあわせてあるものと勘ちがいしたことも十分考えられる。

それに、連中は私たちをこわがっていたようだ。

メアリーが言った。「たぶん、できるだけあたしたちに介入したくなかったのよ。だって、実験ですもん。結果がどうなるか見たかったのよ。それでそれを見届けたから、ラッセルを送りこんだんだわ……そしてベルスノアを殺した。でも、ベルスノアを殺すのも別に悪いとは思わなかったのかもしれないわ。だって、トニーを殺したでしょ。あれが、ええと――」女は言葉に迷った。

「過剰防衛」とフレーザー。

「そうよ、あれが過剰防衛なのはあたしたちにだってわかるわ。剣を取り上げるなら他にやりかたがあったはずよ」メアリーは夫の怪我をした肩に手を置いた。そうっと、でも気持ちをこめて。「だから連中はセスを救《たす》けようとしたのよ。この人は誰も殺さなかったわ。無罪だったわ。ところがあなたたなら――」とイグナッツ・サッグにしかめっ面をしてみせた。「あなたたなら忍びこんで、怪我して寝ているこの人を殺しかねないでしょう」

　イグナッツ・サッグは知ったことかというジェスチャーをしてみせた。相手にしないという態度だ。

「それでロッキンガムさんだけど、あの方も誰も殺さなかったわ。だから救けられたのよ。この種の実験がだめになるときには、連中としては当然、できるだけ沢山の被験者を救おうと――」

「君の言うことは、なべて私が正しいことを示しているようだな」フレーザーが尊大な態度で言った。まるで他人事のような顔をして、自分には関わりのないことであるかのように。

　セス・モーリーが言った。「他に何か要因が作用しているはずだ。でなければここまで殺しをながびかせるわけがない。やつらは知らなかったんだろう。少なくともラッセルを送りこむまでは。でもその後にはわかったはずだけれど」

　バブルが言った。「我々をきちんと観察していなかったんじゃないか。あんなミニチュア・テレビカメラをしょってうろうろしているような人工ムシに頼っているんじゃあ――」

「絶対、他に何かあると思う」とセス・モーリー。妻に向かって言った。「ラッセルのポケットをあたってみてくれ。ありったけ調べるんだ。服のラベルとか、腕時計だかにせの腕時計だかはどんなものかだとか、あっちこっちに隠してある紙きれだとか全部」

「ええ」と妻は答え、慎重にラッセルの真新しいジャケットを脱がせはじめた。

「そいつを見せてくれ」メアリーが取り出した札入れを見てバブルが言った。「中身が見たい」女からそれを受け取って開けた。「身分証明書。ネッド・B・ラッセル。居住地、シリウス第三惑星ドーム居留地。二十九歳。髪：茶色。目：茶色。身長：百八十一・五センチ。B、C級航空船船操縦士資格」バブルはさらに札入れを探った。「既婚。若い女の立体写真がある。妻なのはまちがいない」さらに中身をあさった。「それにこれは、と。赤ん坊の写真がたくさん」

しばらく誰も何も言わなかった。

ようやくバブルが言った。「とにかく、何も価値のあるものはない。まるで情報が得られなかった」かれはラッセルの左袖をまくりあげた。「時計はオメガの自動巻きか。いい時計だ」茶色いキャンバス地の袖をもう少しまくった。「刺青だ。下腕の内側。面妖な。私の刺青と同じだ。それも場所まで」とラッセルの腕の刺青を指でなぞった。「『ペルサス9』」とつぶやくと、自分のカフスを外して左袖をまくりあげた。なるほど、同じ刺青がまったく同じ位置にあった。

セス・モーリーが言った。「私のは足の甲にある」面妖だな。こんな刺青のことは何年も考えたことがない。

バブル医師がたずねた。「あんたはどうしてそんな刺青をされたんだ？　私はこんなものを彫られたおぼえはないんだが。ものすごく昔のことだ。それにどういう意味かも忘れてしまった……意味を知っていたとすればの話だが。なにやら軍の認識票の一種のようにも見える。どこか場所を示しとるのかね。ペルサス9の前哨基地とか」

セスはグループの他のみんなを見まわした。みんなとても落ち着かない――そして不安そうな――表情を浮かべていた。

「みんなこの刺青があるのか」ながいながい時間が過ぎて、バブルが言った。

「誰か自分の刺青を彫られたときのことを覚えてないか？　あるいはなぜとか？　どういう意味かとか？」とセス・モーリー。

「私のは赤ん坊の頃からついていた」とウェード・フレーザーが言った。

「あんたが赤ん坊だったことなんかない」セス・モーリーがかれに言った。

「何をわけのわかんないこと言ってるの」とメアリー。

「いや、その、赤ん坊時代のフレーザーなんてとても想像できないって意味だよ」とセス

・モーリー。

「でもそうは言わなかったじゃない」

「どう言おうがかまわんだろうが」モーリーは抑えがたい苛立《いらだ》ちをおぼえた。「するとみんな共通点が一つあるわけだ――からだに彫りこまれたこのしるしだ。たぶん、死んだ人たちにもついていたんだろう。スージーやその他にも。ここは一つ、目をそむけずに認めよう。私たち全員、脳のどこかに記憶の欠落箇所がある。そうでなければこの刺青の彫られた理由や、この意味を知っているはずだ。ペルサス9というのが何だか――あるいは刺青が彫られた時点でペルサス9というのが何だったのかも知っているはずだ。これで犯罪性精神異常者仮説は裏付けられてしまったようだ。たぶんあのビルの囚人だったときにこのしるしを彫られたんだろう。ビルに収容されていたのを覚えていないから、刺青されたのも覚えていないわけだ」モーリーは考えこんで自分のなかにひきこもってしまい、しばらくはまわりのみんなのことも忘れていた。「そう、ダッハウみたいに」と口にした。

「たぶん、この刺青の意味をつきとめるのはすごく重要なことだと思う。だって、私たちが何者で、この居留地が何かという問いに対する初の確固たる鍵だからね。さあて、どうやってペルサス9の意味をつきとめようか。誰か提案は?」

「スクウィブの説明用ライブラリーなんかいけるかも」とサッグ。

「かもね。やってみよう。でも、まずテンチにきいたらどうかと思う。そのときには私も行きたい。スクウィブに乗せていっしょに連れてってくれ」だって、置いていかれたら、ベルスノアみたいに殺されてしまうだろう、と思った。

バブル医師が言った。「ちゃんと乗れるように面倒を見よう。ただし、条件がある。先にスクウィブの説明ライブラリーにきくんだ。もしそれで何もわからなければ、テンチのところまで出向こう。でも、スクウィブが説明できたら、そんな面倒なことは――」

「結構」だがモーリーは、船の説明サービスでは何もわからないのを知っていた。

イグナッツ・サッグの指示で、みんなはセス・モーリー――そして自分たち――を小さなスクウィブに乗せる作業にかかった。


再びスクウィブの操縦席について、セス・モーリーは「説明」のスイッチを入れた。

「はいぃぃぃ、ご用はぁぁぁ」とかん高い声が聞こえた。

「ペルサス9という検索語は何を指している？」とたずねた。

シャーという音がして、ボコーダの声が答えた。「ペルサス9なるものにぃぃぃついての情報はぁぁぁありません」

「もしそれが惑星なら、お前は確実に記録を持っているのか？」

「はぃぃぃ、それが西惑星間連合か東惑星間連合当局の記録にあればぁぁぁ、確実に」

「ありがとう」セス・モーリーは「説明」サービスを切った。「こいつじゃわからないという気がしていた。テンチなら知っているだろうという気はもっとする」それに、この問いをたずねることで、テンチの究極の目的が果たされるという気がなぜかする。なぜそう思うのかは自分でもわからなかった。

「おれが操縦する。あんたは怪我がひどすぎる。横になってろ」とサッグ。

「こんなに人がいるし、横になる余地なんかない」とセス・モーリー。

みんなつめてくれた。モーリーはありがたく横になった。スクウィブは、イグナッツ・サッグの操縦で、空に駆け昇った。殺人者がパイロットか、とセス・モーリーは思った。それに医者も殺人者。女房だって女殺人者じゃないか。モーリーは目を閉じた。

スクウィブは、テンチを探して飛び続けた。

「あそこだ。船をおろせ」とモニタースクリーンを見つめていたウェード・フレーザーが言った。

「OK」サッグが上機嫌で操縦用トラックボールを動かした。船は即座に降下をはじめた。

「連中はこっちがいるのに気づくだろうか、あのビルの連中」バブルは心配そうだった。

「たぶんね」とサッグ。

「もう戻れない」とセス・モーリー。

「戻れるに決まってるじゃん。誰も言い出さなかっただけだ」とサッグは船の操縦を調節した。船は長い滑らかな着陸をして、派手にゆれながら止まった。

「下ろしてくれ」モーリーはよろよろと立ち上がった。またもや耳鳴りがはじまった。まるで六十ヘルツのハム音が頭のなかを伝わってゆくみたいだ。恐怖だ。恐怖のあまりこんなざまになっているんだ。怪我のせいじゃない。

一同は用心深く、スクウィブから乾燥した不毛の地上へと踏み出した。かすかな、何かが燃えるような匂いが、また鼻をついた。メアリーは匂いから顔をそむけ、立ち止まって鼻をかんだ。

「川はどこだ」セス・モーリーはきょろきょろした。

川は消えていた。

それとも私たちのほうがちがう場所にいるのかもしれない。テンチが移動したんじゃなかろうか。その時見えた――それも程近くに。テンチはまわりの環境に、ほとんど完全に姿を溶け込ませていた。まるで尻尾《しっぽ》から砂にもぐって隠れるツノトカゲだ、とモーリーは思った。

あわただしく、小さな紙きれに、バブルが質問を書いた。書き終えると、それをセス・モーリーに手渡した。確認のためだ。

ペルサス9とは何か？

「これでいいだろう」セス・モーリーは紙切れをみんなにまわした。みんな生まじめにうなずいた。「OK」モーリーはできるだけきびきびと言った。「テンチの前において」巨大なドロドロの原形質のかたまりは、こちらの存在に気づいているかのようにかすかに震えた。そして、質問が前におかれると、テンチは揺れはじめた……まるで私たちから遠ざかろうとしてるみたいだ、とモーリーは思った。前後に身をゆすり、明らかに苦しんでいる様子だった。一部は溶けて流れはじめた。

いい、いい、いい、なんかおかしい、とセス・モーリーは気がついた。前はこんな動きはしなかったぞ。

「下がれ！」バブルが注意して、セス・モーリーの良いほうの肩をつかみ、からだごと下がらせた。

「あらまあ、ばらばらになってきた」メアリーはさっさと背を向けて、駆け出した。テンチからそそくさと離れ、スクウィブに乗りこんでしまった。

「本当だ」ウェード・フレーザーも退却した。

「壊れはじめてるんじゃ――」とバブルが言ったとき、テンチが大きないななきを発してその声をかき消した。テンチは揺れ動き、色を変えた。下のほうからは液体がにじみだして、あたり一面に灰色の濁った水たまりをつくっていた。それから、みんなが啞然として喰い入るように見守る中、テンチは裂けた。まず二つに分裂し、一瞬後に四つになった。もう一度分裂したのだ。

「何かを産もうとしてるんじゃない？」セス・モーリーは気味の悪いいななきに負けないよう声をはりあげた。いななきは徐々に音量を増していた。そしていっそうせっぱつまった感じになってきた。

「何も産みやしない。壊れだしてる。あの質問で殺しちゃったんだ。あいつには答えられなかったから。だからかわりに破壊されてるんだ。永久に」とセス・モーリー。

「質問を撤回しよう」バブルはひざまずき、テンチ間近の位置から紙をひったくった。

テンチが爆発した。

一同はしばらく立ちつくし、口もきかず、かつてテンチだった残骸をながめていた。あたり一面ゼラチン……まんなかの残骸の山の周囲を、ゼラチンが丸くとり囲んでいる。セス・モーリーは二、三歩まんなかの残骸のほうに進んだ。逃げ出したメアリーたちも、おずおずと近づいてきて、モーリーと並んでそれを検分した。いったい自分たちが何をしでかしたのか見るために。

「どうして？」メアリーは動揺して詰問した。「たかがあんな質問で、どうして――」

「こいつはコンピュータなんだ」セス・モーリーにはゼラチンの下の電子素子が、テンチの爆発であらわになっているのが見えた。テンチの秘めた核心部――電子コンピューター――がむきだしになっている。線材、トランジスタ、プリント基板、テープ記憶用ドラム。チュールストン・ゲート反応クリスタルやイルマジウム・バルブ素子が地面のいたるところに何千となく散らばって、まるで中国の小さな爆竹みたいだ……そう、あれはレディー・クラッカーというんだっけ。かけらが四方八方に飛び散っていた。修理しようもないほど散乱してしまっている。テンチは、思ったとおり、永久に失われてしまった。

「するとテンチははじめっから機械だったのか」バブルは明らかにぼう然としていた。

「あんたでもそこまではわからんかったろう、え、モーリー?」

「こっちの思惑はまちがっていた。こいつがあの質問の答えを出せると思ってたんだが。答えの出せる生き物はこいつだけだと思っていたんだが」とセス・モーリー。それがとんまちがっていたわけか。

ウェード・フレーザーが言った。「少なくとも一つだけ君は正しかった。あの質問が要《かなめ》の質問だったんだ。それはまちがいない。でも、この先うつ手がない」

テンチのまわりの地面が煙りはじめていた。まるでゼラチン状の物質とコンピュータ部品がなにやら熱連鎖反応に突入したみたいだ。煙はなんだか気味が悪かった。セス・モーリーは、理屈はともかく事態の深刻さを肌で、第六感で感じていた。そうとも、私たちがはじめた連鎖反応だが私たちには止められない。いったいどうなることやら。すでに大きな地割れがテンチの横を走りだした。死にゆく苦悶するテンチから液体が噴き出し、いまは地割れに流れこんでいた……はるか下のほうから、低い地響きが聞こえてきた。何か巨大で堕落しきったものが、地上の爆発で眠りを覚まされたようでもあった。

空が暗くなった。

信じられない様子のウェード・フレーザーが言った。「おいモーリー、君はなにをしでかしたんだ、あの――質問で？」痙攣の発作でも起こしたような身ぶりをした。「ここが崩れだしたぞ！」

その通りだった。そこらじゅうに亀裂が走っていた。あとわずかでまともに立っていられるところもなくなりそうだ。スクウィブだ、とモーリーは気づいた。あれに戻らなきゃ。「バ、バ、バブル、みんなをスクウィブに乗せろ」と声を枯らして叫んだ。でもバブルはいなかった。騒然とした周囲の闇を見回したが、影も形もなかった――そして他のみんなも。みんなさっさとスクウィブに戻ったんだ。船のほうへ、全力をふりしぼって向かった。メアリーまで私を置き去りにして。ちくしょうどもめ。よろめきながらもスクウィブのハッチにたどりついた。開けっぱなしだった。

すぐ横に地割れが現れ、急速に広がって幅二メートル近くになった。そして見る間に大きくなる。気がついたときには、その深淵をのぞきこむかっこうになっていた。その底でなにかが蠢《うごめ》いている。ぬらぬらした、目のない、とても大きなものだった。それが黒い臭い液体のなかで、こちらを一顧だにせず泳いでいた。

「バブル」とうめき、モーリーはスクウィブに登るはしごの一段目になんとかとりついた。そこまで来ると、船の中も見えた。モーリーは無事なほうの手だけで、ぶきっちょにはしごをよじ登った。

スクウィブには誰もいなかった。

ひとりぼっちだ、とつぶやいた。下の地面の起伏につれて、いまではスクウィブが震えたり揺れたりしはじめた。雨が降りはじめた。熱く黒い滴《しずく》をからだに感じた。苦い雨だ。水ではない、もっと不快な物質みたい。雨粒は皮膚を焼いた。モーリーは船内に駆けこみ、息をきらせて咳きこみながら立ちどまって、他のみんなはどこにいってしまったのかと思った。なんの形跡もない。船のモニタースクリーンまで脚をひきずっていった……スクウィブはうねりはじめた。船体が震え、不安定になってきた。地面に引きこまれてるんだ。離陸せざるを得ない。もうみんなを探している余裕はない。モーリーはスイッチを叩きつけてスクウィブのエンジンに点火した。操縦用トラックボールを手前にまわすと、スクウィブは——自分一人を乗せて——暗く醜い空に舞い上がった……あらゆる生き物にとって不吉な空だ。船体をうつ雨音が聞こえた。何の雨だろう。酸性雨のようだ。いずれ船体を腐食させて、スクウィブと私とももども破壊してしまうかもしれない。

操縦席にすわって、モニタースクリーンの倍率を最高まであげた。その表示範囲を回転させると同時に、船そのものも周回軌道に乗せた。

スクリーン上にあのビルが現れた。川は荒れ狂う濁流となって、ビルに激しくうちよせている。ビルは最後の危険にさらされて、川に仮設の橋を渡していた。そしてその橋を渡る男女の群れが見えた。川を渡ってビルに入ろうというのだ。

いい、いい、みんな年寄りだった。灰色で弱々しく、怪我をしたネズミみたいにより集まって、一歩一歩ビルのほうへと進んでいる。とてもたどりつけまい。いったい何者だ？

モニタースクリーンに目をこらすと妻がいるのに気がついた。でも、他のみんなと同じく歳をとってしまっている。背はまがり、足元はおぼつかなく、怯えて……そしてスージー・スマートにも気がついた。それにバブル医師。もう全員見分けがついた。ラッセル、ベン・トールチーフ、グレン・ベルスノア、ウェード・フレーザー、ベティー・ジョー・バーム、トニー・ダンケルウェルト、バブル、イグナッツ・サッグ、マギー・ウォルシュ、バート・コスラー老――かれは前のままだった。元が年寄りだったからだ――それにロバータ・ロッキンガム、そしてしんがりにメアリー。

形相破壊者につかまってしまったんだ。それであんな目にあわされたんだ。いま、みんなは出身地に戻ろうとしている。永久にそこにとどまるんだ。そこで死ぬんだ。

モーリーをとり囲むスクウィブが振動した。船体にカンカン鳴り続けた。なにか硬い金属質のものが船体に当たっているのだ。スクウィブの高度をあげると、音は和らいだ。いったい何の音だろう、とモーリーはまたモニタースクリーンを調べた。
するとと見えた。

ビルが崩れだしていた。その破片の、プラスチックと合金を接合したものが、強い上昇気流にふきあげられたように空に舞いあがっていた。川に渡されたもろい橋も壊れ、それにつれて渡っていたみんなも死へと運ばれていった。みんな、橋のかけらといっしょに、怒濤のような濁流に落ち込んで消えた。でも同じことだ。ビルだって死につつあったのだから。ビルの中でもどうせ安全ではなかった。

生き残ったのは私だけだ、とモーリーはつぶやいた。悲しみでうめきつつ、トラックボールをまわすと、船は音をたてて軌道を外れ、居留地に戻る接線コースに乗った。

スクウィブのエンジンが止まった。

いまや聞こえるのは船体をうつ雨音だけだった。スクウィブは大きな放物線を描き、一瞬ごとに落ちていった。

目を閉じる。やるだけのことはやってきた。これ以上うつ手がない。もう疲れた。

スクウィブは地面に激突してはずんだ。椅子から床に放りだされた。船体のあちこちが破れ、もぎ取られた。苦い酸性雨がそこから降り注ぎ、モーリーをびしょ濡れにした。苦痛でどんよりした目をあけると、雨が服を腐食して穴をあけているのが見えた。そして、さらにからだをも溶かしつつある。そんなことが一瞬のうちに見てとれた——時間が止まってしまったような気がしたが、その間にもスクウィブは横転をくりかえし、ひっくりかえったまま地表を滑っていった……もう何も感じなかった。恐怖も、悲しみも、いまでは苦痛さえも感じなかった。船――そして自分――の死を、まるで他人事のようにただ受け入れた。

船はとうとう横滑りして止まった。静寂。ただ、からだをうつ酸性雨の音だけ。ぐしゃぐしゃの残骸に半ば埋もれてモーリーは横たわっていた。操縦盤やモニタースクリーンのかけらがみんな砕け散っていた。ああ、もう何も残っていない。じきに地面がスクウィブも私も飲み込んでしまうだろう。でもどうでもいいや。私はもう死ぬんだ。空虚と無意味さと孤独のなかで死ぬんだ。かつてのグループの一片たちみんなの後を追うんだ。仲裁神よ、私のために仲裁してくれ。私と交代してくれ。私のかわりに死んでくれ。

待った。でも雨の滴りが聞こえるだけだった。

15

グレン・ベルスノアは脳重合シリンダーを痛む頭から取りはずし、注意深く横におくと、ふらふらしながら立ちあがった。額をもむと痛みが走った。こいつはひどかった。今回はみんな失敗してしまった。

よろよろと船の食堂に向かい、びん詰めのぬるい水を飲んだ。それからポケットをごそごそ探って強力な鎮痛剤を探し出し、口に放りこんで、再処理水といっしょに飲み込んだ。

いまでは、各人も自分の区画のなかで身動きをはじめていた。ウェード・フレーザーは脳と頭蓋骨と頭皮を覆ったシリンダーをひっぱっていた。その数区画向こうでは、スー・スマートも単脳状態の活発な意識へと戻りかけているようだった。

スー・スマートが重いシリンダーを脱ぐのを手伝っていると、うめき声がきこえた。深い苦しみを悲しむ声だ。セス・モーリーだった。「わかったわかった。手が空きしだいそっちに行くから」

みんなこちらに戻ってきつつあった。イグナッツ・サッグはシリンダーを乱暴に引っ張り、なんとかあごのねじ式ロックを外した……そして目を見開き、青ざめた細面《ほそおもて》に不快そうなきつい表情を浮かべてすわりこんでいた。

「手を貸してくれ。モーリーがショック状態みたいだ。バブル医師《せんせい》を起こしたほうがいいんじゃないか」とベルスノア。

「モーリーなら大丈夫だよ。いつものことだ」サッグはしゃがれ声で言った。目をこすり、吐き気でもするかのように顔をしかめた。

「でもショック状態なんだ――かなりひどい死にかたをしたんだろう」

サッグは立ち上がり、ぶすっとした顔でうなずいた。「命令ならね、キャプテン」

「みんなを暖かにしてやるんだ。暖房のサーモスタットをもう一目盛り上げて」ベルスノアはうつぶせのミルトン・バブル医師の上にかがみこんだ。「起きろよ、ミルト」と同情するように言って、バブルのシリンダーを取りはずした。

あちこちで乗組員が身を起こした。うめいた。

そのみんなにベルスノア船長は大声で言った。「もう大丈夫だ。今回のやつは大失敗だったが、でもみんな――いつものように――すぐ元気になる。あんな目にあったとは言ってもね。脳重合の融合意識から単脳の平常意識の移行が楽になるように、バブル医師《せんせい》に注射かなにかしてもらおう」しばらく間をおいてから、もう一度繰り返した。

セス・モーリーは、震えるように言った。「私たちはペルサス9の船上なのか？」

「ああ、船に戻ってきた。ペルサス9におかえり。どういうふうに死んだか覚えてるか、モーリー？」

「ひどい目にあった」セス・モーリーはそう言うのが精一杯だった。

「ああ、例の肩の怪我もあったしね」ベルスノアは指摘した。

「いや、その後の話。テンチの後。スクウィブを飛ばしてたのを覚えている……エンジンが止まって分解したんだ──空中で崩壊した。私はひきちぎられたか、叩きつけられて粉々になったかした。船が地面をえぐりながら止まったときには、私のからだはもうスクウィブ一面に飛び散っていた」

ベルスノアは「だからって同情してもらえると思うなよ」と言った。「こっちだって、あの脳重合の融合意識のなかで、感電死させられたんだから」

スー・スマートは、長い髪をもつれさせて、ブラウスのボタンのすきまから右の胸をちょっとのぞかせながら、後頭部をそっとさわって跳び上がった。

「岩で殴られたんだよ」ベルスノアは教えてやった。

「でも、どうして？　何かいけないことしたかしら」スーはまだぼんやりしているようだった。

「君のせいじゃない。今度のやつは険悪になってしまった。みんな自分がながいこと貯《た》めこんでいた攻撃性を吐き出してしまったんだ、言うまでもないけれど」ベルスノアは自分がトニー・ダンケルウェルトを射殺したときのことをまだ覚えていた。もっとも努力してやっと思い出せる程度ではあったが。トニーは船員の中で一番若かった。あんまり怒らないでくれるといいんだが、とベルスノア船長は思った。怒れる筋でもない。だってダンケルウェルト自身、自分の敵意のはけぐちとして船のコックのバート・コスラーを殺してるんだから。

殺しあって、まさにお互いを消したわけだ。次のやつはこうならないことを願おう——そう祈りたいものだ！　筋からいえばましになるはずだ。前もそうだったけれど、いまの(なんだったっけ)デルマク・Oのエピソード一回の融合意識で、敵対心をかなり始末できたはずだから。

乱れた服装をいじりながらふらふらと立っていたバブルに向かって、ベルスノアは言った。「おい、仕事だ、先生。誰に何が要るか調べてくれ。鎮痛剤、精神安定剤、興奮剤……みんなおたくが必要なんだ。でも——」とバブルに口を寄せて、「切れかかってるような薬は処方するなよ、前にも言ったけど、でもどのみち無視するんだろうな」

バブルはベティー・ジョー・バームにかがみこんだ。「薬物治療は要るかね、バームさん」

「た——たぶん大丈夫」つらそうに起きあがりながらベティー・ジョー・バームは言った。「ただこうしてすわって休んでれば……」とかすかにつくり笑いをしてみせた。「溺れ死んだんだよね。グエッ」疲れたような、だがいまではホッとしたような表情になった。

そのみんなに向かって、ベルスノアは静かに、だが断固たる口調で言った。「今回の精神構築物は、二度と試したくないほど不快なものだったから、残念ながら削除することにする」

「だが非常に治療上の意義はあった。精神療法的見地からすればね」震える指でパイプをつけながらフレーザーが指摘した。

「手に負えなくなったわ」とスー・スマート。

バブルは、他の人々を見まわり、助けおこし、必要なものを見きわめつつ言った。「それも想定内だ。我々の言う完全なカタルシスってやつだ。この宇宙船のみんなの間に飛びかっていた、理由もない険悪な火花も、これで減るだろう」

ベン・トールチーフが言った。「バブル、あんたのおれへの険悪さもなくなってるだろうね。あんな目にあわせてくれて——」とにらんだ。

「『宇宙船』か」セス・モーリーがつぶやいた。

「そうだよ」ベルスノア船長は、ちょっと馬鹿にしたように、そして面白がっているような口調だった。「ほかに今度は何を忘れたのかね？　ブリーフィングしてあげようか？」待ったが、セス・モーリーは何も言わなかった。まだトランス状態にあるようだった。

「アンフェタミンかなにか、覚醒剤をやってくれ」ベルスノアはバブル医師に言った。

「こいつを正気にもどすんだ」セス・モーリーは毎回こんな具合だった。宇宙船と、脳重合による世界との間の、急激な移行への適応力に乏しいのだ。

「大丈夫だ」とセス・モーリーが言った。そして疲れた目を閉じた。

メアリーが手をついて立ち上がり、やってきて、隣にしゃがむと細い手を肩においた。肩の怪我のことを思い出して、その手から逃れようとした……ところで、不思議なことに痛みが消えているのを悟った。おそるおそる自分の肩を叩いてみた。怪我はない。血のにじむ傷もない。不気味な話だ。でも——どうやらいつだってこんなふうだ。覚えている限りではいつも。

「何か持ってきてあげましょうか」妻がきいた。

「お前は大丈夫か」ききかえすと、妻はうなずいた。「なぜスー・スマートを殺した?」と尋ねたが、妻の顔に険《けわ》しい表情が浮かんだのを見て「いや、いいんだ」と言った。「なぜだか知らんが、今回のやつは本当に癇《かん》に障《さわ》った。あんなに殺人が起きるなんて。あんなに多かったのはこれが初めてだ。最悪だった。最初の殺人が起きた時点で、心理ブレーカーを作動させて離脱すべきだったんだ」

「フレーザーが言ってたじゃない。あれは必要なことだったのよ。船での緊張が強くなりすぎてたから」とメアリー。

モーリーは考えた。あの質問でテンチが爆発した理由もいまではわかる。ペルサス9とは何か、なんてきかれて、爆発したのも無理もない。いっしょに全精神構築物が粉々にふっとんだのもわかる。

巨大で、いい加減うんざりするほど慣れ親しんだ船室が迫ってきた。再びこの場所を見て、陰鬱な恐怖をおぼえた。モーリーにとって、この船の現実はあの何とかいう惑星よりずっとひどいものだった。何と言ったっけ——思い出した、デルマク・Oだ。コンピュータに乱数で文字を出させて、それを並べてつくった名前だ……私たちはあの世界をつくりあげて、その創造物にはまってしまった。わくわくする冒険が、皆殺しになってしまった。終わった時点では本当に全員殺されてしまった。

カレンダーつき腕時計を見た。十二日が経っていた。実時間では、死ぬほど長い一日が丸々十二日も経っていたのに、脳重合時間ではわずか二十四時間ちょっと。もちろん、テケル・ウパルシンで過ごしたはずの「八年間」を数えれば別だが、それは計算に入れるべきではない。あれは融合の途中で精神に植えこまれた、人工の回想用データなのだ。脳重合での冒険のもっともらしさを増すための仕掛けだ。

何をでっちあげたんだっけ。ぼんやりと想いかえした。そうか、あの全神学体系だ。進んだ宗教について持っていたありとあらゆるデータを船のコンピュータに入力したんだ。テンチ889Bに、ユダヤ教、キリスト教、モハメット教、ゾロアスター教、チベット仏教などに関する詳細な情報を喰わせ、その複雑な情報の塊からテンチ889Bはあらゆる要素を合成した複合宗教を蒸留することになっていた。あれは私たちがでっちあげたんだ、と思うと当惑した。スペクトフスキーの本がまだ心に満ちていた。仲裁神、導製神、地を歩む者——あの残忍な形相破壊者さえも。人間の神に関するあらゆる情報のエッセンス——与えられた仮定、特に神は存在するという仮定から、コンピュータによって演繹《えんえき》された、気休め用の網、途方もなく論理的な体系なのだ。

それにスペクトフスキーか……モーリーは目を閉じて回想した。

エゴン・スペクトフスキーはこの宇宙船のもとの船長だった。船を操縦不能にした事故で、かれも死んだ。前船長を、今度の世界の基盤となっている銀河系中で崇拝されている本の著者にするというのはテンチ889Bによる気のきいたヒネリだった。エゴン・スペクトフスキーに対するみんなの畏敬と、ほとんど崇拝に近い感情は、うまいことデルマク・Oでのエピソードに持ち込まれていた。というのも、みんなにとって彼はある意味で神だったからだ。みんなの暮らしにおいては、神のような役割を果たしていたからだ。このヒネリは、創造された世界の説得力を増していたし、みんなの先入観にぴったりと一致した。

脳重合意識か。もともとは二十年の航行中の気晴らし用に開発された、逃避用のおもちゃだった。でも、旅は二十年で終わらなかった。みんなが一人ずつ死ぬまで続くのだ。いつか、見当もつかないほど遠い未来に、なにか起きて死ぬまで。無理もない。何もかも、ことにこの果てしない旅そのものが、みんなにとって終わりのない悪夢と化しているのだ。二十年なら持ちこたえただろう。終わるのがわかっているから。それならみんな、正気で元気でいられただろう。でも、例の事故が起こって、いまでは船は死に絶えた星のまわりを周回するだけだった。送信機も事故のせいでもはや動かず、そこで長い星間航行でよく使われる逃避用のおもちゃが、みんなの正気を保つよすがとなっていた。

それが一番心配なんだ。一人、また一人と狂気へ陥って、残された者の孤独がさらに増すのが恐ろしい。人間と、人間に関わるものすべてから切り離されてゆくのが怖い。神さま、アルファ・ケンタウリにみんな戻れればいいのに。それさえ――

でも、考えるだけ無駄だ。

船の整備員、ベン・トールチーフが言った。「我々がスペクトフスキーの神学を自前でつくりあげたなんて信じられんなあ。あんなにリアルだったのに。実に――スキがなかった」

ベルスノアが言った。「ほとんどコンピュータがつくったんだ。スキがないのは当たり前だよ」

「でも基本的なアイデアはぼくらのものだ」と言って、トニー・ダンケルウェルトはベルスノア船長を見つめた。「あそこでぼくを殺したね」

「我々はお互い憎みあってる。僕はおたくが嫌いだ。おたくは僕が嫌いだ。少なくとも、デルマク・Oの一件まではそうだった」ここでベルスノアはウェード・フレーザーに向きなおった。「おたくの言う通りかもしれん。いまではさほど苛つかない」そして陰鬱につけくわえた。「でもいずれ元どおりだ。一、二週間のちがいはあるかもしれないけれど」

「本当にみんなそんなに憎みあってるの？」スー・スマートがたずねた。

「ああ」とウェード・フレーザー。

イグナッツ・サッグとバブル医師が、高齢のロッキンガム夫人の立ち上がるのに手を貸していた。しわだらけの老いた顔を真っ赤にして、彼女はあえいだ。「ああこわい。もうとにかく恐ろしゅうございましたわね！　ほんとにひどい、ひどいところで。もう二度とあんなところへ参りたくはございませんこと」とベルスノア船長に近づいて袖を引いた。「もうあんな目は堪忍でございましょうね。どう考えても、あんな残忍で野蛮なところよりは船の暮らしのほうがずっとようございますわ」

「もうデルマク・Oには戻りませんよ」とベルスノア。

「ありがたや」ロッキンガム夫人は腰を下ろした。サッグとバブル医師がまた手伝った。

「おそれいります。どうもご親切に。モーリーさん、コーヒーをいただけませんこと？」

「『コーヒー』？」とおうむ返しにきいてから、モーリーは自分が船のコックだったのを思い出した。コーヒーや紅茶、牛乳などの貴重な食料備蓄すべては私の管理下にあるんだっけ。「いますぐいれましょう」とみんなに言った。

厨房でモーリーは、良質な黒いコーヒーの粉をテーブルスプーンに山盛りにしてポットに入れた。前に何度も気がついたことではあったが、コーヒーの蓄えが底をつきはじめていた。あと数ヵ月もすれば完全になくなるだろう。

でも今は是非ともコーヒーが要るときだ、と心に決め、コーヒーをポットに入れ続けた。みんな、いつになく震えあがっている。

妻のメアリーが炊事場に入ってきた。「あのビルってなんだったの？」

セスはポットを再処理水で満たした。「あのビルはプロキシマ第十惑星のボーイング社の工場だ。この船が建造されたところだよ。この船に搭乗したのもあそこだったじゃないか、え？　ボーイングに十六ヵ月いて、訓練を受けたり、船の試験をしたり、荷物を積みこんで整理したりしただろう。ペルサス９号を宇宙旅行にふさわしくして」

メアリーは身ぶるいして言った。「黒レザー制服の男たちは」

「知らん」とセス・モーリー。

船の警察官のネッド・ラッセルが炊事場に入ってきた。「それならわたしがわかる。黒レザーの警備員たちは、あのエピソードを切り上げてやりなおそうというわたしたちの願望の現れだったた。あそこで『死んだ』みんなの考えの産物だったんだ」

「よくご存じだこと」メアリーが言い放った。

「まあまあ」とセス・モーリーは妻の肩に腕をまわした。ラッセルとはじめからうまくいかなかった者は多かった。もちろんラッセルの仕事の性格上、これは十分予想されたことだった。

メアリーが言った。「ラッセル、いつかあなたは船を乗っ取るんだわ……ベルスノア船長から奪うのね」

「いいえ。わたしは治安を保つのだけが目的だ。そのためにここに送られてきたんだから、そうするつもりだ。他人がそれを歓迎しようと嫌がろうと」

セス・モーリーが言った。「まったく、仲裁神が実在するように神に願いたいね」まだスペクトフスキーの神学を作りあげたのが自分たちだとは信じきれない気がした。「テケル・ウパルシンで地を歩む者がやってきたときはすごくリアルだった。今でもリアルに覚えている。それが頭を離れないんだ」

「だから我々はそれを作ったんだ」とラッセルが指摘した。「みんながそれを望んだからだ。今は持っていないけれど、必要だったからだ。でも、もう現実に戻ってきているんだよ、モーリー。もう一度、あるがままの物事と直面しなくてはならない。あまり気分のいいことじゃないよな、え?」

「うん」とセス・モーリー。

「デルマク・Oに戻れたら、と思う?」とラッセル。

ためらって、モーリーは答えた。「ああ」

「あたしも」とうとうメアリーも言った。

「わたしも賛成せざるを得ないようだ。あんなにひどい場所で、あんなにどうしようもなく立ちまわったけど……それでもあそこには希望があった。ところがこの船に戻れば——」ラッセルは痙攣するような、荒っぽい、空を切る動作をした。「何の希望もない。全然！　あとはロッキンガムさんみたいに老いて死ぬだけだ」

「ロッキンガムさんは幸せよ」メアリーが吐き捨てるように言った。

「まったくだ」と言ったラッセルの顔は黒ずんで、無力感と陰気な怒りを漂わせた。そして苦悩も。

16

その「夜」の夕食後、みんなは船の操縦室に集まった。次の脳重合世界の筋書きを考える時が来たのだ。うまく動くようにするには、全員からの合同投射でなければならなかった。そうでないと、デルマク・O世界の最終段階のように、急速に崩壊してしまう。

十五年もやっていると、みんな実に上手《うま》くなっていた。

特にトニー・ダンケルウェルトがそうだ。十八年の人生のうち、ほとんどすべてをペルサス9の船上で過ごしているのだ。トニーにとっては、脳重合世界に浸っているのが普通の生き方になっていた。

ベルスノア船長が言った。「ある意味ではさほど悪くはなかった。二週間弱を潰せたわけだし」

「今度は水中世界なんかどう？　イルカみたいなほ乳類になって、あったかい海で暮らすの」とマギー・ウォルシュ。

ラッセルが言った。「それなら前にやった。八カ月ほど前だよ。ほら、覚えてないかな。

何といったっけ……そうだ、アクアソーマ3と呼んだ世界で、こちらの時間で三ヵ月をそこで過ごした。うん、とってもうまくいった世界だったよ、それに一番気持ちよかった。もちろん、その頃はお互いこんなにとげとげしくなかったけれど」

セス・モーリーは「失敬」と立ち上がると、船室から細長い通路に出た。

そこに一人で立ったまま、肩をさすっていた。あの怪我の痛みが、純粋に心因性のものだけれど、まだそこに残っていた。あと一週間は抱え続けるであろうデルマク・Oの思い出だ。そしてそれっきりだ。ことさらあの世界から持ってきたものといえば、痛みと、急速に薄れる思い出だけだ。

こんな世界はどうだろう、みんな死んで横たわり、棺に入って埋葬される世界は。それ、い、い、い、い、い、こそみんなが本当に求めているものだ。

過去四年間、船上での自殺はなかった。人口は、とりあえず安定していた。

ロッキンガムさんが死ぬまでのことだが。

私もいっしょに死ねたらいいのに。だいたいこんなことが、いつまでももつわけがない。先はもう長くない。サッグの機知はだめになってきている。フレーザーもバブルもそうだ。それに私も。私だって徐々に心神喪失に向かっているのかも。ウェード・フレーザーの言うとおりだ。デルマク・Oでの殺人は、私たちみんながどんなに錯乱して憎みあっているかを物語っている。

ということは、これからの逃避世界はますます凶暴になってくるのか……ラッセルの言うとおりだ。それが定石になっていってしまうんだ。

ロバータ・ロッキンガムさんが死んだら寂しくなるだろう。みんなのなかで、あの人が一番温厚で落ち着いている。

だって、もうすぐ死ぬのが自分でもわかっているからだ。

私たちの唯一の慰め。死。

あちこちの通気口をあければいいんだ。そうすれば空気がなくなる。虚空に吸い出される。そうすれば、苦痛もほとんどなく、私たちみんな死ねる。それも短い一瞬のうちに。

モーリーは近くの通気口ハッチの開放ロックに手をかけた。こいつを反時計まわりにまわせばいいだけだ。

開放ロックに手をかけたまま、そこに立ちつくして、何もしなかった。もくろみがからだを凍りつかせた。まるで時間が止まったようだ。まわりのすべてのものが、奥行きを失って平べったく見えた。

人の姿が、船尾からの通路をやってきて、こちらに近づいた。ひげを生やし、流れるような白いローブを着ている。若々しく胸を張った男で、純粋で輝く顔をしている。

「歩む者ですか」とセス・モーリー。

その姿は言った。「いや。地を歩む者ではないよ。ぼくは仲裁神だ」

「でも、私たちがあなたを発明したんだ！　私たちとテンチ889Bが」

仲裁神は言った。「きみを連れにきた。どこに行きたい、セス・モーリー？　何になりたい？」

「幻影の中でですか？　脳重合世界みたいに？」

「いや。きみは自由になる。きみは死んで生まれかわる。きみの求めるもの、きみにふさわしい然るべきものへ導いてあげよう。希望を言いたまえ」

「他のみんなを殺せと言うんじゃないでしょうね」セス・モーリーはハッと気づいて言った。「この通気口を開けろと言うんじゃあ？」

仲裁神は首を傾けてかぶりをふった。「それは各人がそれぞれに決めること。きみは自分のことしか決められない」

「砂漠の植物になりたい。一日中、太陽が拝めるような。成長したい。どこか暖かい世界のサボテンになって、誰にも邪魔されないでいたい」

「了解」

「そして寝たい。寝ていても、太陽と自分を認識していたい」

「植物はそういうものだよ。みんな寝てる。それでも自分が存在しているのを知っている。よろしい」とセス・モーリーに手を差し出した。「おいで」

手をのばし、セス・モーリーは仲裁神の差しのべた手に触れた。力強い指が、自分の手を握った。幸せだった。こんなに嬉しかったことはない。

「きみは千年の間、生きて眠る」仲裁神は、いま立っている場所から、星の中へと導いて連れ去った。

メアリー・モーリーは、思いつめた様子でベルスノア船長に言った。「船長、夫がいないんです」涙がゆっくりと頰を濡らすのが感じられた。「消えたんです」と、半ば泣き叫ぶように言った。

「え、船中どこにもいないのか？　ハッチも開けずに外に出られるわけがないじゃないか。船の外に出るにはそれしかない。そしてハッチを一つでも開ければ、船内の空気はなくなってしまう。我々みんな死んでるはずだ」

「そんなのわかってるわ」

「だったらまだ船内にいるはずだ。次の脳重合世界の筋書きを考えたら、みんなで探そう」

「今よ。今、今すぐ探して」メアリーは激しい口調で言った。

「無理だ」とベルスノア。

船長に背を向けて、女は歩み去った。

「戻ってこい。筋書きを手伝ってくれないと」

「戻らないわ」と女は歩き続けた。狭い通路を通って、炊事場に入った。セスが最後にいたのがここだと思う。まだ気配が感じられるわ。この炊事場は、あの人がいつもいた場所ですもの。

雑然とした小さな炊事場にしゃがみこんで、遠くのほうで聞こえるみんなの声が、徐々に、ゆっくりと静寂に変わるのを聞いていた。また脳重合の融合状態に入ったんだわ。こんどはあたしを置いて。みんな幸せだといいわね。参加しなかったのはこれが初めてだわ。おいてけぼりか。どうしよう。どこへ行こう。

ひとりぼっちだ。セスもいない。みんなもいない。一人じゃどうしようもないわ。

そろそろと、メアリーは船の操縦室に戻っていった。

みんなそこに横たわっていた。それぞれ自分の区画のなかで、たくさん電線がのびたシリンダーを頭にかぶっている。シリンダーで使われていないのは、メアリーのものと……そしてセスのものだけだった。メアリーは、逡巡《しゅんじゅん》して震えていた。今度はみんな、何をコンピュータに入力したんだろう。仮定は何で、テンチはそこから何を演繹したのかしら。

次の世界はどんなものかしら。

かすかにうなるコンピュータを調べてみた……が、みんなの中で本当にコンピュータの操作を知っているのはグレン・ベルスノアだけだった。もちろんみんなだって使ったことはあったが、メアリーにはプログラムは解読できなかった。符号化されたプリント・アウトもちんぷんかんぷんだった。女はコンピュータの横に立ちすくんで、パンチ・テープを握りしめていた……それから、無理矢理はらを決めた。そんなにひどい所のはずはないわ、と自分に言い聞かせた。あんなに経験を積んできたじゃない。あんなに上手くなったじゃない。最初の頃に飛び込んだみたいな悪夢じみた世界じゃないはずよ。

なるほど、殺人的な要素もとげとげしさも増えてきたのは確かよ。でも、殺人といっても本物じゃないわ。夢の中の殺しと同じ、幻にすぎないもの。

それにあんなに簡単に殺せるとはね。スージー・スマートを殺すのだって、わけもなかったわ。

メアリーは自分の区画に入り、そこに吊られた寝台に横たわって、生命維持装置のプラグをさしこむと、ホッとしてシリンダーを頭と肩にかぶった。変調のかかったハム音が耳の中でかすかに響いた。心休まる音だ。過去の長く退屈な歳月のなかで、幾度となく聞いた音だ。

暗闇が女を包んだ。それを吸い込み、受け入れ、求める……暗闇がすべてを覆い、しばらくして夜なのに気づいた。だから陽射しを求めた。世界がひらけるのを求めた。まだ見えない新世界を求めた。

あたしは誰？と思った。すでにわからなくなりはじめていた。ペルサス9、セスを失ったこと、自分たちの空虚な囚われの生——すべては肩の荷がおりるように遠ざかっていった。想いは来たる陽射しのことばかりだった。手首を顔に寄せて、時計を見ようとした。でも、動いていなかった。それに何も見えなかった。

今では星が見えるようになってきた。光の模様が、漂う夜霧で見えかくれしている。

「モーリーさん」不機嫌な男の声がした。

完全に目がさめた。テケル・ウパルシン・キブツの主任技師フレッド・ゴッシムが、公文書を抱えてこちらにやってくるところだった。「きみに異動辞令が出た」と告げて書類を差し出した。メアリー・モーリーはそれを受け取った。「きみはある惑星の入植居留地に行くことになる。惑星の名は——」男は口ごもって顔をしかめた。「デルマー」

「デルマク・Oですね」とメアリー・モーリーは書類に目を通して言った。「そう——それでノーザーで行くことになってます」デルマク・Oってどんなところかしら。聞いたことがないわ。それなのに、なんだかとても面白そうな気がした。好奇心がそそられる。

「セスも異動になったんですか」とたずねた。

「『セス』?」ゴッシムは片眉を上げた。「『セス』って誰?」

女は笑った。「非常にいい質問ですね。あたしも知らないんです。たぶんどうでもいいことでしょう。この異動がきてどんなに嬉しいか——」

「言うな」ゴッシムはいつものつっけんどんな口調で言った。「ぼくにしてみれば、きみがキブツの責任を放棄するというだけの話だ」と背を向けて、ゆっくりと歩き去った。

新しい暮らしか、とメアリー・モーリーは思った。冒険と興奮のチャンスね。デルマク・Oって好きになるかな。うん、きっと好きになる。足どりも軽く、女は自分の居住区のあるキブツ中央複合ビルに向かった。荷づくりを始めよう。

訳者あとがき

1

ディックが一時流行《はや》ったのは、エントロピーがどうしたとか別世界を見事に描くとかいった理由からではない。シミュラクラ感覚だの、この世界の虚構性などという話ともまったく関係がない。もしあなたがこの現実の虚構性などというものを本気で信じているとすれば、それは単にあなたが他人との接触の薄い生活感の欠如した卑《いや》しい抽象的な生を生きているというだけのことだ。そういうあなたでさえ、一方では自分の身の回りの現実が牛のように確固たるものであることを、本当はまるで疑ってはいない。今晩飯を喰って、ウンコをして寝る——そういう卑近《ひきん》な現実は、ディックを語る人々が口にする抽象的な「現実」からはまったくぬけ落ちている。そういう人々が「現実」と言うとき、それは「自分がいい加減に思いこんでいる世の中の仕組み」という意味で、そんなのが虚構であるのはディックにきくまでもなく、傍《はた》で見ている人はとうに知っている。
ではなぜディックは流行ったのか。それはディックのキャラクター扱いのためである。

2

ディックは陰気で無能な卑しい人間を描くにかけては素晴らしい才能を持っている。ディックの主要登場人物というのは多かれ少なかれドロップアウトであり、ディックに人気があるのは、そうした落伍者が、落ちこぼれているが故に自分を落ちこぼした社会を覆う衰退を認識できる、というアウトサイダーの優越性をしょっちゅう描くからで、もちろんそれを認識できる落伍者たちはその歪みから自由で、間違っているのは世間で、したがって自分は正しいというまったく根拠のない自己正当化を読者に可能にさせてくれるためだ。

むろんSFは元来ドロップアウトがとぐろを巻いているジャンルであり、かのガリー・フォイル氏や『人間以上』の諸君、最近ではロデリックくんなど、その手合いにはことかかないのだが、そのなかでディックがなぜ傑出しているかといえば、それまでの「落伍者にも実は隠された才能があるのだ」というストーリー作りに対して、「落伍者は落伍者であるがゆえにエライ」という、自堕落といえばこれほど自堕落なものもないテーゼを恥ずかしげもなく持ち出してきて、しかも呆《あき》れたことにそれを読者に納得させてしまったという一点に尽きている。

この納得させる仕掛けも実にあざとい。

1.「ぼくのネコが死んだからぼくは不幸だ」など卑近な撒き餌《まえ》で同情を誘う。

2.「ゆえにぼくは（そしてそれに同情した読者も）世間に見放された落伍者だ」と自己憐憫《れんびん》を媒介に連帯感を強要。

3.「落伍者は落伍者であるがゆえにエライ」、よって「ぼくらはエライ」、と論理で押え込む。

このプロセスの1、2はよくあるナンパ師の手口で、ディックの独創ではない。とはいえ、彼がその手口について天与の才を持っていたことは、あれほど生活力のない男が短い生涯で女房を四回も取り替えられたという事実が証明するとおり。この才能の裏付けがあってはじめて3が有効に機能できるわけだ。そしてこの3にぜひとも注目されたい。

3は理屈として正しくはない。「落伍者は落伍者であるがゆえにエライ」というのは一度も証明されず（あたりまえだ）、したがって3は仮言命題でしかない。しかしこいつを認めれば「自分はエライ」というシヤワセな結論に浸《ひた》ることができるため、読者はこれに納得し、ディックはウマウマと逃げおおせ、長篇が一本できあがり、それを訳して小銭を稼ぐ人間も出る。読者の自意識に図々《ずうずう》しくよりかかり、適当におだてたそのスキに勘定をごまかしながら、だれもそれをとがめない——このキャバクラまがいの見事な手口！　だが、これこそディックのディックたる所以《ゆえん》である。

　これは才能云々というよりはコロンブスの卵というやつだろう。「ぼくはみじめな敗残者」を基調にしたザ・スミスがあれほどの人気を獲得し、「そのままのキミが好きだよ」という一言にちょっとヒネリを加えただけの少女マンガのあるジャンル（橋本治『花咲く乙女たちのキンピラゴボウ』参照）がすでに一家をなし、そのヴァリエーションであるカテゴリー・ロマンスが一大産業となっているという事実は、そうした需要の大きさを如実に物語っている。それをチト拡大して、「きみたちみんなそのままでいいよ」と万人に言ってやれば、多少の論理の穴など誰が気にするものか。努力するのは面倒くさいし、みんなそう言ってもらえるのを待ちかまえているのだから。大事なのは結論だけだ。「あの時ネコが死んで泣いてたキミが好きさ」一丁あがり、である。

　ただ、書いた本人だけはそうはいかなかった。だって、彼にそう言ってあげる人は誰もいなかったんだから。他人に言ってもらえなければ自分で言うしかないし、自分に言うなら自分でわかるような論理の穴を残してはおけない。だからディックは「落伍者は落伍者であるがゆえにエライ」というのを本気で証明するしかなかった。もとより無理な注文だ。その無理をおして、見苦しいほどツギ当てにツギ当てをくりかえして出来てしまったのが

『ヴァリス』であり『聖なる侵入』であり『ティモシー・アーチャーの転生』である。

ぼくはこれらの晩年の諸作が「優游自在《ゆうゆう》」だとは全然思わない。ディック一人の苦闘の記録としてのみ意義をもつ、不自由な息苦しい小説たちだと思う。むろん、それを息苦しいまでにつきつめたディックはえらい。でも、それを小説にして売ったディックはえらくない（利にはさといけど）。だって、その苦闘もしょせんは他人事。誰かのように、そんなものと「正面きって対決する作業」が必要だとはツユほども思わない。他人が他人の悩みを解決できたかほじくりかえすなどという作業は、年寄りや文学屋が暇にあかせてやればよいのであって（やらなくったっていっこうにかまわないんだけど）、人間八十以下なら自前の悩みで手いっぱいなはずだ。当のディックからして、あれだけやってもまだ未練があるらしく、死んでも筆を折れずに、未だに毎年一冊ずつぐらい未発表作品と称してあの世から送り続けている。うっとうしいけれど、なかなか律義で感心である。現代人たる者、これくらい悩みを抱えていなければ一人前とはいえまい。もっとも、それがディック晩年の苦闘の敗北を、図《はか》らずも告げているような気はしないでもない。

『死の迷路』は、その敗北へと続く長いツギ当て作業が、一種の神学として形をとりはじめた最初の書物である。

3

本書はディック十八番の落伍者が、一山いくらの十四人も出てくるというなかなかお買い得な書物だ。彼らの役たたずぶりは数あるディック作品のなかでも群をぬいており、救われないことに本人たちもそれを自覚している。そのため彼らは何もしない。というか、何もすることがないのが彼らの最大の問題なのである。ヘルズコーラを引き上げるとか、ネクサス6を処分するとか、そういう楽しい暇つぶしは主人公たちにはいっさい与えられていない。そして死んでゆく。SF三大オチ（そういえば最近オチでSFを語ることが少なくなったなあ）の一つによってそこから脱出してみても、状況はぜんぜんマシにならない。生に何の希望もないのに死ぬことすら許されない。こう書くと、なんだか二十一世紀日本の高齢化社会みたいに聞こえるので、すでに若くはない訳者としては、こうした憂鬱な主題からはなるべく早く離れることにして、えーと……そうだ、本書でディックは初めて自覚的に自分の語り口を選んでいることを述べることにしよう。

本書は「主観的アプローチ」で書いた、と序文にあるが、実のところ、ディックという作家はほとんど常にそういう語り口を使ってきた作家であり、「主観的アプローチ」でない作品を探すほうが難しいくらいだ。それでも、作家がわざわざそれを宣言したことに敬意を表し、訳もなるべく主観的になるよう配慮をした。幸いこの種の芸は日本語のほうがやさしい。

序文の話が出たついでに、ちょっと神がかった話を処理する。

まず「テケル・ウパルシン」というヤツだが、これは『聖書』ダニエル書第五章二十五節に出て来る。興味のある向きは口語訳でも文語訳でもあたっていただければよろしいのだが、ものぐさな方のためにかいつまんだ話をしておこう。エルサレムがバビロニア王国に占拠されて、ごく一部のユダヤ教徒がバビロンに連れていかれ、捕虜になった。若きダニエルたちもそのなかにいて、王の前で、燃える溶鉱炉に入るだの人喰いライオンを飼い慣らすだの、いろいろ芸を見せたため、なかなか放してもらえず、王の代が変わってもずっと囚人となっていた。さて、その新王がうさ晴らしに酒盛りをしていると、対面の壁に変な記号が現れる。手下の学者に聞いてもわかるやつがいないので、ダニエルを呼ぶと、「あれはメネ・メネ・テケル・ウパルシンと書いてあって、要するに、あんたの治世は数が尽き、あんたの器《うつわ》は計られ、無能だと判断されて、よって国土が異民族に分割される、という意味だ」と言う。これを聞いた王は意外にも「おまえはエライ」とほうびを取らせ(拙者なら即刻打ち首にする)、なるほど、そのときにはすでにペルシャとメディアが国境を侵入していて、その日のうちに王は殺されました、というお話である。

続いて『易経』の話。正確には、本書十章に出て来るテンチのせりふは『易経』からの引用ではない。『高い城の男』でも使われていた、『易経』のヴィルヘルム独訳のベインズ英訳からの引用であり、『易経』の原文ではなく、ヴィルヘルムの解説部分からの引用である。これは『易経』の日本語の解説（これも数種類あるが）と全然ちがうことが書いてあることもあって、本書ではそれをそのまま訳しておいた。何の役にたつわけでもないけれど、参考までに、「秘密の力が……」は四十五番『萃』六二、「他人と連帯したいと思っても……」は同六三、「進むにせよ退くにせよ……」は二十九番『坎』の六三と九五をまぜたもの。残りは面倒なので調べていない。なお、ディックは『易経』に関して『高い城の男』から『ヴァリス』にいたるまで、このヴィルヘルム訳以外のものに拠ったことはない。

ディックはインタビューで、「小説書きで易に頼ったのは『高い城の男』だけだ」と言っているが、本書もそのモチーフをかなり『易経』から借りてきたふしがある。特に例のビルが出てくるあたり、「河を渡る」話や「城が崩れて堀に落ち込む」話など、本人の言う『ニーベルングの指環』より『易経』から採《と》ったと考えたほうが説明がつきそうだ。

もう一つ、本書の神学は、一方でこれまでのディック世界観の理論化であり、同時にこれ以降のいわゆるディック教の基礎となるものである。したがって、ここに出てくるスペクトフスキーの『キミにもできる、オレの死からの片手間よみがえり術』の引用を読むと、『ヴァリス』などの理解には役にたつはずなので、その方面に関心のある向きにはお薦めする。関心のない健全な人々の理解のために少し解説しておくと、こいつはネオ・プラトニズムとか呼ばれる一派の考え方らしい。まず、万物は形相と質料から成る。質料というのは、紙とか木とか鉄とか、材料ですな。それがある形（形相）を神さまから与えられることで、存在するようになる。これで形相破壊者というのがどういうものかご理解いただけるだろう。そして同心円がどうのこうのという話だが、これはなにか受け皿がたくさん重なった噴水のようなものを考えればよろしい。神さまが真ん中にいて、叡知《えいち》を吹き上げる。それが下々の卑しき存在に次々に流れ落ちていく。神さまから天使へ、天使から人間へ、人間からキリンへ、キリンからオケラやミミズへ、ミミズからニンジンやキャベツへ、キャベツからやかんや腕時計へ、下に行けば行くほど叡知のランクは落ちて薄まっていくのだけれど、でも万物はそうやって神さまの叡知にそれぞれ満たされておる、という考え方。そういえば『タイタンの妖女』で、ナイルス・ラムファード邸の門前でマラカイ人形と並んで売っていた噴水がまったく同じ構造をしていたが、むろん意味はない。

で、なぜそんな考え方をするのか、という疑問は当然おありだろう。平たく言ってしまえば、こういうことを考える連中が暇だからで、さらにこういうクソの役にもたたない妄想に日々ふけっているだけで飯が喰えるという、しあわせな階級の存在を許容できるほど、当時の（そして今の）社会が豊かだったからである。現実に生きるにあたって、こんな考え方をしてみたところでいささかも役にたつわけではない。それでもなお子細を知りたい暇な方のために説明しようかとも思ったが、あいにく紙数が尽きた。

4

本書はPhilip K. Dick *A MAZE OF DEATH*（1970）の全訳である。訳はGRAFTON版を使用して始めたが、誤植や脱落が多く、途中からDAW版に乗り換えた。かのサンリオSF文庫に『死の迷宮』の邦題で飯田隆昭氏による訳業があったと聞いている。この新訳が結果として改悪になっていないことを、若輩者の訳者としては祈るばかりだ。こういうのはやっぱり仲裁神に祈るんだろうか。とりあえず、編集担当の小浜徹也氏には、Nifty-Serve経由で感謝の祈りを送信しておくことにする。また、毎度世話になっている研究室のコンピュータやプリンタにも、この場を借りて感謝する。ありがとう。最後に、そうした備品の使用を黙認してくれている山下節子《しもおか》氏にも、本人の強い希望により心から感謝をささげるものである。多謝。

ハヤカワ文庫版／訳者あとがき

のっけから私事で恐縮だが、本書『死の迷路』はぼくのほぼ初めての長篇小説翻訳となる。創元版のあとがきにもあるように、まだ大学院生時代、もう四半世紀前の一九八九年にやった翻訳だった。今回、創元推理文庫からハヤカワ文庫に引っ越すことになり、かつての翻訳を一通り読み返してみたが、ほとんど手を入れるところがないのには我ながら驚かされた。もともとの翻訳の水準がそれだけ高かったということか、それともぼくがこの四半世紀にわたり、大して成長していないということなのか、その判断は読者の皆様にお任せする。

その四半世紀の間で、ディックの評価もいろいろ変化を見せてきた。もともと、粗製濫造の三文SF作家として軽視されていた面もあるディックだが、七〇年代後半あたりから、かれの主要なテーマ、つまり人間を取り巻く世界の崩壊と、その中で死守される人間の本質に対する確信と疑念が哲学的なテーマとしても重要性を高めるようになる。ガラクタとノイズがますます増加する世界で、シミュラクラ、アンドロイドといった、人間のようでありながら人間でないもの、さらには人間でありながら人間でないようなものの跋扈──それらと葛藤し、翻弄される、平凡でしばしば無能な一般の苦闘をディックは次々に量産していった。それが今更ながらに、産業消費社会の中で己を見失う現代人の苦悩と共通するものだと指摘されるようになり、そして『ブレードランナー』を筆頭に各種映画化も手伝って、ディックの人気と評価は高まった。でもそこでいきなりディックは、あの『ヴァリス』に始まる宗教がかった作品に移行し、そして多くの人々がまだその戸惑いから立ち直れずにいる中で、他界してしまう。

その中で本書は、おそらく発表当時はディックの粗製濫造作品の一つとして一蹴《いっしゅう》されただろう。でも、ぼくがこれを翻訳した一九八〇年代末に、本書はディック晩年の諸作との関わりの中で、ちょっと注目されるようになる。というのは、この本は神様が明示的に出てくる本だからだ。

ディック作品の多くにはもちろん、神様っぽいもの、人間を超越した不思議な存在がいろいろ出てくる。それはパーマー・エルドリッチだったり、ユービックだったり、フォーマルハウト星人だったり、易経だったり。でも、それが神様が神様として出てくるものは限られる。『アンドロイドは電気羊の夢を見るか？』にはマーサー教が登場するが、基本的には小道具としての扱いだ。

でもこの本では、神様が神様として出てくるし、ディックもこれを神学の構想として描いたとまえがきで明言している。そしてそこでの神様のとらえ方は、以前のあとがきにも書いた通り、ネオ・プラトニズム的な発想に基づいている。これは晩年のディックが『ヴァリス』で展開する神学と同じ考え方であり、その意味でこの本は、『ヴァリス』に直結する道でもある。これは以前のあとがきにも書いた通り。さらに言うなら、本書の最後でセス・モーリーが「救い」を得るにあたって神様に言われること――人は自分で自分の救いを選ばねばならず、他人の道を決めることはできない――は、『聖なる侵入』で主人公が到達する救済の考え方と同じだ。ディックは、友人たちの死に心を痛め、神秘体験であれこれ苦悩したあげくに、実は本書で述べていたのと同じところに戻ってきたとさえ言える。ついでに、まえがきに出てくるパイク司教というのは、後に『ティモシー・アーチャーの転生』でティモシー・アーチャー主教のモデルとなった人物だ。

たぶん、自分が訳したので過度に思い入れがあるせいもあるんだろう。でもぼくは、本書がある意味で、晩年のディックへとつながる一つの要所だと思っている。昔のあとがきで「『死の迷路』は、その敗北へと続く長いツギ当て作業が、一種の神学として形をとりはじめた最初の書物である」と書いた。つまり、この時点でディックの神学には、まだあまりツギが当たっておらず、その分だけ見通しがよくなっているとも言える。本書の時点では、この神学もまだ手すさびだったし、己の実存と深く結びついたものになってはいない。そして本書の時点では、ディックはまだ、あの有名なピンクの光を当てられたりローマ時代のパレスチナ人が脳内にやってきたりという神秘体験は味わっていない。でも、その神秘体験が本当にディックを変えたのか、それとも本書——あるいは見方次第ではもっと以前、幻の処女作『市《まち》に虎声《こせい》あらん』からかれの本質は変わらず、神秘体験は実は意匠を付け加えただけなのか——その解釈もまた、読む人次第だろう。

そしてディックがどうあれ、ぼくたちの世界もこの四半世紀でかなり変わった。古いあとがきを見ると、ぼくは本書に出てくる宗教的な話をうっとうしく思っていることがわかる。一九八九年といえば、ベルリンの壁が崩壊し、共産主義の全面敗北とされるものが起きた年だ。当時のぼく（そして多くの人々）にとって、社会主義や共産主義がそもそも一種の宗教みたいなもので、それが最終的に滅びたことで世界の今後は合理性と市場の機能を強化するだけが課題だという印象があった。世界的な豊かさの増大に伴って宗教の重要性は薄れると思っていたし、だから宗教をまじめに考えること（まして信仰すること）自体が後退であり反動だと思っていた。宗教に役割があるとすれば、多少のコミュニティ維持機能程度だろうし、それもいずれ弱まるはずだ、と。

でも、その後ぼくたちはオウム真理教の暴走を目の当たりにし、変なキリスト教セクトの集団自殺を経て、アルカイダやイスラム国の拡大を目にする。いまだにぼくは、宗教そのものを云々しても意味はないとは思っている。でも、それを人々が信じてしまう、信じたくなる気持ちについては、侮《あなど》るべきではない。ディックの小説——そしてディック自身——の怪しげな宗教への傾倒も、その宗教自体の妥当性なんか考えても仕方ないながら、それを余儀なくされた条件や、それが生み出す各種の行動とのつながりは、それなりに考える意味はある。今よりは若かった自分のあとがきを久々に読み返すと、そうした可能性をまったく考えない——または考える必要がないと思っている——自分の威勢のよい軽薄さが、なかなかにほほえましく思える。もっとも、それがまちがっているとは必ずしも思えないのだけれど。

もちろん、本書を初めてお読みになるみなさんは、そんなことを意に介する必要はまったくない。ディック中期の、まさに粗製濫造時代の作品の中で、本書は比較的破綻の少ないかっちりまとまった作品だろう。ディックの長篇は、むしろ破綻ぶりを楽しむのが王道という見方もあるので、破綻が少ないことがよいかどうかは意見が分かれるところではあるけれど、特にディックを初めて読む人で、小説にある程度の整合性を求める人にとっては、取っつきやすいんじゃないだろうか。こうして久しぶりに日の目を見る本書が、新たな読者を獲得して、ディックの世界への入り口となってくれることを願いたい。

本書の編集は清水直樹氏が担当された。細かい脱落など何カ所かご指摘いただいたので、訳そのものにほとんど手は入れていないとはいえ、多少なりとも以前よりは改善されているはずであり、読者の皆さんにとっても読みやすくなっていることを祈りたい。前回の訳では、仲裁神にこうした祈りを送ったけれど、いまはむしろ導製神に送るべきではないかという気もしないではない。

二〇一六年四月末
東京にて
山形浩生

本書は一九八九年十二月に東京創元社より
刊行された作品を再文庫化したものです。

訳者略歴　1964年生，東京大学大学院工学系研究科都市工学科修士課程修了　翻訳家・評論家　訳書『自己が心にやってくる』ダマシオ，『さっさと不況を終わらせろ』クルーグマン，『ヴァリス〔新訳版〕』ディック（以上早川書房刊）　著書『新教養主義宣言』他多数

HM=Hayakawa Mystery
SF=Science Fiction
JA=Japanese Author
NV=Novel
NF=Nonfiction
FT=Fantasy

死《し》の迷《めい》路《ろ》

〈SF2070〉

二〇一六年五月　二十日　印刷
二〇一六年五月二十五日　発行
（定価はカバーに表示してあります）

著者　フィリップ・K・ディック
訳者　山《やま》形《がた》浩《ひろ》生《お》
発行者　早川浩
発行所　株式会社　早川書房
郵便番号　一〇一 - 〇〇四六
東京都千代田区神田多町二ノ二
電話　〇三 - 三二五二 - 三一一一（大代表）
振替　〇〇一六〇 - 三 - 四七七九九
http://www.hayakawa-online.co.jp

乱丁・落丁本は小社制作部宛お送り下さい。
送料小社負担にてお取りかえいたします。

印刷・株式会社亨有堂印刷所　製本・株式会社フォーネット社
Printed and bound in Japan
ISBN978-4-15-012070-2 C0197

本書は活字が大きく読みやすい〈トールサイズ〉です。